云梯

彭筱云◎著

中国言实出版社

图书在版编目（CIP）数据

云梯 / 彭筱云著 . -- 北京：中国言实出版社，
2022.9

ISBN 978-7-5171-4306-2

Ⅰ . ①云… Ⅱ . ①彭… Ⅲ . ①长篇小说–中国–当代

Ⅳ . ① I247.5

中国版本图书馆 CIP 数据核字 (2022) 第 166068 号

云　梯

责任编辑：李　岩
责任校对：王建玲

出版发行：中国言实出版社

地　　址：北京市朝阳区北苑路180号加利大厦5号楼105室

邮　　编：100101

编辑部：北京市海淀区花园路6号院B座6层

邮　　编：100088

电　　话：010-64924853（总编室）　010-64924716（发行部）

网　　址：www.zgyscbs.cn　电子邮箱：zgyscbs@263.net

经　　销：新华书店

印　　刷：成都市兴雅致印务有限责任公司

版　　次：2023年1月第1版　2023年1月第1次印刷

规　　格：880毫米×1230毫米　1/32　9印张

字　　数：226千字

定　　价：78.00元

书　　号：ISBN 978-7-5171-4306-2

序

如何推进教育公平，努力让每个孩子都能享有公平而有质量的教育，这是我们每一位国人值得思考的问题。乡村孩子的教育、乡村教育资源的配置，更是教育公平的根本所在。

乡村教师彭筱云创作的长篇小说《云梯》，就是一部真实反映乡村教育的优秀作品。小说以改革开放、建设美丽新农村为时代背景，以大西北三所乡村学校为描写场景，以乡村女老师尤若兰从事乡村教育事业的成长史为主线索，以大果辍学、刘军遭遇生活打击却不屈服命运安排等故事为分线索，淋漓尽致地展示出我国乡村教育中值得思考和探索的问题。

纵观整个小说，在朴实、清新的叙事中，自然地凸显出小说中每一个平凡而令人唏嘘的人物。故事情节跌宕起伏，读来令人深思、耐人寻味。

主人公尤若兰，为乡村教育事业献出青春，一生坚守在乡村教育这片沃土上。她的执着与坚强，无怨无悔的坚持与创新，让我们对生命的要义有了全新的诠释。

小说中的一些人物如扬子、国秀、大果、刘军等，他们的故事也同样深深地打动着读者的心。他们中的每一个人，都是在为

1

梦想而努力拼搏。他们不懈奋斗、努力成长的故事，他们的正念正行，都是这个时代需要的精神力量，他们每一个人身上都传播着这个社会需要的正能量。

　　当今时代，人心浮躁，许多人都焦躁不安，心无居所。而这部描写乡村教育的小说，却如一泓清冽的泉水，淙淙流淌，渗入人的内心深处，让我们的灵魂被这甘甜的泉水洗涤干净了。原来，好的文学作品真的有治愈作用。每当我静下心来一遍遍地读《云梯》的时候，我总在想，这个乡村老师心中该有多少对教育的热爱，才能支撑她这么坚持地走下去啊？这些孩子们，能拥有这样全身心地爱着自己的好老师，该是多么幸福的事情啊！

　　小说中的每个人，都活出了一种精神，一种不认命、不服输、不放弃对生命追求的精气神，让我这个常年待在都市养尊处优的中年人，感受到了生命的蓬勃生机及生命的激情。感谢彭筱云老师的真情付出，在教育事业中付出青春，又给这人世间创作出了这样一部激荡人心的作品。

　　我们两人是挚友也是灵魂的伴侣，在成长的道路上，我们相互影响、相互鼓励。当她的长篇小说《云梯》终于定稿时，她第一时间就发给我，我连夜一口气读完，更多的是感动。随后我们又一起反复探讨、修改，才交付出版社，小说才得以与读者朋友们见面。希望这部书写乡村教育的长篇小说，能带给你一份前行的力量，能引起相关部门对乡村教育的关注，让教育公平真正落地生根，我想这才是彭老师写作本小说的真正目的。

杨　彬

2022 年 1 月 13 日于金城

自　序

1987年，因为一篇小小说在本地一家小有名气的刊物发表，为此正读高二卑微而自信的我骄傲了许久。

翻阅珍藏着的刊物，读着巴掌大的那些铅字时，我的内心就会升腾起一种曼妙的情愫，使得年少懵懂的我变得灵光、绚丽起来，我觉得自己就是为文字而来，为文字而生。

对文字报以矢志不移的热爱，源于我多灾多难、贫困孤寂的童年。至今我仍能清晰地记得父母总是早出晚归，倚着膝盖走路的我，总被关在空寂的大院子里，一个人玩得没劲了，就翻看堆放在土窑洞里杂乱的书籍，这些书是父亲饭后茶余的精神食粮。

记得有一本书很厚，封面被撕掉了，书页大多泛黄，还要竖着读，但书里面的插图却深深地吸引着我，后来我才知道这本书就是巨著《红楼梦》。

其实大部分书的内容我都读不懂，但书中某些跳跃着金色光芒的文字，却带给我遥远而神奇的遐思。我常常望着四郎河对面连绵不断的山峦，作最为长久的想象：山外面是什么？

山的那面到底是什么呢？我缠着父亲问。父亲总是漫不经心地回答我，还是山啊！

我理所应当地爱上了读书，也喜欢漫无边际地涂鸦，好多篇散文或诗歌陆陆续续变成铅字。文字犹如一泓清泉，荡涤着我的灵魂，让我的心宁静而清新。

时间从来不会因为某一个人或某一件事稍作停留，后来我终于走出大山，见识了外面的精彩世界。上大学时我毫不犹豫选择了汉语言文学专业，系统地学习了文学理论知识，我也才真正知道距写出好文章还有多遥远。

我很庆幸自己能在乡村教育这片沃土上播撒种子，且能生根、发芽、开花、结果。

即使一头跌入人间烟火，为人妻为人母，面对一地鸡毛的生活，大多时候显得无奈又无助，可我的灵魂、思想却总是飞离自己，总能寻找到安放它的地方。

我的笔也没有停歇下来，笔耕不辍，独抒性灵，就这样漫无边际地写着。无畏风雨，向阳而生，不怕严冬，向美而生，写出一本真正属于自己的书，也成为我的梦想！

在别人看来，也许我很迂腐，甚至有些可笑，可是我不在乎，也从没放弃过这个自以为高贵的梦想。

已经步入知天命的年纪，我很庆幸自己还保持着初心，保持着对文字的敬畏和热爱。

2014 年，我出版了第一部自传体长篇小说。当时我怀着一颗忐忑的心，在友人们的帮助下，小说才与读者见面。惶恐之中，常有人说我是"作家"，也有人说我是"才女"，我却感觉惴惴不安，甚至有些难为情。其实说句掏心掏肺的话，我只是想把自己所想、所思、所悟用文字表达出来罢了，这也算是对多少年痴爱文字的我有一个交代。

也是从那个时候起，我又萌生了写一部关于乡村教师坚守乡村教育小说的想法。

不问桃李芬芳，只顾马不停蹄赶往孩子们需要的地方，身为乡村教师，我最能体会到其中平凡而不平常的奉献，这份平凡与崇高是推动人类文明发展的一面旗帜。

人事纷扰，四季叠加。2018年忽然患病的我，有机会脱离家庭，只身一人住在一室一厅的出租屋里。

每天治疗结束，剩下的时间就是听书、写作。那段独处的日子虽然充满疼痛，充满艰辛，但我的灵魂却得到了真正的自由。

我开始构思乡村教师坚守乡村教育的小说。小说最初定名为《远山的呼唤》，却总感觉不妥。半夜醒来，忽然想到乡村教师，扎根在乡村教育这片沃土上，在平凡琐碎的工作中，在自己的岗位上用大爱给孩子们铺路筑桥，搭起一架通往云端的梯子，于是《云梯》这个名字就这样被确定下来了。

我带着笔记本电脑，但总感觉用电脑写作，文笔不流畅，灵感也被阻隔。我还是喜欢用笔在雪白的纸张上写，听笔尖唰唰划过，似乎听到犁铧翻地的"哗哗"声，心里满是喜悦和期盼。

白天忘我地写作，导致晚上常常失眠。小说中的每一个鲜活的人物都会出现在我的眼前，我跟他们聊天，为他们悲伤，也为他们欢笑。

小说以大西北农村三所乡村小学为写作背景，描写了主人公尤若兰高考落榜、寻梦、追梦，最终选择乡村教育事业的故事。从初踏讲台的稚嫩，到成长蜕变，直至真正明白教育的真谛，她一路行走，一路收获。从以身试教到创新教育理念，每一步脚印都是她用汗水浇灌出的大爱。

小说中的人物扬子是现实生活中我的文友加诤友，更是与我灵魂相通的精神支柱。出生在农村的她，靠高考实现了自己的人生理想。她是一个浑身充满正能量，善良、勇敢、洒脱不羁的人。小说中的她处处闪耀着人性的光芒，她带给乡村孩子的不仅是眼界和远方，还有孩子们期盼的未来。我写她的故事却从不和她探讨，失眠的夜晚也只是回想我们的过往，从不会打扰到她。

大果是以我一位学生作为原型来创作的人物，也是我初踏讲台，第一个倾情挽回的学生。写她的遭遇时，我不知道掉过多少次眼泪，有时候真感慨自己的渺小和无力。

刘军是一个很坚强的孩子，为了撑起家庭重担，他摔断了一条腿，但在尤若兰、扬子的帮助下获得新生，他不但拥有了自己的事业，还给许多残疾人创造了就业的机会，给乡村孩子拓宽了眼界和见识。

我坚守乡村教育二十八载，每天在鸡零狗碎的日子中争取破茧成蝶，甘愿为学生们默默付出。我国有四千多万乡村教师和我一样，坚守在三尺讲台，挥洒着自己的青春和激情，用汗水和智慧点燃乡村教育的火把。为了他们，也为了乡村教育的未来，我想坦然地把这部命名为《云梯》的小说呈现给读者，任读者怎么评说，我总算给即将五十岁的自己一个交代，也为坚守乡村教育的所有乡村老师们留一些生活痕迹。

教育是一个国家的希望所在、强盛所在，教育兴则国兴。乡村教师肩负着乡村教育的希望和未来，更是乡村振兴、建设美丽新农村的参与者与见证者。

愿我的文字能唤起读者对这群不起眼的英雄在精神上的关怀和尊重，为促进教育公平起到推动作用。

2018 到 2022 年，我经历了很多人和事，尤其是不同寻常的 2020 年，居家抗疫的日子，除了给我的学生们上网课，就是开始小说《云梯》最后的创作。终于迎来了全新的 2022 年，小说定稿了。我下决心出版这本书，对我和家人，还有关心、支持我的友人来说，这也是最美好、最值得期待的事情。

正逢国家"双减"政策落地生根，我更希望小说《云梯》能为乡村教育、乡村振兴增添一些光彩。

2022 年 1 月 2 日于家中

目　录
CONTENTS

第一章 　　　　　001

第二章 　　　　　009

第三章 　　　　　013

第四章 　　　　　017

第五章 　　　　　021

第六章 　　　　　025

第七章 　　　　　028

第八章 　　　　　038

第九章 　　　　　045

第十章 　　　　　048

第十一章 　　　　056

第十二章 　　　　062

第十三章 　　　　069

第十四章 　　　　072

第十五章 　　　　074

第十六章 　　　　077

第十七章 　　　　081

第十八章 　　　　083

第十九章 　　　　088

第二十章 　　　　094

第二十一章	097
第二十二章	103
第二十三章	107
第二十四章	110
第二十五章	115
第二十六章	118
第二十七章	122
第二十八章	126
第二十九章	129
第三十章	133
第三十一章	139
第三十二章	141
第三十三章	144
第三十四章	150
第三十五章	154
第三十六章	158
第三十七章	162
第三十八章	169
第三十九章	176

第四十章	183
第四十一章	190
第四十二章	195
第四十三章	203
第四十四章	205
第四十五章	211
第四十六章	218
第四十七章	225
第四十八章	231
第四十九章	234
第五十章	240
第五十一章	243
第五十二章	250
第五十三章	254
第五十四章	258
第五十五章	261
第五十六章	266
第五十七章	269

第一章

1995 年夏末，持续干旱的陇原大地，终于迎来了一场特大雷阵雨。

大清早天空还晴朗无比，可眨眼间乌云就从四面八方翻涌而来，电闪雷鸣，狂风裹挟着黄土呼啸而过，瓢泼大雨直泻下来，天地之间混沌一片，风声、雨声、雷声夹杂其中，仿佛世界末日就要来临了。

约莫不到半个小时，狂风暴雨骤然停歇，一切都安静下来了。一轮红日钻出云层，天空变得高远、宁静起来，一团团洁白无瑕的云朵镶上金边，悠闲地在天空中变换着各种姿态，像刚出浴的美少女，像一群嬉戏的顽童，转眼间又什么都不是了……

太阳照射下来，黄土大塬的沟沟壑壑发出耀眼的光芒。田间、地头、被树木包围着的村庄，呈现出各种绚丽，红砖瓦房夹杂其中，偶然还有裸露出来的黄土地，使得天下黄土层最厚的陇原山川，像极了一位身着盛装、风姿绰约的睡美人，她浑身的每一寸肌肤似乎都绽放着生命的无穷魅力。

在一个四面环山、脚下环水的小山村里，一户人家坐落在面南朝北的半山腰上。土门楼是青砖、黄泥垒起来的，门楼顶上青色的瓦楞长满了暗绿色的苔藓，两扇油漆斑驳的木门已经看不清楚原来的颜色。南墙脚有一丛青翠、茂盛的竹子，在雨后的阳光下愈加生机勃勃。门楼前是一条石子路，绕着山路伸向对面的群山。

崖面上有三孔很古老的土窑洞，有一扇木门和用白纸糊起来的木窗户。院子里的一棵苹果树夹在两棵粗壮的杏树中间，遮住了一大半空间。

一只老黄狗眯着眼睛，蹲在竹子下面的土堆上，任凭一只小黑猫摆弄着它的尾巴。两只母鸡带着几只小鸡正在认真地刨食，大红公鸡雄赳赳、气昂昂地在周围巡视着，用锋利的爪子刨着一堆泡在雨水中的麦草，偶尔发出"咕咕、咕咕咕"的尖叫声，鸡群闻声蜂拥而至，你争我抢地争夺一粒麦子或一条虫子，除此之外这个农家院子里一片沉寂。

中间窑洞的门敞开着，一位留着齐耳短发、眉清目秀的女孩正忙着收拾行装，她是这户人家的二女儿尤若兰，大学刚毕业，分配到很远的乡镇小学去任教。老祖母目不转睛地盯着孙女，叹了口气说："六月天，娃娃脸，出门要多带衣裳呐。"说着就用布满青筋的手，摸了摸尤若兰的头。

祖母拄着龙头拐杖，颠着一双"三寸金莲"，慢悠悠地挪出窑洞半人高的门槛，向院子西边的菜园子晃去了，她的满头银丝在阳光下耀得尤若兰的眼睛有些生疼。

尤若兰是这个村子里唯一读过大学的女孩子，她被分配到外乡镇的一所小学当老师，全村子的人都羡慕她端到了铁饭碗，当了一辈子代课教师的父亲，更为女儿能成为正式在编教师而自豪。

拿到分配文件，父亲语重心长地对尤若兰说："咱们老尤家世世代代都是农民，你是咱们老尤家读书最多、第一个吃公家饭的人啊！能当老师，真的值得我们老尤家骄傲。当教师可是良心活，你可不能耽搁人家娃娃的前程啊！"

尤若兰朝父亲使劲点了点头，一双明亮而有神的大眼睛忽闪忽闪的，黧黑却很俊美的脸上全是笑意，露出一对可爱的小虎牙。她举起右手，顽皮地说："保证听您老人家的话。"父亲笑了，尤若兰也开心地笑了。

母亲去若兰最喜欢的大姐家了，若兰等待着母亲回家，可到现在还没回来，看来临别时见不到母亲了，她很失落。

祖母弯下腰给菜园子里的豆角搭架，望着祖母满头银丝，枯瘦的双手，隆起的背，尤若兰失落的心里又有了一丝酸楚。

自从尤若兰毕业，祖母就像一个老小孩，总是缠着她，无论她走到哪个角落，祖母总是能找到她，之后就陈芝麻烂谷子地絮叨。尤若兰感觉耳朵听得都长出茧子了，可祖母还是自顾自地说着。她觉得祖母就像搁在窗台上的那架古老的收音机，嘈杂却能给院子带来生机，有时候还很享受和祖母在一起的时光。

尤若兰终于收拾完了行装，她深情地回望着陈旧却收拾得一尘不染的家，再望望外面已经有些火辣辣的太阳，心里祈祷着：今天就要跋山涉水去上班了，老父亲还要送行，天气还是凉爽些吧！这样老父亲就能少受些劳顿之苦，毕竟他已经是六十开外的人了。在家和学校之间奔波了几十年，空闲时还要耕作田地，父亲明显地驼背了，精神状态也大不如从前了。记得父亲从教的时候，那可真是意气风发，可转眼间父亲以代课教师的身份光荣退休，他苍老了很多。

踏上门前的石子路，尤若兰再次转过身来，回望着生活了二十多年的农家小院，她艰难地抬起胳膊，向慈祥的祖母使劲地挥舞着。

尤若兰瞥见那几只正在刨食的老母鸡依然在你追我啄，蹲在土墙上的小黑猫落寞地望着自己，伸长脖子的老黄狗却使劲地摇着尾巴，向自己撒娇，不知不觉她的眼眶湿润了。

从不离开母亲半步的小黑猫，落寞中显出一丝可怜，它仿佛也是母亲的孩子。尤若兰想一定是大姐家的农活没人干了，母亲正在帮大姐干活，才回不了家。唉，那个从不顾家、爱说大话的姐夫又不知道逛到哪里去了。想起心爱的大姐，还有大姐家的几个可爱的孩子，尤若兰的心一阵抽搐，再看看孤单无助的小黑猫，此刻她更想念母亲。临别时没有母亲相送，没有大姐的句句叮嘱，尤若兰的心仿佛被撕扯着，感觉很疼很疼……

尤若兰抹了一把眼泪，挎上背包转过身子，大踏步走上门口的斜坡。老黄狗跟上来，使劲地摇着尾巴，小黑猫悄然跳下墙，跟在尤若兰后面，父亲早已经背起铺盖卷率先走在前面。

走完这条承载着童年诸多美好回忆的斜坡，尤若兰就站在遮天蔽日的大核桃树下，望着隐藏在枝叶中的青核桃，自然想起了好久都没有音讯的朱磊。和朱磊一起拼命学习的点点滴滴仿佛还在眼前，她想起和朱磊最后一次见面的情景……

"兰兰，趁现在凉快，咱们还是早出发吧！"说着父亲大踏步地往山路上走去。

别了，温暖的家；别了，我的娘亲；别了，可爱的老祖母！

"兰儿，有空多回家啊！"

尤若兰转身，只见祖母沟壑纵横的脸颊上，搭起一只枯瘦的手，另一只手使劲地挥舞着。她对着祖母喊道："奶奶，快回去吧，星期天我就回来看您啦！"

她哽咽着差点喊不出声来，父亲回过头来望着女儿，心里也有些难受。

祖母的身影渐渐变得模糊起来，熟悉的家也变得愈来愈遥远，直到山路转弯处，一切都被眼前的黄土山遮挡，尤若兰这才收回思绪，跟在父亲后面默默地走路。

一阵大风吹过来，尤若兰感觉到一丝秋天的凉意。想到秋天，她不由自主地想起大学校园人行道上金黄色的银杏树，想起踩着银杏树叶和同学们散步的情景，尤若兰的心这才变得稍微明快起来。

捋了捋额前的头发，继续踩着脚下的碎石子，沿着蜿蜒的山路前行，半晌工夫，她和父亲已经走了很远的路程。

走在空旷的山路上，没有人说话，尤若兰听到父亲的喘气声。她感觉又累又饿，顺着明净的天空望去，湛蓝的晴空犹如马兰花瓣一样柔软、洁净，几只不知名的鸟儿从空中倏然窜下来，鸣叫着在空中盘旋，最后成群结队地消失在群山尽头。

放眼望去，沟壑、田野、梁峁、路边都呈现出郁郁葱葱的绿色。陶醉在乡村美景中的她，全然顾不上擦拭额头上流淌下来的汗水。父亲古铜色的脸颊上也渗出细密的汗珠，他只顾往前赶路，对于司空见惯的景色显得很平静。

"爸，要不咱们歇会儿吧？"尤若兰喘着粗气，转过头来对父亲说道。

"傻丫头，赶路要紧，爸不累，你要是太累了，咱俩就歇会儿吧。"父亲温和地看着女儿说。

"你不累就好，我当然可以继续赶路哦。"说着尤若兰向父亲做了一个胜利的手势，小跑步往前走，她咬着牙，忍着燥热和疲惫赶路。

翻过一道道梁，跨过一条条沟，走在土坡上，尤若兰累得气喘吁吁。忽然，她眼前出现了一片宽阔的平坦地，浓淡相间的绿色中出现了一大片金黄色的向日葵，一株株盛开的向日葵就像一张张灿烂的笑脸，迎着雨后的阳光正在奋力地生长。不远处是一片粉红色的格桑花，远远望去，顶在纤细枝叶上的各色花儿，像一群群身穿盛装的娇羞少女，在风中舞动着婀娜的身姿。

"太美啦！"尤若兰扔掉手中的背包，张开双臂狂奔过去，对着那片金黄色的葵花地和花海大喊起来，忘记了离家时的不舍，忘记了一路疲惫，她大声喊着、笑着、跳着，简直就是一个顽皮的小姑娘。

"都当老师了，还这么疯，以后怎么为人师表嘛！"父亲边说边放下行李，找了地边一块石头坐下来。尤若兰回过头来调皮地对着父亲喊道："爸，风景这么美，你看不到？"

"傻闺女，这有啥稀奇的？我都见惯啦！"父亲说着掏出旱烟锅，装满旱烟点着火，"吧嗒、吧嗒"地抽起来，他望着女儿忘情的样子，会心地笑了。抽完一锅旱烟，父亲抖掉烟灰，站起来对尤若兰说："咱俩还是抓紧时间赶路吧，下午我还要回家呢。"

"好嘞，赶路要紧，早到学校早报到啊！"

尤若兰帮父亲拿好行李，重新出发了，那片花海和金色的向日葵地被群山遮挡了，尤若兰还在留恋地回头张望着。

翻越了这座山，尤若兰看见宽阔的马莲河由东往西静静地流淌着。马连河畔，有一个被树木包围着的村庄，隐约有一抹红色在跳跃，是一面红旗吧？尤若兰心里想着。

是红旗，尤若兰惊叫起来，父亲顺着女儿手指的方向望去，是啊！那是一面迎风飘扬的红旗。

父亲长长地舒了一口气，说了声："闺女啊，咱们终于到学校了，这么远往后还是少回家吧。"尤若兰气喘吁吁，她给父亲做了一个点赞的手势，朝霞般明净的脸上笑容灿烂。

炊烟升起的地方有村庄，有村庄的地方就有学校，有学校的地方一定有飘扬的红旗，有红旗的地方就会有希望，有希望的地方即使再贫瘠也是天堂。

望着像火苗一样跳动的红旗，尤若兰心里不仅是激动，更多的是从内心升腾起来的一种力量。她忘却了一路的疲惫，兴奋地喊着、叫着，仿佛是一个盼到新年礼物的孩童。

"这么远的山路，以后你就常住学校吧！肖雄不在你身边，你可要照顾好自个儿的身体啊！山里娃上学不容易，你要用心教好娃娃们，实在想家了再回来。"

"不过要是以后通车的话，回家可就方便多了！"父亲接着说道。

父亲的话给尤若兰当头泼了一瓢冷水，尤若兰感觉心中所有的快乐倏然逃窜。是啊！这么偏僻的山村，这么远的山路，一路走来才领教了其中的艰辛，往后就要长期生活在这里，走山路就成了家常便饭，我还能受得住吗？尤若兰喃喃地对自己说。

她想起别离时肖雄那双忧伤的泪眼，扬子要自己放弃报考师范院校时的着急和执拗。

肖雄只身一人留在金城，自己却执意来到这么偏僻的地方，和山里的孩子为伍，想到心爱的肖雄，尤若兰的心变得很沉重、也很沮丧。她好想肖雄，此刻他在干什么，有没有想自己，会不会有感应？

扬子生活在滨海城市。大学毕业和执着追求她八年的男孩姚远结婚后，在一家科研所工作。现在又考上研究生，儿子出生不久，她就要去读书了。尤若兰羡慕扬子敢说敢做、洒脱不羁的性格。假如当初听扬子的话，不要报考师范院校，也许现在也能留在大都市……

高一就辍学的同桌国秀经营着一家餐饮店，还开着一家宾馆，国秀也曾劝自己入股，不要当乡村教师，可尤若兰断然拒绝了。

远赴新疆的发小张笑笑，也经常告诉自己，新疆地大物博，人口稀少，是个创业的好地方。笑笑不止一次地写信劝尤若兰到新疆和自己一同打拼，可都被尤若兰婉言谢绝。此刻想到这些各奔东西的友人们，尤若兰有些失望，甚至有些恐惧，往后这么长的山路，自己该如何走下去呢？

尤若兰茫然地望着父亲，心里像打翻了的五味瓶，父亲却全然不知道因为自己的一句话，引起女儿内心的轩然大波，他只顾着走路，把女儿落下了好长一段路。等回过头去看，父亲看到女儿无精打采地跟在后面，他有些纳闷，女儿刚才还如一只快乐的小雀，现在又怎么了？他停下脚步，等女儿赶上来。

"爸，歇会儿吧！"说着尤若兰直接坐在大槐树下的一块石头上。

"马上就到学校了，你没事吧？"

父亲也找了一块石头坐下来，装了一锅旱烟，擦着火柴，吸了一口烟，陶醉在旱烟的香味中，看到女儿不开心了，也没在意。这鬼丫头，谁知道她想什么呢？

肖雄这会儿正在上班吧？扬子肯定遨游在知识的海洋中，享受着学习的喜悦，国秀正在忙着招待客人，笑笑肯定也正在一边品茶一边欣赏葡萄丰收的场景吧？

一丝丝酸辣的感觉袭来，还夹杂着些许懊悔，当初只是一念之差，如今却相差这么大啊！尤若兰感慨着、叹息着，望着连绵起伏的群山陷入了沉思之中。

不久尤若兰眼前出现了那片盛开的向日葵花，这为她的心里陡然增添了一丝力量！那片格桑花让她心里增添了些许温暖，她沮丧的心灵有了些许安慰！

做一株生长在深山中的向日葵，或是做一朵粉红色的格桑花，吸纳日月精华，努力生长，兀自开放，给大地带来色彩和希望，这也不正是自己的真实写照吗？家乡的小山村需要年轻老师，哪里有需要在哪里就能找到人生的价值！尤若兰暗暗对自己说：别泄气，自己选择的路就是爬着也要把它走完。

她心里升腾起坚守初心、坚守梦想的信念。是啊！既然选择了远方，就只顾风雨兼程，不管结果如何。尤若兰向山坡走去，忘却了身旁的父亲。

父亲站起来，磕掉烟灰，看着阴晴不定的女儿，心里默默感叹着到底还是个孩子啊！

"傻闺女，慢点，等等我！"父亲喊道。

走上一道坡，再爬上一道梁，尤若兰和父亲来到一片苍翠的梧桐树下，一所乡村小学掩映在梧桐树中。两扇铁锈斑斑的大门，大门两侧的土墙壁上写着"乐学善思，开拓创新"八个遒劲有力的红油漆大楷字，一块长方形的木牌上书写着"罗山小学"几个正楷大字。

哇！和红头文件上的名字一模一样。尤若兰心里好激动，现在她还有说不出的自豪呢，因为从今天开始她就是一名光荣的人民教师了，原来实现一个愿望是这么幸福的事情，尤若兰心里暗暗想到。

从现在开始就要正式成为一名乡村教师了，再也不能让脆弱占据自我，不能再像个疯丫头一样，要有为人师表的样子。亲爱的自己，加油哦！尤若兰对自己竖起了大拇指。

第二章

罗山小学的校舍很破旧，二层教学楼把校园分成东西两部分，梧桐树占据校园两侧，南墙边有一行高大的苹果树，苹果树下是一片菜地，红艳艳的西红柿悬挂在枝叶中间。

南面有一排砖瓦房，房子正中"校长办公室"几个字赫然映入眼帘。一行人从校长办公室迎了出来，走在最前面的是个矮个子男人，边走边大声说："总算把你们盼来了！"他热情地伸出双手，紧紧握住尤若兰父亲的手，连声说道："辛苦了，辛苦了！"

后面几个人接过尤若兰和父亲的行李，簇拥着父女俩走进校长办公室，他们嘘寒问暖，忙着端水泡茶，招待两人。

"这是王校长。"面孔和善的中年老师介绍道。

果然是校长,真佩服自己的好眼力,尤若兰得意地笑了。

"这是副校长马凯老师。"王校长指着中年老师说道。尤若兰朝马副校长笑笑,马老师伸出双手急切地笑着说:"我们队伍中最需要的就是你这样的年轻大学生啊!"王校长又指着身旁的一位年轻人说道,"小伙子樊明亮,毕业于宁州师范,是咱们学校的教导主任。"

樊明亮有一张棱角分明的脸,一双笑眯眯的眼睛,一米八左右的个头儿。恍惚间尤若兰把樊明亮认成了大学校园里见过面的某个男孩,忍不住多打量了一眼。

樊明亮伸出手,尤若兰握着他的手调皮地说道:"该不会是学长吧?""哪能呢?我可比不上西北师大的高才生啊,以后要多切磋、多交流了!"

尤若兰笑了,笑声像一串银铃铛。

"对了,这是咱们罗山村的老支书,他今天是专门来迎接你这位大学生的。"王校长笑着介绍道。

老支书饱经风霜的脸上,两只眼睛显得特别有神,头发虽然全部花白,但身体很硬朗,他紧紧握住尤若兰的手朗声说道:"我代表罗山村全体村民,欢迎你的到来!娃娃们听说来了新老师,还是一名大学生,别提有多高兴了。我们也是盼星星盼月亮,盼着你的到来啊!你是我们村里第一个分配来的大学生,你的生活起居我们都替你安排好了,你就安心在这里教书培养娃娃们吧!"

尤若兰的手被老人长满老茧的手硌得生疼,她望着老支书布满皱纹的脸和虔诚的眼睛,感到受宠若惊。她心里暗暗说:"上班第一天就受到这么高规格的接待,看来当初的选择是正确的。"

"收拾好行李,我们一同去吃饭吧!"老支书催促所有人。

尤若兰和其他老师把行李搬到隔壁的土房子里,快速铺好床,安顿就绪，就随着老支书向吃饭点走去。

学校在半山腰，吃饭的那户人家看起来不远，可走起来却要穿过几条蜿蜒的山路。

路上有几个孩子跟上来了，尤若兰跟他们打招呼，孩子们很羞涩，都憨憨地笑着，跟在一行人后面跑。

快到那户人家门前时，尤若兰看见一个小姑娘，十岁左右的样子，背着比她大好多的竹筐，竹筐里塞满青草，一张红彤彤的圆脸上渗出汗珠，一双乌黑的大眼睛正望着自己，身后跟着一个扎着羊角辫的小姑娘，还有一个衣衫不整的小男孩。

尤若兰赶过去，连忙拉过女孩肩上的竹筐，呀，好沉啊！差点掉地上，小女孩赶紧接着，尤若兰就和小姑娘抬着竹筐，小姑娘的脸涨得更红了，怯生生地望着尤若兰，大着胆子问道："您是新来的尤老师吧？"

"是呀，你怎么知道的？"尤若兰惊讶地望着她那双清澈的眸子问道。

"同学们说的，他们还说你来了，就带我们四年级，可惜我听不上您的课了！"

"为什么呀？"尤若兰不解地问道。

小姑娘沉默了，只是跟尤若兰往家走，尤若兰诧异地打量着小女孩："你为什么不上学了呢？"

"弟弟刚出生，妈妈就离家出走了，爸爸现在又病倒了，奶奶的眼睛不好，我还要带弟弟、妹妹呢……"说着小姑娘就从尤若兰手里拉过竹筐，猛地背起来，急匆匆地走进篱笆扎成的院子里。

尤若兰定定地望着小姑娘远去的背影，她想：今天刚上班，怎么就碰到这样的事情呢？可怜的孩子，怎么能中途辍学呢？她赶过去，帮小姑娘放下沉甸甸的草筐，抚摸着她的头安慰说："你一定可以继续上学的！"

"大果，你跟谁说话呢？家里来客人了吗？快让她进来坐。"

一位身板硬朗、头发全白的老人手里拄着一根拐杖，走出中间的窑洞，站在门口一边张望，一边喊道。

"你叫大果，是你奶奶喊你？"尤若兰禁不住问道，大果点点头，向尤若兰深深地鞠了一个躬："老师，谢谢您！"转身就和奶奶一同走回自家的窑洞里，两个孩子也连蹦带跳地跑进去了。

尤若兰就这样愣愣地站在大果家院子里，直到村支书和校长喊她，这才怏怏地转过身子，随同他们来到吃饭点。

地地道道的农家饭菜很丰盛。一筷子下去，怎么挑也挑不完的臊子面，筋道滑润，加上红油辣子泼的臊子汤，散发着香喷喷的味道。看着在厨房里忙碌的中年妇女，尤若兰感受到家的气息，她想娘亲，想祖母，想那个变得遥远的家。

老支书斟酒，给尤若兰倒了一大杯，然后端着酒杯，站起来说道："首先我代表罗山村全体村民，对尤老师的到来，表示热烈的欢迎和由衷的感谢！感谢党和政府，感谢小尤老师投身乡村教育事业，让我们乡村建设后继有人！其次，我要感谢王校长及老师们，感谢你们多年来对学校的辛勤付出，没有你们的辛苦工作，就没有我们罗山小学的今天，也没有走出大山的娃娃们！来，我们一起干杯！"

老支书一饮而尽，他们都喝完了酒，只有尤若兰端起酒杯的手停在空中，初踏社会的她，在长辈们面前，尤其是在校长和同事面前，她该不该喝这杯酒？尤若兰犹豫着，举起的杯子就这样停在空中。父亲看到女儿为难的样子，接过酒杯对大家说："这杯酒我喝了，孩子往后在工作、生活中，还要承蒙各位老师支持啊！"

"你是老前辈，就尽管放心吧，这么正的苗子，还愁不能很快成长吗？"王校长笑着说道。

吃完饭，老支书、王校长一行人把父亲送出大路口，尤若兰望着父亲渐渐远去的身影，消失在山路的转弯处，她感觉鼻子酸酸的，眼泪差点掉下来。可当着这么多人的面，她控制住自己的情绪，告诉王校长想到大果家去一趟，王校长不由感叹道："大学生就是不一样啊，刚上班就要去家访，不一般呐！"

第三章

推开虚掩的柴门，面朝南有三孔窑洞，偌大的院子显得很凌乱，大果忙着喂猪、喂鸡，两个孩子正在追逐打闹，小女孩一转身就看到尤若兰，她大声喊着："姐姐，快看！"

大果惊喜极了，扔下手里的塑料盆，赶紧跑过来，拉着尤老师走进中间的窑洞。

窑洞里有些昏暗，尤若兰看到大果的父亲躺在土炕上，瘦削的脸上几乎没有一丝生机，他紧闭着双眼，身体显得很虚弱。听到有人进来，他睁开眼睛疑惑地望着尤若兰，正在洗碗的大果奶奶也摸索着赶出来，大声喊着："大果，是不是来客人了？"

大果一边答应着奶奶，一边连忙让老师在炕上坐，接着怯生生地给爸爸介绍尤老师。

奶奶晌午就听大果说了见到尤老师的情形，现在尤老师居然亲自上门来了，她激动地让尤若兰坐炕上，大果快倒水给老师喝。大果的父亲挣扎着坐起来，向尤老师问好，并且伸出枯瘦的手，尤若兰握着那双冰冷的手，心里很难过。

"尤老师来得正好啊，我还想着给您说道说道，您也看到了，就我们家这烂光景，大果还能继续上学吗？我知道娃勤快，学习成绩优异，娃也想读书，可条件不允许呀！娃说今天见到您了，您还是大学生，我心里也有些遗憾，娃不能接受您的教诲了，都怪我不争气，尽不到当父亲的责任……"

他长长地叹了一口气，接着又说道："您就帮我劝劝孩子，这学还是不上了吧！"

"大叔，您听我说，大果坚决不能退学！"尤若兰急切地说道，她的脸涨得通红，胸脯急剧起伏着。

停了一会儿，尤若兰平静下来，说道："大叔，对不起，我是急性子！"接着又耐心地对大果父亲说道，"大果还是孩子，正需要学知识！你家的情况我看到了，但这不是大果不去上学的理由。困难只是暂时的，我回去告诉我们王校长，相信王校长还有其他老师都会帮助你的，另外我再去找老支书，相信他也会帮助你们的！"

"唉，怎么帮呀？不瞒你说，老支书帮了我们很多忙了！"

"只要你同意大果上学，我们会想办法帮你们家渡过难关的，大叔，请相信我好吗？"

"爸爸，就让我去上学吧，求求你了！"大果声泪俱下地向爸爸说道。

"大叔，你就答应了吧，让大果明天来上学吧！"尤若兰说道，声音里带着祈求，还有不可抗拒的执拗。

大果的父亲沉默了……

"就让娃跟着老师去上学吧，家里不是还有我嘛。"大果奶奶接着说道。

"有你能咋样？眼睛看不见，能照顾好自己就不错了，还是让大果帮忙料理家务吧。"

"我眼睛看不见，可家里的活都能干，大果放学回来也能帮到我，别耽搁娃读书了。再说娃碰上尤老师，是娃的福气呀，就让大果读书去吧！"大果奶奶有些气愤地说道。

"大叔，就让大果继续上学吧！家里有困难，我们大家都想办法解决，无论如何也不能耽搁大果读书！"尤若兰猛地抓住大果父亲的手恳求道。

大果父亲什么话都不说，尤若兰和大果都耐心而焦急地等待着，时间仿佛凝固了。

过了好久，他挠了挠后脑勺，长吁了一口气，终于开口说道："好吧，看在尤老师亲自上门的分儿上，就让大果明天继续去上学，只是你要带着弟弟、妹妹一起去。"

"你个犟牛，这不就对了吧？家里不是还有我嘛，我眼睛虽然看不见，但家里都是轻车熟路，我摸索着就干完家务活了……"奶奶喃喃地絮叨着。

"一定带着！"大果激动得眼泪都流下来了，她感激地望着年轻美丽的尤老师，尤若兰笑了，笑得很酸涩。

大果终于又能上学了，尤兰心里的一块石头落了地。

今天第一天上班就挽救了一名即将辍学的孩子，尤若兰感觉自己好有成就感。她想写信给肖雄、扬子，诉说她第一天上班碰到的事情，重点是大果是怎样重返校园的。还有该怎样给大果的父亲治好病，只有大果父亲的病好了，她才能不再辍学，这一家人也才能真正摆脱眼前的困境。

上完几节课，随着放学铃声响起，送走可爱的孩子们，热闹的校园一下子安静下来，尤若兰整理好房子，太阳已经落山了，夜幕降临了。

屋子里的东西有些凌乱，尤若兰坐在办公桌前，借着昏暗的灯光，翻开一本崭新的《读者》杂志读起来。上大学到现在，尤若兰一直都订阅《读者》杂志，《读者》陪她走过了大学时代，带给她很多人生启迪。

就让《读者》伴自己度过入职后的第一个夜晚吧，这样想着，尤若兰决定先看会儿书，让思绪平静下来，再给肖雄和扬子写信。

"人总是要在磕磕碰碰中生活，才能学会慢慢长大。遇到对的人，是想让你在遇到错的人的时候多些勇敢和力量；遇到错的人，是想让你在遇到对的人的时候心怀感恩并懂得如何去爱。人生的道路曲折而漫长，生活只是个结，爱情其实也只是个结，如果解不开这个结，那么就将它系个美丽的蝴蝶结，甚至就把它当成一朵花，这样生活才会充满希望，充满美好！"

读到这段文字的时候，尤若兰感觉心灵被撞击得隐隐发疼。她一下子从那把破旧的椅子上站起来，环顾四周，昏黄的灯光映照着简陋的行李，崭新的床单和那条大红色织锦缎被子，给寂寥的屋子增添了一丝活力。

老父亲该回到家了吧？步行了那么多山路，老人家一定疲惫不堪了，此刻父亲该喂完那头老毛驴，早早休息了。不必再为父亲担心了，不知道娘亲回家了么？尤若兰想念那个遥远而温暖的家。

铺开雪白的信笺，回过头来，尤若兰的目光又落在红色织锦缎被子上。

尤若兰想起今天碰到的人和事，想到挽回即将辍学的大果，她的心里充满了喜悦，她要写信给远方的肖雄和扬子。

"肖雄"两个字刚落笔，尤若兰就开始强烈地思念起她的新婚丈夫了。隔着千山万水，尤若兰喊出声来：肖雄啊，此刻你在干什么呢？你也在想我吗？一只手握笔，一只手压着雪白信笺，尤若兰被思念这张天罗地网给牢牢罩住了，陷入回忆中不能自拔……

第四章

尤若兰考上高中后，每个周末都要步行十几里山路回家，帮家里干完农活，再背着母亲做好的干粮去学校。上高二时，邻村男孩朱磊和她分在一个班，他们俩一同回家，上学时照例是朱磊来叫她，朱磊背两份干粮，还一路唱歌说笑话，引得若兰大笑，两个人你追我赶，不知不觉就到了学校。

一年一度的高考如约而至，尤若兰怀着极度紧张的心情考完试，就开始漫长而煎熬地等待录取通知书。

大清早，尤若兰要跟着母亲到南山的月亮洼去除草。好久不见的朱磊走进门楼，她连忙迎了上去。

只见朱磊阴郁着脸，声音低沉地说道："若兰，我们落榜了！"

"落榜了！？"

尤若兰手里的锄头掉到地上，差点砸到母亲的脚面，母亲一边捡锄头，一边吃惊地望着朱磊。

"你再说一遍，你说的一定不是真的！"尤若兰一把抓住朱磊的衣服袖子，声嘶力竭地大喊一声。她的脸扭曲得厉害，母亲第一次发现乖巧的女儿变得这么凶、这么可怕。

"你落榜了，我也落榜了！"朱磊大喊一声，转身就朝门外跑去。

"你胡说！"尤若兰大声喊着，可朱磊已经跑远了，望着朱磊消失在山路转弯处，尤若兰瘫坐在地上，黄豆大的眼泪滚落下来，一滴一滴砸在黄土里，她声嘶力竭地喊着，"这不是真的！"

看着女儿这样悲伤，母亲的眼泪也掉下来。尤若兰是村子里唯一读高中的女孩子，两个妹妹都已经出嫁，若兰却还在为她的大学梦拼搏着。

若兰每学期都会拿回来奖学金、奖状，一家人眼巴巴地期盼着她能考上大学，为老尤家争口气！高考结束，尤若兰估分后，少说也能考个重点大学，可是……怎么就会没考上呢？母亲一边抹着眼泪，一边想着。

若兰瘫坐在地上，眼泪无声地流淌着，她大脑一片空白。

"你落榜了！"这句话就像一颗炸弹，震得尤若兰耳朵发疼，心也碎成了一片一片，而且还流淌着鲜血。

赵大婶来串门，看到眼前的情景，愣在门口。

走进院子，她轻轻地拉住尤若兰说："哎呀，傻孩子，快起来，别哭了，你个女娃娃迟早都要嫁人的，考上大学又能咋样啊？"说着又转过头来对尤若兰的母亲说道，"他婶子，不是我说你，早知道这样就不该让女娃读什么高中的。"

"是啊，要是知道今天这个结果，我早就不让她读高中了！"母亲大着嗓门说道，她擦干眼泪，走过来拉尤若兰。

两个人把尤若兰架起来，让她坐在自家的土炕上，母亲给她拧了热毛巾，擦掉她脸上的泪水，尤若兰呆呆地望着远方，目光空洞而绝望。

"兰兰，你没考上大学，其实还有别的路可走，至少你还多识了那么多字呢，快别伤心了，好不好？"母亲难过地对着尤若兰轻轻说道。

"是啊，是啊！最起码你不像我和你妈，都是睁眼瞎，将来找婆家也一定能挑个好人家嘛。"赵大婶随声附和着说道。

父亲看到这个情景，什么话也没说，只是装好旱烟锅，在门口的苹果树下"吧嗒、吧嗒"地抽,一阵烟味呛得他猛烈咳嗽几声,但他还是一个劲地抽着。烟雾缭绕中父亲浑浊的眼睛里也溢出热泪,但一转身,他默默地离开了。

尤若兰睁着眼睛,就这样躺了一天一夜,端上来的饭菜,原封不动地又端回去。母亲拉着尤若兰的手痛哭失声,风吹日晒变得黝黑的脸上,陡然增添了许多皱纹,新增添的白发一晃一晃的。尤若兰心里一缩,艰难地爬起来,在母亲的怀抱里痛哭了一场,接着就开始吃饭,然后准备跟着母亲下地干活。

她收拾好所有的书本,吩咐弟弟卖给收破烂的,弟弟高兴地去村子外面找收破烂的去了。

尤若兰把装满纸箱子的书本全都倒在地上,用手慢吞吞地翻阅着,仿佛抚摸着心爱的宝贝。

一个红色塑料皮笔记本滑落下来,翻开笔记本扉页,朱磊熟悉而遒劲的字体映入眼帘:小鸟眷恋春天,是因为它懂得飞翔才是生命的价值,花儿奋力开放,是因为它知道孕育一个冬天就是为了开得轰轰烈烈!为了梦想,我们都拼了!加油吧,若兰,你一定是最棒的!

朱磊落榜了,他一定也很痛苦,不知道此刻他在干什么?他是怎么熬过这些日子的?尤若兰心里牵挂起来,她想去找朱磊。

是啊,鸟儿只有飞翔才能追寻到生命的价值。曾经自诩是比翼鸟的两个年轻人,如今都折断了双翼,在令人痛不欲生却刻骨铭心的日子里各自疗伤,居然忘却了彼此。朱磊现在哪里呢?他在干什么?尤若兰想起他们的秘密约定:只要两个人都能考上大学,无论走到哪里,今生今世他们都要永远在一起。

尤若兰小心翼翼地合上笔记本,把它放入抽屉的最底层,她拿出一把铁锁,把抽屉锁了起来。母亲望着尤若兰,叹了一口气走出门外,小黑猫紧紧地尾随着母亲,悄无声息地溜走了。

尤若兰跟着母亲下地了,仲夏的太阳光火辣辣地直射着大地，顶着烈日，她跟在母亲后面狠狠地干活，好久都不说一句话。母亲让她歇息，她就坐在那棵歪脖子杏树底下，喝几口带来的温水，然后像一个无所顾忌的男人一样躺在树荫下，望着透过杏叶缝隙看到的星星点点的蓝天，陷入了沉思。

难道我要像善良、慈祥的母亲一样，辛苦劳作一生却从没走出过大山一步？像劳作不停的父亲，明明有机会转正成为正式教师，干一份自己喜欢的工作，却只能当一辈子代课教师？对这片土地我爱得能像父辈一样深沉吗？十年寒窗，为的就是能走出大山，现在翅膀虽然折断了，但我怎么就不能翻越过这一座座大山，去追寻梦中的远方？

尤若兰心里一遍遍责问自己，混沌喧嚣的声音中，她听到一个坚定的声音：若兰，你不能轻易服输！你要勇敢地追寻自己的理想，只要努力你就能找到施展才华的舞台！她猛地翻身坐起来，变得有些亢奋，没头没脑地说："妈，如果有一天我不在你身边，你会想我吗？"

母亲吃了一惊，定定地望着这些天被痛苦折磨着的女儿，一把搂过她，失声说道："你可别想不开呀，傻孩子！"

"妈，你想到哪里去了，我才不会干傻事呢。我是说我要到大城市去，你会不会想我？"

"傻孩子，你吓死老妈了。你是妈的心头肉，妈怎么会不想你呢？"

母亲抚摸着女儿的一头秀发，流着眼泪哽咽着。尤若兰偎依在母亲宽厚的胸膛里，她感觉自己重新焕发出了一种力量，不能屈服于眼前的一切，走出大山寻找属于自己的人生舞台，实现自己的梦想吧！此刻尤若兰眼前出现了朱磊的影子，她决定去找朱磊，告诉他自己的想法，没有考上大学，正好两个人可以一起到城市去打拼，凭着自己的双手，她相信一定能活出自己想要的模样。想到这里，她难得地笑了。母亲疑惑地看着几天来第一次露出笑脸的女儿，她爱抚地拢了拢女儿的秀发。

第五章

朱磊知道他们两个都落榜的消息，心像被撕裂了一样，疼得他有些喘不过气来，但他还是飞快地赶到若兰家。若兰的震惊和绝望，让他的心更加疼痛难忍，大脑一片空白，怎么奔出尤若兰家门楼的，自己浑然不知，直到奔到无人的空旷处，这才停下脚步放声大喊，接在就在长满青草的地方躺了下去，夕阳落山的时候，他才失魂落魄地回到家。

脑海里一遍一遍地闪过若兰听到落榜消息时吃惊、绝望的表情，他真恨自己，他们学习都是在班上名列前茅的，高考怎么就能双双落榜呢？曾经承诺的比翼双飞，现在都化为灰烬，好讽刺啊！

朱磊禁不住仰天长啸，他内心烦乱，不想见任何人，包括尤若兰。

父亲既生气又担心，还没等开口，朱磊那愤怒、无奈的眼神，让他悻悻地走出屋门。

朱磊的二叔要回家探亲了，这个消息在村子里炸开了锅。人们互相说着羡慕着。爷爷笑得合不拢嘴，逢人就讲自己二小子要回家了，朱磊的奶奶更是忙着收拾房前屋后。朱磊知道二叔要回家，心里暗想二叔这时候回家，该不是和自己落榜有关系吧？想到二叔，朱磊感觉无颜面对他，真想找个地方躲起来，可是能躲到哪里呢？

朱磊的二叔当年考上清华大学，是全县理科状元。县长亲自给他戴大红花，还拿到 5 万元的奖学金。大学毕业后他还在苏联进修过，找了一个苏联洋媳妇，之前风风光光地回过村子一次，那时候朱磊的爷爷奶奶逢人就夸，心里乐开了花。

二叔在哈尔滨工业大学任职，朱磊一家人的生活全靠他接济。二叔古道热肠，村子里谁家有事请他帮忙，他都会义不容辞地去帮，村子里的人都很敬重他，也很羡慕他。朱磊的爷爷也因此在村子里威望很高，他穿着时尚的新衣服，成了小辈们仰慕的人物。在同辈人眼里，他更是被人羡慕着、恭维着，朱磊的爷爷因此也有了一个"大人物"的绰号。

父母希望儿子能考上重点大学，爷爷奶奶更是希望他能像二叔一样光宗耀祖，可谁想到愿望落空，全家人都沉浸在失望之中。

二叔衣锦还乡，给家里沉闷的气氛陡然增添了喜悦，就像太阳拨开乌云，把光亮洒向大地。奶奶笑开了花，爷爷背起双手在院子里踱步，一家人行动起来打扫卫生。奶奶扯着嗓子喊这个叫那个，大家都期盼着这个真正的"大人物"早日归来，朱磊却表现得若无其事，他其实害怕见到二叔，琢磨着该怎样面对二叔。

大雨滂沱的夜晚，朱磊父亲接到电报，二叔马上就要到县城了。朱磊父亲忙张罗朱磊的堂哥租了车子去接，朱磊的母亲则忙着做饭。爷爷、奶奶在屋里来来回回地踱步，嘴里不住地求老天爷别再下雨，可是雨却像黄豆一样照常往下滚落，看着眼前的一切，朱磊的心像在沙漠上穿行一样焦躁干渴，后来索性钻进被窝，在嘈杂声中睡着了。

醒来时，日头已经爬上三竿子高了，二叔笑眯眯地让朱磊起床吃饭，朱磊揉揉酸涩的眼睛，难为情地笑了。

二叔决定带朱磊去哈尔滨，父亲长长地舒了一口气，母亲却一下子抹起了眼泪。终于可以逃离这个地方了，二叔要带自己去哈尔滨，这是多么令人振奋的消息，朱磊也暗自高兴。

落榜多少天了，朱磊的心一直幽居在黑暗的小屋子里，见不到一丝光亮，尤若兰也被逼到一个不为人知的角落里了。如今重见光明，朱磊眼前一下子就出现了若兰灿烂的笑容，这些天不知道绝望的若兰是怎么熬过来的，朱磊真的不敢去想。他想告诉二叔，让二叔也带上若兰，这样就能和若兰永远在一起，那将是多么令人兴奋的事情呢。可他抬头看二叔那张毫无表情的脸，话到嘴边只好全部都咽下去，朱磊想还是找机会再给二叔说这件事吧，现在他想立刻马上见到尤若兰。

好不容易等到全家人吃午饭，朱磊悄悄地溜出大门，顶着毒辣辣的太阳，沿着长满野草的乡间小道，来到尤若兰家门前，站在那棵年代久远的大核桃树下张望，多么熟悉而亲切的核桃树啊，朱磊用手抚摸着。

他的心仿佛要从喉咙里蹦出来，抑制住狂跳的心，朱磊推开了那扇熟悉的木大门，探进头去看，只见若兰的奶奶颤巍巍地颠着小脚，在空寂的院子里走来走去，其余窑洞里静悄悄的。

刚走进门，若兰奶奶就看见朱磊了，她干枯的脸上立刻绽出笑容，露出豁了的牙齿，笑呵呵地说："小子，这么久都不来找兰儿呀，她下地还没回来呢！"

朱磊扶着奶奶坐下来，奶奶正好想喝水，他倒了一杯水，把水杯子放在奶奶身边的小桌子上。奶奶说这些天若兰跟着母亲下地，回来就到傍晚了，她们带了干粮呢，朱磊陪奶奶说了好多话，等不到若兰，只好默默地回家了。

二叔要走了，一家人忙着收拾东西，爷爷从外面采购回来各种土特产，奶奶准备了土鸡蛋、辣椒面，都被母亲塞进那个大旅行袋子里。

临别之际，朱磊又一次来到尤若兰家，他弓着身子往院子里望去，还是不见若兰的身影。这时候若兰的父亲虎着脸出来了，看到朱磊没好气地说："该读书的时候不好好读书，这下都傻眼了吧？你来做什么？还嫌把她耽搁得不够吗？臭小子，以后别再来找若兰了！"

"大伯，我们都没考上，我知道您一定很生气，但我想见见若兰。"朱磊怯生生地说道。

"你们呀，不是冤家不聚头！"尤若兰父亲皱了皱眉头，摇着头叹了口气又接着说道："趁兰兰不在，我说你两句，你别不爱听。你们以后就少来往吧！都没考上大学，这辈子你们就要跟土地打交道了，以后还是踏踏实实各自过日子为好！走吧，走吧……"

"大伯，我要到哈尔滨去了，若兰回来你告诉她，我必须见她一面！"朱磊恳求着。

"知道你二叔回家了，你走得越远越好，也让我们省省心，若兰你就不用见了，以后大路朝天，各走一边吧！"

话还没说完，他大手一挥，把朱磊推出门外，朱磊无可奈何地转身走了。

站在尤若兰家的土坡下，抚摸着这棵见证他们青春岁月的大树，朱磊禁不住思绪万千，眼里溢出了泪水。

核桃树枝叶繁茂、遮天蔽日，青核桃光溜溜地隐藏在树叶当中。朱磊望着快要成熟的青核桃，想起那时候为了给若兰弄出核桃仁，手指要黑很久，可若兰的馋猫样子却让他很开心。现在若兰父亲的话，句句直戳他的心窝子啊！真的是自己让若兰分了心？朱磊伤心的同时更有懊悔，也许若兰也在埋怨自己？好吧，还是默默地离开吧。这样想着他掏出小刀在树皮光滑处狠狠地刻下几个字："若兰，再见！"然后头也不回地走了，直到大山吞噬了他踉跄的身影。

第二天早晨，天气晴好，朱磊跟着二叔坐上了通往县城的客车，他幻想着在山路的某一个转弯处就能看到若兰灿烂的笑容，但一路走来，却没有若兰的影子。带着无限惆怅，朱磊踏上去哈尔滨的列车。

朱磊想，若兰会不会看到这几个字呢？他甚至想，到了哈尔滨，自己先铺好路，然后就写信给若兰，只要若兰能来到哈尔滨，就一定能找到一份工作，他们就可以自由恋爱了，他们的诺言就会变成美丽的现实，多好啊！

青春年少时的情愫单纯、美好，不掺杂一粒沙石，青春年少时的梦想都富有诗情画意。当朱磊闪现出这个念头之后，他轻而易举地被自己的美好想法感动了，他还一厢情愿地认为尤若兰也会和自己的想法一样，他期待着见到若兰时，一切还都是从前的样子。可是时光啊，你是一把无情的利剑，美好的样子怎么能逃脱你锋利、无情的剑刃呢？

第六章

朱磊带着对尤若兰的无限牵念，踏上东去的列车，此时的尤若兰也终于从痛苦中幡然醒悟，她知道路还是要靠自己走出来。她决定离开父母，离开家，到大山外面的世界去打拼，她想和朱磊一起走。

想明白的尤若兰迫不及待地梳妆打扮后，踏着夕阳的余晖，急匆匆穿过熟悉的羊肠小道，来到朱磊家门前。

她伸出战栗的双手，推开了那扇熟悉的大门，朱磊的母亲正在抱着柴火烧炕，看到尤若兰，热情地把她领进屋子。

"大婶，朱磊下地还没回家呀？"

"他呀，昨天跟着他二叔到哈尔滨去了！臭小子，让他再复读一年，他非要去那么远的地方，冬天冰天雪地的，让人能不操心嘛？"说着朱磊的母亲抹起了眼泪。

尤若兰不太相信自己的耳朵，可她真真切切地听到朱磊去了哈尔滨！怎么可能呢？尤若兰有些蒙，老半天才回过神来，她望着朱磊的母亲一字一句地问："您说的全都是真的？"

"是真的呀，朱磊没能考上大学，他二叔回来带他走了，唉！你怎么也没考上呀？真是命苦……"

尤若兰木然地转过身子往外走，朱磊母亲絮絮叨叨的话全被她抛在身后。

朱磊只身一人走了，居然连一声招呼都没打？尤若兰心里反复思忖着这个问题，她一个人孤独地行走在暗夜里，碧蓝的天空中没有月亮，只有很多若隐若现的星星在眨着眼睛，它们全都悄无声息，看起来却热闹非凡，仿佛每颗星星都在嘲笑自己。

凝望着无垠的夜空，尤若兰此刻显得更加孤单、无助。她不敢去想和朱磊一起上学的美好日子，曾经的诺言此刻全成了嘲讽，朱磊怎么就一声不吭、扔下自己去了那么远的地方呢？好狠心的家伙，如今我该怎么办？

尤若兰走走停停，在一棵树下站住了，望着暮色笼罩着的静谧村子，思绪好不容易才稳定下来。她重新审视自己的未来，让朱磊和这里的一切都统统见鬼去吧。她诅咒着、痛骂着，下定决心要把朱磊彻底忘掉。

尤若兰回到家时已经月上中天，劳累了一天的父母早都进入梦乡，祖母的鼾声很响地传来。若兰和衣躺在土炕上，没有眼泪，没有痛苦，心中只有重复出现的一个念头：离开父母，离开这里！

她脑海里不断地重复着一个画面，一定要走出大山！可冷静下来一想：走出大山又该到哪儿去呢？去哈尔滨找朱磊吗？怎么可能？太可笑了，人家走时一声招呼都没打，自己还要厚着脸皮去找他，真是的，什么狗屁初恋，单纯、幼稚！尤若兰感觉自己简直就像一个小丑，朱磊是人群中咧着嘴笑得最厉害的那一个。朱磊！还是滚远点吧！在以后生活中你就彻彻底底地消失吧，这样也好，免得再牵肠挂肚！

辗转反侧的尤若兰像热锅上烙烧饼，怎么也睡不着，于是她索性打开记忆的闸门，搜寻着生活在大城市的亲戚、朋友……

看着窗外如水的月光，尤若兰的心更加炽热难忍，她想冲入夜色中，一个人正好可以独自上路，但黑夜无边，她只能耐心地等待着天亮。

时尚、漂亮的表姐是大舅家唯一的女儿，在金城开了一家上市公司。想到表姐，尤若兰决定先投奔表姐，等到有了立足之地再开创自己的事业，这样想着就带着一丝满足进入了梦乡。

凌晨五点左右，暴雨惊醒了尤若兰，她起床之后赶紧收拾行装，等父母醒来再和他们告别。

雨还在"哗哗"地下着，此刻尤若兰的心却显得格外平静，她的思维几乎处于静止状态，心中只有一个念头：告别父母，向金城出发。

天完全亮了，雨也骤然停止。天空万里无云，太阳升上地平线，被雨水冲洗过的大地一片洁净，尤若兰呼吸着清新的空气，耐心地等待着父母。

中间窑洞的门"吱嘎"一声响了，母亲出来了，父亲也跟着走出窑洞。尤若兰告诉母亲，接着胆怯地告诉就要下地的父亲她的想法，二位老人互相对视了一下，再看看尤若兰已准备好的行装，父亲无奈地摇了摇头，低声说道："就让娃去吧，她的心早已不在这山旮旯里了！读书、识字，应该走出这大山的啊！"

"是啊，只是娃出门在外，我放心不下呀！"母亲说着眼圈就红了。

"让娃出去闯吧，那个朱磊不是都去哈尔滨了吗，那么远那么冷的地方他都去了，兰儿还在咱们省会城市，再说不是有她表姐照顾的嘛，不必担心。"父亲说着就回到屋子，拿出来一沓收拾得很整齐的钱，母亲接过来塞在女儿的背包里，声音哽咽着说："傻闺女，穷家富路，找到你表姐了，就赶紧给我们报个平安！"

尤若兰的心既酸楚又感动，父母居然这么爽快就答应自己离家的要求，她真的好感激。可双亲苍老、黧黑、布满皱纹的脸颊却让尤若兰的心像被撕扯着一样难受，她的眼泪忍不住溢出眼眶，背过身子悄悄擦干眼泪，挤出一脸笑容。她给了母亲一个拥抱，挽着父亲的胳膊往外走，父母把尤若兰送出门外，直到看着她在山路转弯处消失，母亲这才老泪纵横、泣不成声。父亲默默地抽了一锅旱烟，一边张望着远处，一边拉着老伴下地干活去了。

第七章

刚才还是晴空万里，只是一袋烟的时间，乌云就堆满了整个天空，闪电的影子倏然划过，一声响雷炸得人心惊胆战。狂风夹着雨滴袭来，地上的树木摇摆着身子，尤若兰被狂风刮得东倒西歪，单薄的衣衫贴在身上，她努力往前行走，急促的雨点落下来了，砸在身上有些生疼，尤若兰不禁加快了脚步。

"哗啦啦——"黄豆大的雨点砸在尤若兰瘦弱的身体上，她本能地在风雨中狂奔，风声、雨声夹杂着雷声在耳边轰响。一道道闪电过后，一声惊天动地的炸雷声，使尤若兰的心狂跳起来，她一边拼命奔跑，一边想着父母这时该回家了吧？

雷声渐远，倾盆大雨也骤然停了下来，一束阳光泼洒下来，大地又变得明丽起来，尤若兰驻足观赏，心里感叹着：好奇怪的雷雨啊。

通往县城的客车终于出现在尤若兰面前，还没等车停稳当，她就像一只落汤鸡似的直接冲了上去，找到一个临窗子位子坐下来。环顾四周，她发现清早的车上，蜷缩着很少的几个旅客。

汽车在公路上疾驰，汽车马达声、溅起的水花声，震得尤若兰的心像碎了的水杯，疼痛难忍。

又下雨了，雨点敲打着车窗玻璃，噼噼啪啪作响。望着车窗外灰蒙蒙的天空，她多么想扑进清早的这场大雨中，她可以在雨中大哭、大喊，甚至狂笑，就让这场大雨冲走我全部的悲伤吧，尤若兰在心里呐喊着。

县城到了，客车刚停稳，尤若兰第一个跳下车子冲进雨里。风声、雨声响在她的耳畔，她就这样在雨中狂奔。赶到火车站时，她站住脚跟，静静地望着凄清的火车站，寥寥可数的几位旅客站在雨伞下，冷风、冷雨让尤若兰感觉恍恍惚惚的。她感觉自己就像狂风暴雨中一枚飘零的落叶，望着雨水中飘飘悠悠的几枚黄叶，尤若兰的心像被针刺了一下，她的脑海里忽然冒出一句话：一片黄叶落下谁的一生，一个雨点飘起了谁的一世？我是那片黄叶还是那个小雨点？难道我的生命就这么脆弱，这么不堪一击吗？不，绝不！尤若兰的思绪飘散，直到火车的轰鸣声由远而近，火车停在站台上，尤若兰这才随着人流踏上列车，找到座位，安置好行李，昏昏沉沉地睡去。

"旅客同志们，本次列车已经到达终点站，请旅客同志们提前做好下车的准备！祝你们旅途愉快！"

乘务员甜美的声音惊醒了尤若兰，火车到金城站了。她站起身来，伸了一个懒腰，赶紧背起行装随着人流走了出去，站台上有好多人在等待着自己的亲人。尤若兰平静地看着，拉起行李箱，随着涌动的人流走了出去。

林立的高楼，宽阔的停车场，冷冷的风让若兰清醒了许多，她的心更加平静。她慢悠悠地走着，在车站附近的小饭馆胡乱吃了些东西，心里有了一丝暖意，这才决定到表姐家去。

城市的人好多啊，穿过摩肩接踵的行人，走过一条车水马龙的繁华十字路口，尤若兰凭着年少时的模糊印象，来到表姐家那条宽阔的巷子路。这里的一切好熟悉啊，尤其是这条长长的巷子路，只是物是人非。曾经天真无邪的若兰跟着父亲第一次来到大都市，来到表姐家，走这条巷子路时，仿佛置身于童话世界。今天的她却是带着一身伤痕投奔表姐家的，她知道表姐一定会收留她，只是她要用时间来疗伤……

踏上长长的巷子路，两边的树木低矮，开满紫色的小花。尤若兰刹那间感觉自己变成了那个有着丁香情结的忧郁女子，风雨交加的巷子路，让她的心情得到了意想不到的改变。她禁不住吟诵起戴望舒的《雨巷》：撑着油纸伞，独自彷徨在悠长，悠长又寂寥的雨巷……

忽然尤若兰看见一棵紫花树下有一片"汪洋大海"，黄泥水里挺立着一朵红艳艳的花儿，花的茎和叶子都浸泡在浑浊的水中，可花儿却还那样倔强地开放着。那耀眼的红色，仿佛是一束明亮、温暖的火焰，一下子照亮了阴沉沉的天空，也照亮了尤若兰漆黑、迷失了方向的心，她感觉到昏睡了好长时间的灵魂被唤醒了。她为自己羞愧，不就是高考失败，不就是朱磊不声不响的远走哈尔滨了吗？一朵遭受风吹雨打、被污水摧残的花儿尚且这么坚强，这么娇艳，这么不卑不亢，何况自己正值大好的青春年华，懊悔之后尤若兰醒悟了。

她快步奔到花儿跟前，端详着浸泡在污水中的花儿，任泪水在脸上肆意流淌。在这个无人的世界里，她为自己的脆弱感到无地自容，雨点加大了，她还是蹲在花儿跟前，雕像般专注地望着这朵给她力量的花儿。

这时一辆大货车风驰电掣般地飞奔而来，尤若兰只感觉眼前一个黑色的庞然大物冲过来，本能地、恐惧地大喊一声。接着仿佛听到一声巨响，感觉自己像一片洁白的羽毛飘起来了，再后来她就什么都不知道了，这个喧嚣的世界就这样安静下来了。

尤若兰感觉自己艰难地在一望无边际的荒漠上爬行，好累好累。水，哪里有水呢？她感觉口渴难忍，心里渴盼着，她想哪怕只有一滴水也好啊！可环顾四周，除了模糊不清的沙漠边缘及头顶那个正散发着热量的火球，其余什么也没有。尤若兰挣扎着，喘息着……干裂的嘴唇翕动着。

"医生，她醒了！"

中年医生吃了一惊，立即奔向病房。

"快给她喝水！"医生急忙说道。

一汪清凉的甘泉出现在尤若兰的面前，尤若兰不顾一切地狂饮起来，渐渐地一切都远去了。她终于睁开了沉重、酸涩的眼睛，这是什么地方？怎么这么陌生？穿白大褂的人是谁呢？

她努力搜寻周围的人，看到的都是陌生的面孔，再看看自己被石膏固定的双腿，天哪，这是在哪里啊？为什么躺在这里？尤若兰惊出了一身冷汗，她探寻的目光定格在一个帅气的小伙子身上，他是谁呢？

"姑娘，你被车撞了，腿受了一点伤，恢复些时间就没有大碍了！"穿白大褂、戴眼镜的医生很和善地说。出车祸了！尤若兰眼前猛地闪现出那辆疾驰而来的大货车，恐惧一下子包围了她。

"我的腿会不会残了？"尤若兰声嘶力竭地大喊起来，可用了最大的力气，在旁人听来却是虚弱的低语。

"你只是受了伤，没有大碍，过些时间就恢复好了，你就放心吧！"

说话的是那位帅气的男生，他身材魁梧，眉清目秀，二十多岁的样子。打量着眼前这个感觉暖暖的男孩，男孩腼腆地笑了，那笑容仿佛是冲破乌云的一道霞光，熟悉而温馨，她忽然觉得，这一刻仿佛在某个地方出现过。在哪个地方？哪个时间呢？难道是朱磊吗？想到朱磊，尤若兰忽然间感觉到头撕扯般地疼痛，接着沉睡过去了。

尤若兰再次醒来的时候，清早的阳光透过玻璃窗子，洒在雪白的被子上。男孩趴在床边睡着了，病房里别的人也都静悄悄的，尤若兰不好意思喊醒男孩，她定定地望着男孩，这幅宁静美好的画面，感觉熟悉而温馨。

医生查房了，男孩惊醒过来，他连忙掀开被子，露出尤若兰白生生的石膏腿。

"医生，求求您，救救我吧！"尤若兰忽然声嘶力竭地大喊起来。

"别怕，你的腿只是骨折了，恢复些时间就好了，不会落下后遗症的，你就安心养伤吧！"医生微笑着对尤若兰说。

"不会瘸着走路？"尤若兰满脸疑惑地追问道。

"幸亏送来及时，要不留下后遗症还真说不准呢，姑娘你就放心吧！"

尤若兰眼里盈满泪水，她连声说："谢谢医生，谢谢啊！"

"别谢我们，谢你眼前的这位小伙子吧，幸亏他送来及时，否则后果不堪设想！"护士笑着说道，她顺手摸了摸尤若兰的头发，跟着医生往出走。

尤若兰收回视线，用一双泪眼望着眼前的小伙子，眼睛里充满了感激，小伙子难为情地望着眼前梨花带雨的姑娘说："我叫肖雄，去年大学毕业，在一家公司上班，前天下午出去办事，正好碰到倒在血泊中的你，就直接把你送到医院来了，总算没什么大碍……"说完不好意思地低下头。

尤若兰望着眼前这个腼腆而又帅气的小伙子，心里涌上来一阵阵暖意，一阵阵感激，她想说什么，却只是张了张嘴。阳光凝聚在他脸上，他的脸颊红润润的，仿佛生命的某一个渡口出现过这样的情景，洁净而美好。

一颗滚烫的泪珠顺着尤若兰长长的睫毛滚落下来，印在雪白的枕头上，绽开一朵梅花。肖雄的心被那朵散落的梅花狠狠地撞击了一下，他的心"怦怦"直跳，提起暖水瓶，快步走出病房，好久才让心情平静下来。

"闺女，小伙子照顾你可周到了，连着两天准时来，晚上一直趴在你床头，都没好好休息过，真是一个好孩子啊！"临床的大娘对尤若兰说。

"是啊，这孩子重情重义，看起来家教也不一般呐。"靠里面那张床位上的大姐也接着说道。尤若兰心里热乎乎的，她朝同病房的人打过招呼，就等肖雄回来，她想当面向他说声"谢谢"。

尤若兰谢过肖雄，她请肖雄给父母发了一封电报，然后按照地址去找表姐。

直到表姐风风火火赶到医院，肖雄这才回到公司请了假，若兰的表姐细心地照顾着若兰，若兰恢复得很快。

接到电报，若兰的父母也风尘仆仆地赶来了，当两位年过半百的老人看到女儿的石膏腿，禁不住老泪纵横，表姐也跟着掉眼泪。

"丫头啊，从你离开家那天起，我们可没睡过一次安稳觉，要不是好心的小伙子救你，这可怎么得了啊！"母亲一边抚摸着尤若兰的脸，一边抹着眼泪说。

"那还不快谢小伙子的救命之恩，哭有什么用呢！"父亲责怪母亲说。

"对，对……谢谢你，小伙子！"母亲擦干眼泪，对着肖雄说道。

肖雄连忙对两位老人说："叔叔、阿姨就别客气了，那种情况下谁都会先救人的！"

"真是一个难得的好后生啊！"若兰的父亲也禁不住说道。

肖雄不好意思起来，他憨憨地笑着，望着一家团聚的喜庆情景，悄悄地关上门离开了医院，可他的心里暗暗期盼着明天能早点看到若兰。肖雄心里禁不住一惊，难道自己喜欢上眼前这个女孩了，如果是，算不算是初恋？初恋，多么美好的字眼啊，可惜肖雄还真的没有体味过其中的滋味。

好不容易到了第二天上午，刚下班，肖雄就急忙赶往医院，他买了若兰喜欢吃的水饺、芒果。当他气喘吁吁地出现在若兰面前，尤若兰也用期待、喜悦的眼神望着他。若兰的父母正好想出去走走，说着两位老人就笑着离去了。

肖雄盛出水饺，削好芒果之后，就静静地坐在尤若兰身边，看着她吃得津津有味的样子，心里满满的都是说不出的幸福。他还给若兰带来了三本崭新的《平凡的世界》，这是肖雄跑了好多家书店，等了好久才买回来的作家路遥的畅销小说。尤若兰简直如获至宝，她感激地望着肖雄，原来肖雄也是文艺青年啊，共同的志趣和爱好让尤若兰刹那觉得自己和肖雄的距离近了好多。

一头扎进小说中，尤若兰读得如醉如痴，她忘记了撕心裂肺的疼痛，也忘记了周围的一切。肖雄静静地陪在若兰身边，他也沉浸在小说中，读得认真而投入。

阳光明媚的午后，肖雄推着轮椅带着尤若兰到医院的草坪上走走，呼吸新鲜空气，他们一同欣赏院子里的美景，一同看天空中变幻莫测的云朵，一同探讨书中的孙少平、田晓霞。不知什么时候尤若兰的心门被打开了一条缝，煦暖的阳光照进来了，她的心变得明净而快乐，也不知道是什么时候，两颗心越走越近。

今天是尤若兰十九岁生日，表姐送了她一只萌萌的卡通狗熊玩偶，肖雄买来她最喜欢吃的汉堡包、牛排，还订了一束红色的玫瑰花。

肖雄当着尤若兰的父母和表姐的面，单膝下跪向若兰求婚，这始料未及的举动，让尤若兰眼睛睁得大大的，她愕然地望着肖雄，眼前不由自主地浮现出朱磊的影子。她原以为自己早已忘却了朱磊，可偏偏这个时候，她又想起了朱磊，不知道此刻的朱磊在干什么？如果看到肖雄向她求婚，他会怎么样想？

"傻丫头，快答应啊，肖雄多好的孩子呐！"

"是啊，打着灯笼都难寻的娃娃呀，老天还是很照顾你的嘛！"父亲接着老伴的话连忙说道。

"就答应了吧，人家肖雄还是个大学生呢！"表姐拉着尤若兰的胳膊说道。

"让我想想，来得这么突然，我还没有做好思想准备呢！"

"都多大的人了，还要准备呢，反正我们答应了。"

父亲伸出双手，把肖雄拉了起来。尤若兰认真地思考起感情归宿这个严肃的问题，她抚摸着自己的石膏腿陷入了沉思。

朱磊不辞而别，其实不就是变相地抛弃了自己吗？她想不明白，朱磊那天告诉了她落榜的消息，为什么后来就一直没来找自己，还有去哈尔滨时居然一声不吭，这到底是什么意思？尤若兰百思不得其解，想想平时相处，朱磊拘谨胆小，心思细腻，自己倒是像个假小子。她接受不了落榜的事实，朱磊的不辞而别更让她痛心，在痛苦的沼泽地里艰难地往外爬，若兰感觉到很累很疲惫。朱磊到现在还是杳无音讯，说不准人家有了意中人，在哈尔滨成家了呢，自己却还纠结在他身上，也许还会错过了自己的救命恩人肖雄。尤若兰表面镇静，内心却像波涛汹涌的大海，此刻谁能知道尤若兰内心正艰难地挣扎呢？

求婚虽然遭到拒绝，肖雄还是一如既往地照顾尤若兰，他好像什么事都没发生过一样，心里默默地期待着尤若兰能答应他的那一刻出现。

尤若兰能撑着拐杖到院子散步了。肖雄搀扶着她，他们来到开满各色花儿的草坪上，坐在黄色金叶榆树下的石椅子上，阳光透过树叶缝隙，洒在他们身上，斑驳而明亮。

一阵微风掠过，花香中掺杂着男孩子特有的气息，吹入了尤若兰的鼻翼，她有些陶醉了。微微抬起头，迎面就看到肖雄那双充满炙热的眼睛，那样澄澈，那样坦荡，那样迷人。

尤若兰的心像一池吹起涟漪的春水，荡漾起一种美妙的情愫。她感觉一双热辣辣的眼睛正在直视着自己，似乎快要窒息了，全身一阵战栗，可她却不敢抬头看肖雄一眼。肖雄的脸似乎要贴近自己的脸了，尤若兰一惊，抬起头来，只见肖雄那双俊美的眼睛正注视着自己呢。尤若兰赶紧低下头，这时候肖雄轻轻地揽过尤若兰的双肩，她瀑布般的秀发就贴在肖雄坚实有力的胸膛上。尤若兰感觉到肖雄热腾腾的胸膛里那颗"咚咚"跳动的心，仿佛也要燃烧起来了！她感觉一阵眩晕，一股幸福而甜蜜的暖流包围了尤若兰，屏住呼吸，她轻轻地偎依在肖雄坚实的肩膀上。滚烫的热唇轻轻地压下来了，尤若兰迎了上去，她冒出一身热汗，浑身战栗，紧紧地抱住肖雄，时间就这样定格在那里……

绚丽的花丛下，清幽的月光里，留下他们成双成对的倩影。表姐羡慕两个相爱的年轻人，父母也高兴得合不拢嘴。

就要出院了，夜深人静时，尤若兰会情不自禁地想起朱磊，想起青春年少时朱磊那张顽皮的笑脸，美好的回忆还在，可朱磊为什么不辞而别呢？她自嘲地想：也许这些只是年少纯真的情谊而已。其实真心实意和自己相爱的是有救命之恩的肖雄，要不是这场车祸，月老怎么能给自己牵上线呢？危难时刻朱磊在哪里呢？不是肖雄舍命相救，自己会变成什么样？尤若兰不敢再往下想了，过去的就彻底放下吧，只要异乡的朱磊过得好，就让友谊长存吧。相信朱磊也能遇到意中人，尤若兰释然了，她憧憬着和肖雄携手人生的幸福和美好。

办理完出院手续，表姐要若兰回自己的家，可肖雄在距离公司很近的地方租了房子，他把房子收拾干净、整洁，等着若兰入住。

踏进屋子，大家都很惊讶，一个男孩子居然把屋子收拾得这么干净啊。母亲东摸摸，西瞧瞧，对肖雄赞不绝口，她试探着对肖雄说道："孩子，我们就要回老家了，把若兰留在你身边，给你添麻烦了！我们想知道你父母对你们俩的意见。"若兰的表姐也看着肖雄，等待着他的下文。

"父母完全同意，他们还说我们能订婚就早订呢！"肖雄望着若兰笑了，若兰羞涩地低下了头，脸上泛起了红晕。

"那就好，那就好！"若兰的父亲连声说道，他脸上的皱纹都笑开了花，母亲接上说："那就等你们订完婚，我们再回去吧！"

"好啊，我这就给父母发电报，让他们尽早赶过来吧！"肖雄说完就出去发电报了。

肖雄的父母风尘仆仆地从农村赶来了，他们带来了大包小包的土特产，见过面之后，几位老人就一起商议俩孩子的订婚事宜。一切从简，这是尤若兰坚持的原则，肖雄也求之不得。

第八章

　　订婚仪式选在一家高档饭店，表姐一家人，两家亲人，一共坐了三桌。当着亲人们的面，肖雄郑重其事地捧着一束鲜花，单膝下跪："若兰，嫁给我吧！"

　　尤若兰满脸绯红，接过红艳艳的玫瑰花，羞涩地笑了。望着心爱的女孩，肖雄眼睛里全是幸福和爱恋。

　　羞涩、娇美的若兰忘情地嗅起这束花儿，好美好香的玫瑰花啊！

　　亲人们见证了这庄严而幸福的时刻，若兰的双亲高兴得合不拢嘴，肖雄的父母更是笑得眼睛都成了一条缝。仪式结束，安顿好双方老人，肖雄才有时间再次和心爱的姑娘在一起，若兰告诉肖雄，她要重拾书本，再参加一次高考，圆了大学梦。肖雄耸耸肩膀说："我举双手赞成！心动不如行动，明天我就给你找书本，我还可以当你的专职老师呢！"

　　尤若兰进入高考备战状态，肖雄负责一日三餐，还给她当辅导老师。扬子也寄来复习资料，鼓励她报考农业大学，可尤若兰却想报师范院校。

　　肖雄不同意尤若兰报考师范院校，但经不住尤若兰的软硬劝说。出身农村的肖雄深知教师所担负的神圣职责，若兰如果能当老师，孩子将来还有人辅导，何乐而不为呢？只是肖雄还有些担心，如果若兰将来毕业分配在农村该怎么办？呸，呸！乌鸦嘴，事在人为嘛，不往好处想，光想些糟糕的事。再说若兰坚持要报考师范院校，毕业留在这座城市的学校，那该多好啊！

肖雄要出差了，收拾完行装，他给尤若兰买好了水果、营养品，帮她洗了几件衣服，收拾了一下凌乱的家，悄悄地留了一张纸条。准备离去时，他蹑手蹑脚地走到若兰身后，若兰正在专心致志地做题，压根就没有感觉到肖雄就在旁边。难怪呢，距离高考剩下不到十天时间了，肖雄不忍心打扰她，轻轻地带上门走了。

吃中饭的时候，尤若兰才看到肖雄的留言，一字一句仿佛都是滚烫的爱，她心里既温暖又感动。肖雄不在身边其实也没关系，自己一定不会胆怯，有前车之鉴，她复习得更认真了。

肖雄发来电报，他说临时改变行程，回来还需要再等几天，要若兰不要胆怯，勇敢面对高考。其实这个结果早在尤若兰的预料之中，她理解肖雄，给肖雄回了电报，整理好书本，洗完澡早早入睡了。她一再命令自己不要多想，要赶紧睡觉，只有休息好，明天才能精力充沛，也才能轻松应战，不久她就沉沉睡去。

迎着早晨第一缕霞光，尤若兰起床了，她的心情非常平静，先看了看肖雄买回来的几条可爱的小金鱼，尤其是那条头上有红缨子的小金鱼欢快的身影，让尤若兰的心情变得跟它一样明快！给它们撒了些食物之后，她就刷牙洗脸，吃早餐，准备就绪，她走出门，挡了一辆出租车直奔考点。

一路上她看到许多学子赶赴考场，等到那醒目的横幅出现在眼前时，她看到了黑压压的人群，有学生，还有前来陪同的家长，身穿制服的警察在维持秩序。看到这样盛大的场面，尤若兰的心不由得"扑通、扑通"直跳。

步入考场，在庄严肃穆的气氛中，试卷被发放到尤若兰手中，看着每道似曾相识的题目，她燥热、紧张的心逐渐平静下来了，一头扎进题海，奋笔疾书。等到铃声骤响，考生们齐刷刷起立的时候，尤若兰答完了最后一道题。

成绩公布之前，尤若兰的心始终忐忑不安，她好害怕几年前的情景再次重演。出差归来的肖雄一直安慰她，就算考不上，也可以在金城找份工作，两个人只要能厮守在一起，共同打拼，也一样能创造出美好的明天！

等待结果的日子漫长而难熬，肖雄上班之后，她总是胡思乱想，忽然间她想到朱磊，也许朱磊今年也参加高考了，但愿吧！如果这样，朱磊也能实现梦寐以求的理想，只要他过得好，自己也才能心安理得地和肖雄过得更幸福。

高考成绩终于出来了，若兰以优异的成绩被西北师范大学录取。拿到通知书那天下午，正好肖雄的工作也告一段落，两个人就骑着自行车在滨河路上赛跑，累了就在黄河畔的草丛里躺下来，一起看日落，听奔腾的黄河水，还一起遥望天空中的星星，看升上西边天空的月亮，直到很晚才吃了一顿美食回到家。

尤若兰上大学了，为了方便学习，她搬到宿舍住，肖雄也搬回公司，现在他们只有周末才能享受甜蜜的二人世界。

春去秋来，金城每一个角落都留下了他们或读书或游玩或赛跑的身影，黄河畔、白塔山下留下他们的欢歌笑语。若兰喜欢文字，肖雄喜欢摄影，他们的美文常常在刊物上发表，这对黄金组合引起许多少男少女的羡慕。

幸福的日子总是在不经意间就匆匆溜走了，不知不觉尤若兰读大四了，肖雄也晋升为经理助理，虽然工作很忙，但周末、寒暑假，永远都是他们相聚的幸福时刻。

马上就要实习了，实习之后不知道尤若兰能分配到哪里去任教，这是他们俩现在共同担心的问题。

肖雄鼓励她考研或者留校，可若兰信心不足。考研的话，英语是个老大难，她上初中时因为所在的中学在大山深处，没有英语老师来任教，学校没有开设英语这门课程，中考、高考都被英语拖了后腿，这次高考也是肖雄帮她一顿狂补，才考得还算不错。进入大学校门，尤若兰的英语水平依然很勉强，四级都没有考过，考研根本就不行，留校的事就更没希望了。在它看来，班上成绩优异、家庭富裕的同学有好几个，自己无论在哪个方面都不占优势，所以就没有抱任何幻想。

肖雄暗地里找门路托关系，想让若兰留在城市或郊区小学任教，不管是哪所学校都可以，他不想两地分居，更不想让心爱的姑娘回农村。当年为了跳出农门，肖雄也是十年寒窗九载熬油，才在这座城市有了一席之地，他怎么可能让若兰再次回到农村去呢？

尤若兰更是矛盾，她一刻都不想和肖雄分开，但她内心深处常常会冒出来一个声音："其实回到家乡任教何尝不好？家乡的孩子更需要知识，年迈的双亲也需要人照管啊，肖雄完全可以跟自己回农村的呀！"每每听到这样的声音，尤若兰心里就有些恐惧，因为她知道肖雄不可能会回农村去，不久的将来若兰就要和肖雄结婚了，如果肖雄执意不回去的话，她和肖雄就成了隔河相望的牛郎织女，那是一种怎样的痛苦和煎熬呢？

毕业在即，肖雄托人找的关系，一个个都变成了泡影！肖雄急得像热锅上的蚂蚁，但他一直都在努力着，他相信老天一定会保佑他们的。

尤若兰的毕业分配方案出来了，写作老师第一时间告诉她，她和另外几个同学被分配回家乡去任教了！听到这个消息，尤若兰既为她能实现儿时的梦想暗自欣喜，又为即将和心爱的人儿分开，变得焦躁不安。若兰无数次设想着能否说服肖雄，和自己一起回家乡创业，可看到肖雄还在为自己的事找人、托关系，而且只要一提到回农村的事，就变得焦躁不安，她看在眼里，急在心上。

吃饭时，肖雄兴高采烈地告诉若兰，办事的人说目前若兰留在郊区学校的可能性很大，尤若兰已经知道了结果，但她不敢告诉肖雄，只是陪着肖雄高兴，心里却很难过。

肖雄哼着小曲上班去了，尤若兰的心像刀割一样难受，此刻她就像一只困兽在铁笼子里碰撞，可就是没有办法撞开门，她处于两难之中，到底该怎样告诉肖雄，自己其实已经分配回家乡任教的事呢？她不敢想象肖雄听到消息难过的样子，她不想让肖雄伤心，可毕业在即，是该做决定的时候了。该怎么办？怎么办呢？尤若兰表面上平静如水，可一有空就发愣，甚至彻夜失眠。

肖雄知道若兰也在为毕业分配的事情发愁，如果一味地安慰她，只能徒劳地增添她的无奈，何况肖雄心里还想着，也许若兰根本就不用担心，说不定分在郊区的哪所学校了，嘿嘿，说不准还分在城市的重点学校了呢。想到这里，肖雄决定这个周末约她一同去爬白塔山，逛白塔山公园，他们应该放松被绷紧的神经了。

周末的早晨，当太阳爬上东边的楼房顶时，换上球衣、球鞋，背上旅行包的若兰和肖雄已经挤在人流中了。此刻天空碧蓝，太阳高照，树木翠绿茂盛，路边的洋槐花开得一咕噜一咕噜的，散发着甜蜜的香味，又是一年槐花香啊，尤若兰在心里感慨着。

抛开车辆和行人，两人观赏着初夏的美景，不觉就踏上白塔山的水泥台阶。拾级而上，城市的高楼大厦、喧嚣人流渐渐变得模糊而渺小。若兰爬累了，抓住铁锁直喘气，肖雄站在高处朝她做鬼脸，歇歇停停，他们终于爬上了山顶。

白塔山有山有塔，高耸入云的白塔掩映在繁茂的树林之中，各种高大的庙宇挺立在一旁。尤若兰欢呼起来，他们从这个庙宇到那个庙宇，烧香拜佛，祈求各路大神保佑自己心想事成。

太累了，两个人就坐在绿茵茵的草坪边的木椅子上，偎依在一起看蓝天、白云下的美丽景色。肖雄唱起了《我的快乐就是想你》。那雄浑、深邃的男中音，让尤若兰的心在颤抖，她真想亲口告诉肖雄毕业分配到家乡任教的事，可话到嘴边却怎么也说不出口。虽然她已经无数次下过决心，如果肖雄同意回家乡，她就义无反顾地回去，家乡的孩子更需要她啊！

唱完歌，肖雄躺在草坪上，望着蓝天不说话了，此刻他真想给若兰说：放弃当老师吧，哪怕找别的什么工作都行！但话到嘴边，他也说不出口，她知道当老师是若兰最期待的事情，教师的职业更是她崇敬的职业啊！

就这样，两个人一起沉默了，不远处两只色彩绚丽的蝴蝶飞过来了，你高我低地追逐着、嬉戏着。忽然两只蝴蝶扭曲着撞在一起，倏忽又分开了，一只落在一丛花上，另一只警惕地环顾四周，觉得不太安全，就盘旋着飞走了，另一只也忙不迭地飞走了，直到消失在远处的花朵上。尤若兰看得入了神，肖雄静静地望着。

"若兰，如果分配不尽如人意，我们另找个工作，不管是什么工作，只要我们在一起就行！好不好？"

尤若兰张了张嘴，把想说出了的那句"肖雄，咱们一起回家乡吧！"艰难地咽了下去，呆呆地望着肖雄，不知说什么好。

"千万不要回农村啊！"肖雄用祈求的目光望着若兰，替她捋了一下额头的秀发，若兰的眼泪流下来了，她定定地望着肖雄，鼓足勇气，咬着牙一字一句对肖雄说："肖雄，其实分配方案早已经出来了，我和另外几个同学都分回咱们家乡任教了，只是我一直没忍心告诉你，刚才还想给你说呢，结果你先说了！"说完了，她把头扭向一边，不去看肖雄的眼睛。

沉默、难挨的沉默……仿佛过了一个世纪，肖雄这才凝望着尤若兰，艰难地说道："亲爱的，咱不要那份工作了，好吗？"

肖雄的声音很弱，似乎带着哭腔。

"不行！"尤若兰声嘶竭力地喊道，肖雄被吓了一跳。

空气仿佛凝固了，两个人好久都不说话了，正午的阳光晒得他们的脸上渗出了细密的汗珠，在阳光下闪烁着飘忽不定的光泽。

"亲爱的，我们马上就要结婚了，你再静下心来想想，好吗？"肖雄轻轻地拉着尤若兰的双手，恳求地说道，还在她白净的额头上轻轻吻了一下。

过了许久，尤若兰站起身来，眼睛定定地望着肖雄，郑重其事地对肖雄说道："肖雄，我知道我们是真心相爱，但在爱情和事业的选择中，我选择事业。如果你觉得两地分居的日子受不了，我们也可以退婚，你在这座城市找一个能与你朝夕相处的姑娘一起过日子，我回家乡当我的老师吧！"

尤若兰的话句句就像铁锤猛砸肖雄满是期望的心，他感觉好疼！他知道尤若兰为了这个梦寐以求的理想，连爱情都可以抛弃！他还能说什么呢？此刻他觉得说什么话都是多余的。

肖雄沉默了，但肖雄知道，无论尤若兰做何决定，他们之间的爱情永恒的，就像天上的太阳和星星！看来还是要自己做出让步，事情才能有一个圆满的结局，肖雄看着心爱的女孩，他用那双大手抚摸着若兰的秀发说道："好吧，我尊重你的选择，理解你、支持你！"

"真的吗？"尤若兰看着肖雄那张无可奈何又帅气的脸，她有些迟疑地问道。

"当然喽，不管怎么样，我还是要娶我心爱的姑娘的，你说是不是？"说完了在尤若兰的脸颊上亲了一口，转身走开了。

"你讨厌！"尤若兰满脸涨红，边喊边追肖雄，他们俩在白塔山顶笑着追着，人们不知道在这两个年轻人身上到底发生了什么事，让他们如此快乐地跑啊追啊……

第九章

带着派遣证，尤若兰要回家乡报到了。肖雄请了一周假陪尤若兰一同前往，受父母之托，他还要看望尤若兰的父母，并且商量结婚事宜。

坐上通往小县城的火车，傍晚时分车才到站，赶上最后一趟通往家乡的大客车来到小镇，尤若兰看见蜷缩在三轮摩托车上来接他们的弟弟，直奔过去坐在三轮车厢里。疲惫至极的若兰偎依在肖雄温暖的怀抱中，望着一直跟着自己走的那轮金黄色圆月和满天星斗，她的心宁静而美好。穿过树林，走过黑魆魆的山峦，若兰觉得美好而虚幻，凌晨两点多钟，她终于回到阔别已久的家。

窑洞的灯都亮着，父亲迎了出来，母亲笑盈盈地抚摸着心爱的女儿，把肖雄让在饭桌前。母亲端上来热腾腾的饭菜，尤若兰和肖雄吃得津津有味。母亲慈祥地望着女儿女婿吃饭，不时地撩起衣襟擦拭着眼角的泪水。

肖雄太累了，吃过饭就在土窑洞休息了。躺在散发着柴火气息的暖炕上，虽然疲惫却毫无睡意。如水的月光洒进窗棂，照在他的身上，他想着尤若兰从此以后就要在这片土地上工作、生活了，自己却远在千里。先不说两地分居的相思之苦，如果若兰有个头疼脑热，谁来照顾她呢？再说将来如果有了孩子，谁又来照顾孩子呢？想到这些，肖雄俊朗的脸上布满了阴云，他想到了慈样的母亲，如果将来有孩子，母亲可以帮若兰带孩子。对，只能是母亲了，好在母亲还算年轻，身体也健壮，能解自己的后顾之忧。肖雄很想念母亲，也想念终日劳作的父亲，想念那个贫穷却温暖的家。明天就能回到双亲身边了，肖雄满足地笑了，不知过了多久就进入了甜蜜的梦乡。

尤若兰和父母诉说着别离后的事情，当她告诉父母自己就要到劳动局报到时，父母亲高兴得合不拢嘴，女儿终于成为一名光荣的人民教师了，这怎么不令人高兴呢？老尤家有了第一个吃公家饭的人，怎么说都是一件光宗耀祖的好事啊！父亲一辈子当代课教师，退休也没能转正，这是他一生的遗憾，如今女儿替自己实现了这个心愿，父亲心里乐滋滋的。他"吧嗒、吧嗒"地抽着旱烟，沉思了一会儿，对尤若兰说道："好啊，工作解决了，你和肖雄的婚事也该提上议事日程了！"

母亲抚摸着尤若兰的头发，慢悠悠地说："闺女，你爸说得对，你们结婚了，我们也就省心啦！"

"要不然让肖雄也回农村来，这样你们就可以在一起，不用来回跑路了！"父亲接着说道。

"肖雄如果回家，可能没有他能干的工作，再说他刚提升为经理助理，也不可能回来的！"

"唉，长期两地分居怎么行呢？"母亲喃喃地说道，父亲沉默了，旱烟锅里的火星忽明忽暗，呛人的旱烟味儿，让若兰一连咳嗽了好几声。

"我们商量好了，这个暑假就结婚。"尤若兰对父母说道。

"那行吧，只要你们俩愿意，别的事都好说，困难克服克服就过去了！"

抽了几口旱烟，父亲接着说道："你和肖雄回趟他们家，征得肖雄父母同意，趁暑假给你们把婚结了吧，这样我们就省心多了。"

　　一觉睡到太阳三竿子高，尤若兰爬起来扯开窗帘，院子里静悄悄的，祖母坐在杏树下乘凉，用那把木梳子梳乌黑的长头发。平时祖母总把头发挽起来，用黑丝网扎一个发髻，好久才梳洗一回。

　　尤若兰最爱看祖母的长头发，此刻尤若兰感觉回到了无忧无虑的童年时代，直到肖雄和弟弟从地里回来，她才一骨碌爬起来，望着肖雄，悄悄地向肖雄竖起了大拇指，做了一个调皮的鬼脸。

　　一路辗转，肖雄和若兰回到大山深处的家，母亲腾出捞面的手，在衣服上使劲蹭，好久才伸出手摸着儿子的脸，眼泪"吧嗒、吧嗒"地流出来，父亲对肖雄说："看把你妈高兴的。"

　　肖雄笑着拉住母亲粗糙的手："妈，我这不是回来了嘛，别哭啊！"说着把若兰拉过来，"妈，别光顾着哭，你看谁来了？"

　　母亲这才看到美丽、聪慧的儿媳妇，她破涕为笑，一个劲地让若兰坐。尤若兰的心里酸酸的，眼里噙着泪，脸上却笑开了花。

　　吃过饭，肖雄告诉父母若兰分回家乡当老师了，这个暑假他俩就要结婚，两位老人别提有多高兴了，当即决定暑假给两个年轻人办婚事。

　　父亲找到风水先生，看了他们的生辰八字，订了结婚时间后，就开始筹备儿子结婚所用的东西。

　　一对新人，在亲朋好友的祝福声中步入了婚姻的殿堂。如漆似胶的新婚生活，让肖雄和心爱的姑娘忘却了别离，也没有考虑未来的日子还要饱尝牛郎织女般的相思之苦。此刻他们觉得自己就是这个世界上最幸福的新郎和新娘。

　　尤若兰被分配在马兰河畔偏僻的罗山小学任教，看着红头文件，看着几封公司的加急电报，肖雄这才想到了分离，他的心酸酸的，带着千般不舍万般无奈，踏上了远去的列车。尤若兰追着疾驰的车厢跑了好远好远的路，才带着一身疲惫和一颗孤单的心回到家里，收拾好行装，在父亲的护送下，踏上了通往学校的路。

第十章

回忆像过山车，充满着甜蜜，充满着美好，当然还夹杂着无法诉说的苦涩。尤若兰的心在山村的夜晚显得更加孤寂，她睡意全无，索性披上衣服，走进铺满清辉的校园中。

教学楼和树木露出黑魆魆的轮廓，一轮圆月挂在中天，几颗若隐若现的星子镶嵌在蓝色的幕布上，一闪一闪地眨着眼睛，静静地注视着人间万物。仰头看天，尤若兰觉得那颗星都是肖雄的眼睛。

月光如水，清亮中弥漫着醉人的花香味，循着香味，尤若兰来到了一棵盛开着的合欢树下，坐在花园子的石凳子上陷入沉思。她想起大果，想起大果生病的父亲，眼睛失明的奶奶，想象着大果那个远走他乡的母亲。虽然大果终于可以重新上学了，但是想让大果持续上学，就要解决大果家的实际困难。她想给肖雄和扬子写信，告诉他们大果家的情况，她相信肖雄和扬子一定会有办法解决大果家的困难，她还想去找老支书，亲自向老支书说明大果家的情况，让老支书以及全村人伸出援助之手。想到这里，尤若兰有些兴奋了，她折转身子，回到灯下，铺开雪白的信笺，挥笔疾书，一连写了两封信。装入信封之后，这才爬上床，不久就进入梦乡。

窗子里透过一丝光亮，闹铃响起，尤若兰从睡梦中惊醒过来，她揉了揉酸涩的眼睛，一骨碌爬起来，快速穿好衣服，打开房门。只见太阳刚冒出一点白花花，远处青黛色的山峦升腾起一缕缕轻纱似的薄雾，淡蓝淡蓝的，缠绕着连绵起伏的群山，慢慢飘移着，一束束红光和青色的雾霭交织在一起，如梦如幻。马莲河犹如一面镜子从东至西，缓缓地流淌着，河面上闪烁着细细的波纹，已经有人牵着牛儿去饮水了。

尤若兰信步来到校门口，今天是上班第一天，站在校门口，她怀着平静而美好的心情，迎接孩子们的到来。

孩子们背着书包从几条小路上陆陆续续踏进校门，他们都向尤若兰问好，并且行少先队队礼。

接完孩子们，尤若兰来到四年级教室，清点人数，一共四十八名学生。看着认真读书的大果，尤若兰心里比吃了蜜还甜。多可爱的孩子啊，若兰心里默默地说道。

晨读、上操、上课，不知不觉到了中午放学的时间，午饭安排在本班男生刘军家。12岁的刘军胖乎乎的，矮墩墩的个子子加上一双小而机敏的眼睛，看起来很是憨厚、可爱。

放学之后，尤若兰就和刘军一起回家，刘军的奶奶早都准备好午饭。一番热情的问候之后，尤若兰就开始吃饭了，尤若兰要帮刘军的奶奶洗碗，老人家把她推出厨房，让她和刘军一起走，尤若兰心里热乎乎的。路上若兰禁不住问刘军，怎么不见爸爸妈妈，刘军低沉着声音说："妈妈下地干活了，晌午不回来吃饭，爸爸几年都没回家了。"

尤若兰心里一惊，又是一个留守孩子啊。刘军对老师说班上好些同学都是留守儿童呢，尤若兰心情沉重，怎么会有这么多的留守孩子呢？看来得赶紧摸清孩子们的情况。留守孩子缺少关爱、缺少家庭温暖，就像小树苗缺少阳光和雨露一样。尤若兰觉得肩负的责任重大，要当好孩子们信任和喜欢的老师，必须要付出更多的心血！

尤若兰不由加快了脚步，刘军小跑着跟上来。时间还早，尤若兰和刘军顺道去了一趟大果家。

晌午时分，村子里静悄悄的，推开虚掩的柴门，只见大果正忙着洗刷碗筷，看到尤老师，大果惊喜地喊出声来。躺在土炕上的大果爸爸强撑着坐起来，他招呼尤老师进来，正在摸索着扫地的大果奶奶连声喊着："赶紧给尤老师倒水喝。"

尤若兰告诉大果父亲，她正在联系金城的医院，让大果的父亲去治病。县医院要给奶奶免费做白内障手术……

半晌工夫，大果父亲摇头并叹了一口气，他挥手不让尤若兰说下去。尤若兰愣住了，她看着大果父亲阴沉的脸，心里想，难道我说错啥话了？

大果奶奶撩起衣襟，擦拭着眼泪，哽咽着说："尤老师，你真是菩萨心肠，可是你看我们家的光景，哪里有钱到大城市去治病呢，县城医院也没钱去啊！"

"是啊，尤老师你的想法是好的，我也想去治病，可条件不允许呐，谢谢你的好意！"

"大叔，我已经给金城的丈夫和朋友写信了，现在我就去找老支书，他们都会帮您的，您就放心治病吧！"尤若兰连忙说道。

"真是难为你了，大恩不言谢，我就啥话都不说了！"大果父亲满怀感激地说道。

"那敢情好啊，我们真的遇到活菩萨了……"大果的奶奶也连声说。

走出大果家，尤若兰让刘军先到学校做作业，自己径直往老支书家走去。

老支书的家在很远的一个山梁上，尤若兰刚好碰到梅子，就和梅子一前一后踏上崎岖的山路,好不容易才来到老支书家。

老支书家在一片杨槐林的尽头。推开油漆斑驳的木板门,院子里除了几只窑洞外,还盖了几间砖瓦房。正午的阳光很炽烈地洒在院子的每一个角落,几只母鸡带着小鸡们静静地在刨食,一只大黄狗猛地扑出来,朝她们"汪汪"狂叫。尤若兰吓了一大跳,她连忙把缩作一团的梅子揽在怀里,自己也不由自主地哆嗦起来。

"黄黄,别叫!"一声呵斥,大黄狗停止了狂吠,老支书迎了出来,他热情地招呼尤若兰,把若兰和梅子领进窑洞。老支书的老伴是一位头发花白,皮肤黧黑的农村婆姨,她用那双深邃而机敏的眼睛打量了一下尤若兰,接着朗声说道:"还是读了书的妹子耐看呐,你看人家的身板,再看那皮肤,多水灵的哟。"

尤若兰感到面红耳赤,心"咚咚"地狂跳起来,她往后退了一下,站在门口,向前迈出的脚不由自主地挪移回来。

"快进来坐嘛,别听你嫂子的!妇道人家没见识,别见笑啊。"老支书招呼尤若兰,老伴过来拉了一把尤若兰,用爱怜的目光打量着她,倒了一杯水放在她面前,又端出来瓜子,就出去忙了。

尤若兰对老支书说了大果家的情况,说了自己的想法,老支书叹了口气说:"咱们罗山村,像大果家的情况还有很多户,有些还比大果家艰难,村委会、乡政府想了许多办法帮他们脱贫,但效果不是很明显啊。你说给大果爸爸治病,我非常赞同。是这,你帮着联系医院,我帮着筹钱,你看咋样?"老支书一边抽着旱烟一边说道。

"那当然好了,谢谢老支书啊!"尤若兰兴奋地说道,接着她又说,"下个周末,先让大果的奶奶做白内障手术,到时候我和大果陪她老人家到医院做手术,筹钱的事交给您了,我给肖雄和朋友写信了,说不准还会有他们的好消息呢!"

"太好了，尤老师真是菩萨心肠啊，你们这些有文化的人就是跟我们不一样呐！我代表罗山村的乡亲们感谢你！"老支书边说着就抱拳向尤若兰作揖。

"老支书折煞我了，只要能让大果安心上学，我做些力所能及的事情是应该的呀，快别谢我了！"若兰连忙笑着说道。

赶回学校，悬挂在屋檐下的那口老钟被年龄最大的代课老师一下一下敲响，这是预备铃声。尤若兰愣了一下，她仿佛回到自己的童年时代，回到自己从前的母校，母校的那个笨重的老钟依旧悬挂在有燕子窝的屋檐下，真是"年年驿站春草绿，燕子归来人不见"啊。尤若兰忽然觉得一丝伤感袭来，她努力使自己平静下来。

"尤老师！"一声清脆的声音从校门外传来，尤若兰抬起头，迎面看到大果那张灿烂的笑脸，接着就听到一串铃铛般的笑声，刘军等几个同学跟在后面。

"你们几个快要迟到啦！"

"老师，我们刚给大果帮忙来着，这不刚赶上上课吗？"

"赶紧进教室吧！"尤若兰说道。

"遵命！老师，下个周六，奶奶让你陪她去医院呢！"大果望着老师说，脸上全是期待。

"你告诉奶奶，我一定陪她去！"

"我们也给家里说好了，到时候咱们一起去吧，尤老师。"刘军和梅子异口同声地说。

"那就太好啦，我们一起去医院。"尤若兰高兴地说。

周末早晨，大果奶奶起来得很早，她让大果帮自己找到几件舍不得穿的新衣服，把已经全白的头发梳得整整齐齐，还把自己娘家侄女叫过来照顾大果的父亲。两个小孩子闹着也要去，好不容易才把两个小东西哄住，便在大果的搀扶下，到路边等车。刘军家里有事，他沮丧地把大果和奶奶送到路口就折转回家了。梅子没有来，尤若兰急匆匆赶来时，奶孙俩正在焦急地朝这边张望呢。

秋天的天空是斑驳、澄澈的，棉花团似的白云在天空中悠然自在地飘逸着。空气有点冷，可太阳光里带着暖意，望着大果和奶奶沐浴在晨光里，尤若兰心暖暖的。

"车来啦，老人家准备上车吧。"

看到从山路转弯处奔驰而来的客车，尤若兰对着大果和奶奶说道。

"老师，梅子来不了，刘军也来不来了！"大果一脸委屈地说道。

"傻丫头，让他们忙去吧，咱们赶紧走，奶奶还等着排队检查呢！"尤若兰对大果说道。

"是啊，是啊，别等啦，有你和尤老师就够啦，走吧！"大果的奶奶一边说一边摸索着上车，尤若兰找到座位，把大果和奶奶安顿坐下，自己就在旁边找座位坐下。大果一直眼巴巴地望着车外，直到车子翻过一道坡，爬上一道梁，这才转过身子坐好，小嘴嘟着不说话。尤若兰轻轻地抚摸着她的头，给她悄悄地说了句话，大果终于被逗乐了，奶奶也高兴得合不拢嘴。

第一次来县城，大果就像发现了新大陆，她到处张望，不停地对老师说自己的新发现。大果的奶奶每走一步都很小心，她死死地拽住尤若兰不放，像一个生怕走失的孩子。看着老人和大果，尤若兰的心缩得紧紧的。多可怜的老人啊！生在大山，长在大山，没读过书，也从没走出过大山一步，过早地结婚生子，操劳一生，到最后还要长眠于大山，化为土粒或尘埃，这是多少个和大果奶奶一样老人一生的写照啊！尤若兰不由得想起老祖母，想起母亲，还有姐姐，心里不觉有些悲凉。好在自己还实现了自己的人生梦想，教孩子们学知识、学做人，孩子们将来一定会走出大山的！她心里有了些许安慰，些许自豪，就不由自主地摸了摸大果的头，大果定定地望着老师美丽的脸庞，心里热乎乎的，尤若兰感觉肩膀的责任沉甸甸的。

能带给别人光亮和梦想，自己首先就要是一束光，尤若兰在心里感叹着。

尤若兰带着大果和奶奶出现在县医院的门诊楼时，前来等候的患者及患者家属已经挤满了大厅。她赶紧让大果和奶奶排队，自己办理各种手续，在服务台填写了各种信息，挤在人群中的尤若兰感慨道：不到医院，根本就不知道，居然还有这么多即将失去光明的人啊！

"若兰——"

一个熟悉的声音从背后传来，她扭过头一看，人群中出现了一张久违的笑脸，齐耳短发，高挑的身材，白大褂裹挟下依然能看出女人特有的曲线美，白皙、明净的脸上全是久别重逢的喜悦。呵呵，居然是闺蜜林华。

"不是说你到省城进修了吗？什么时候回来的？"尤若兰迎上去，拉住林华一连串问道。

"走，到我的办公室去聊！"

林华是医院的妇产科主任，每天都在迎接着新生命，她的工作总是很忙很累。但林华不怕吃苦，她总是勤奋学习，一路晋升，现在已经是这家医院是大名鼎鼎的主治医生兼妇科主任了。

尤若兰说明来意，林华被她的善良执着所感动，当即找到医院领导，为大果的奶奶安排手术，还组织医护人员为大果一家献爱心。有人给大果送来书包，有人送来衣服，还有人给大果的奶奶送来鸡蛋。晚上安排专车把她们仨人送回大山深处的家，林华一路陪同，她在尤若兰的学校稍作停留就匆匆返回医院。

尤若兰见到林华，心里久久不能平静，在明亮的台灯底下，她铺开雪白的信笺，给肖雄写了封信，接着又给扬子写信。写她遇到林华的经过，她把自己所从事的职业和林华进行对比，林华身上闪烁一束束金色的光芒，带给人们喜悦和希望。

医生救死扶伤，教师教书育人，一个挽救人的生命，另一个塑造人的灵魂！她对自己所从事的教育事业又有了更深刻的认识，同时更加珍爱自己的工作。

尤若兰马不停蹄地忙开了，她忙着上课、写教案、改作业，陪学生早读晚读、上学放学，一周时间眨眼间就溜走，大果奶奶的眼睛术后康复也暂时搁在一边了。

直到周六，准备回趟家的尤若兰看到匆匆赶来的大果，不觉心头一惊，不会出什么事吧？

"大果，奶奶的线拆了吗？现在怎么样？"说着一把拉住大果的双手，大果手上的老茧硌得她的手缩了一下。

"老师，奶奶的眼睛能看见啦！"

大果开心地说，稚嫩的脸上洋溢着灿烂的笑容，那笑容就是阳光，照得尤若兰的脸也红通通的。

"奶奶的眼睛终于能看到这个世界了，我也不用迟到旷课啦！"

"是啊，是啊，你也不用再赶着做那么多的家务活，有时间多学习了。看来我也可以安心回趟家啦，是不是？"

尤若兰拉过大果，边说边把她拥入怀抱。

"走喽，走喽，尤老师终于可以回趟家喽！"

大果送尤老师到路口等车，她俩穿过蜿蜒的山路，来到马连河畔那条唯一通客车的石子路口。尤若兰坐上客车向大果招手，大果目送着那辆客车卷起一层细尘土，消失在山路转弯处，这才恋恋不舍地回到家。

第十一章

　　教师节来临了，老支书宰杀了一只羊，在刘军家招待全体老师，接着在村部召开了教师节表彰大会，全体村民都来参加。

　　主席台布置得很简陋，老支书和王校长等人端坐在主席台中央，其他老师、学生和村民有秩序地坐在下面。话筒中老支书那铿锵有力的讲话过后，王校长就宣布获奖老师和获奖学生的名单，身后放着崭新的煤气灶，还有几辆自行车，那是乡教委给老师们的奖品。

　　"五年级语文，全县会考第一名，请尤若兰老师上台领奖！"王校长话音未落，台下一片惊呼。

　　"哇，尤老师太厉害啦！"大果一声喊，五年级全体同学也异口同声地喊起来。此刻尤若兰也很激动，但她表现得却很平静，是孩子们努力学习、自己的辛勤付出才有今天的收获，她应该感谢孩子们啊。望了一眼欢呼雀跃的孩子，尤若兰快步走上主席台，双手接过老支书递来的奖状，向主席台深深鞠了一躬，又向台下深深鞠了一躬，转身走回自己的座位上，她很开心，脸上洋溢着幸福和快乐，还有说不出的自豪。毕竟这是参加工作以来第一次领奖，心里充满了甜蜜。她想把这种快乐分享给心爱的肖雄，分享给扬子和其他好友，可惜山高路远，于是就忍不住抬起头来环顾四周。蓦然间，好像人群中有一双明亮、满含笑意的眼睛正望着自己。是肖雄吗？真的是肖雄吗？当这个念头闪现而过的时候，尤若兰想昨天不是还收到肖雄的来信吗，信中肖雄还说让大果的父亲来金城治病的吗，一定是产生幻觉了吧？对，一定是产生幻觉了！自己也真的想肖雄了，她自嘲地向人群中再次张望，这时候只见肖雄正向自己招手呢，真的是肖雄回来了！

若兰忽地站起来，向肖雄飞奔过去，两个久别重逢的人拥在一起，很久都舍不得分开。原来肖雄今天到临县出差，掐算好时间，先看若兰再去刚好。

两个人回到土房子里，尤若兰给他烧水做饭，说着别重逢的话，说着笑着，忍不住哭了。

看着小锅小灶，凹凸不平的地面，破烂不堪的教室，肖雄想着心爱的人是怎么克服困难的呢，作为丈夫却爱莫能助。他心里五味杂陈，现在他只有一个强烈的愿望，带尤若兰离开这里，离开这穷山恶水的地方，他们一同到大城市去打拼，买房子、买车子，孩子将来还可以接受更好的教育，享受更好的教育资源，这该多好啊！但肖雄知道，尤若兰一定不会答应他的要求的，肖雄想还是找适当的时机再和妻子谈谈吧，反正回来要住几天的。

肖雄到距家乡不远的县城出差，正好顺路，他请了假早走两天，教师节正好给若兰一个惊喜，走时还能带大果爸爸到金城去看病，于是他就悄无声息地回来了，正好看到心爱的人儿获奖的场面，他既难过又高兴。

肖雄要带大果爸爸到金城治病了，这个消息长了翅膀般传遍了村子，沉寂的小山村变得热闹起来，人们奔走相告，全村人都说着两个年轻人的善举，想争相来到学校，亲眼看看这个来自城市的"活菩萨"。来一拨人，肖雄就发烟倒茶，招呼他们，他们直夸尤若兰有学问、有爱心，这样的媳妇真是打着灯笼也难找啊！肖雄不好意思地憨笑，满屋子的人都笑了。

"这么好的后生，当然要娶好媳妇啦！"一位留着花白胡子的七旬老人一边抽烟一边说道。

"是啊，好鞍配好马嘛，他们是天造地设的一对，我们大家遇上他们两口子，可真是好福气呀！"老支书笑眯眯地说道。

"你给大果爸爸联系好医院了，这次走的时候就是要带他走吗？"一位头发花白的老婆婆问道。

"医院已经联系好了，大果爸爸的病情应该不太严重，过两天走的时候直接带他去金城，相信治疗些时间，他就会康复的。"肖雄说道。

"到时候大果就可以毫无顾虑地读书了。你们两口子简直就是活菩萨，一个教给娃儿知识，一个帮我们看病，你们的大恩大德我们永远都不会忘记！"大果奶奶接上话茬说道。

看着朴实、善良的乡亲们，肖雄心里一颤，尤若兰能离开他们，丢掉心爱的教育事业，跟自己到大城市去打拼吗？假如自己就是尤若兰，面对这样的问题，该怎么去选择，真的好难啊。肖雄的心变得忧郁起来，他想着该怎样和尤若兰谈这件事，他知道尤若兰一定不会跟自己走，可一千个一万个声音又对肖雄说，你没试试怎么会知道！肖雄变得心神不定，忙着上课的尤若兰还没意识到肖雄情绪的变化，她像只快乐的小鸟，上完课就围着肖雄叽叽喳喳说个不停，也难怪啊，多少天都没有在一起了，有多少甜言蜜语的话要说的呀。看着尤若兰开心幸福的样子，肖雄想要带走若兰的想法就更强烈了，他期待和尤若兰谈谈。

送走学生，尤若兰挽着肖雄的胳膊到马莲河畔去散步，其实尤若兰是想告诉肖雄一个好消息，她想象着肖雄听到这个消息，会是一副怎样的表情呢？尤若兰想着禁不住笑了，肖雄也跟着笑了。

一路上农人们都忙着掰玉米，摘花生、挖土豆，还有人在挖药材，一派繁忙的景象。凉风轻轻地吹拂着马莲河两岸，吹在尤若兰夫妇的身上，他们牵着手惬意地享受着这秋天的乡村美景。河边的柳树下有一个小石墩，尤若兰跑过去坐在上面，好温热，肖雄也挤在跟前。

"快看，打碗碗花，嘿，还有黄色的雏菊花呢！"尤若兰站起来就往草地边跑，肖雄凑上去看，尤若兰兴奋地大声喊着："好美啊！可爱的花花！"

尤若兰把双手按在嘴巴上做成喇叭状，一副调皮可爱的样子，她粉红色的上衣就像盛开的玫瑰那样艳丽，鹅黄色的裙子在风中飘舞，一束油光发亮的马尾也随着摆动，那张充满活力的娃娃脸显得妩媚而俊俏。

"单纯、善良、美丽、可爱的若兰呀，娶到你真的是我的幸运，如果我们能分分秒秒在一起，那该多好啊！"肖雄心里荡起一阵阵幸福的暖流，夹杂着一丝丝遗憾，此刻他真想一把抱起尤若兰，一起在秋风里转圈。可是在这个偏僻的小村庄，肖雄只能压抑自己内心的狂热，他想今天无论如何都要说服若兰，跟自己一同去金城。

肖雄拉住若兰的手，把若兰揽入怀中，他们静静地享受着属于自己幸福的时光。

尤若兰抬起溢满幸福的脸庞，用一双水汪汪的大眼睛，羞怯地望着朝思暮想的丈夫，轻轻地说道："亲爱的，告诉你一个好消息！"

肖雄凑上耳朵，满心喜悦地期待着妻子的好消息。莫不是若兰要跟自己一同回金城？想到这里，肖雄的心激动地"咚咚"狂跳起来。

"亲爱的，你要当爸爸啦！"

"你怀孕了？"

肖雄被这意外的喜事给蒙住了，好久才兴奋地喊叫起来。

"看把你高兴的，我本想着等你回来再给你个惊喜，呵呵……你还真就回来啦，你真好！"

"我要当爸爸喽，我要当爸爸喽！"肖雄一把抱起尤若兰，在那棵最粗壮的柳树下转圈，鸟儿欢快地鸣叫着在河面上掠过，金秋的阳光洒在河面上，随着水流在跳跃，像一个个充满灵气的孩子。世界如此美好，肖雄放下尤若兰，他们一起坐在柳树下的一块大青石板上，肖雄望着心爱的妻子，眼前不由地闪现出她身子笨重，还要在井台边去打水的情景。他又不由得倒吸了一口凉气，是时候给若兰说了，他要带若兰一起走，若兰现在正需要有人照顾，谁也别想把他们分开！

望着肖雄忽然变得凝重的脸，尤若兰疑惑地左瞧右看，一切都正常啊，肖雄这是怎么了呢？她忍不住轻声问道："怎么啦？亲爱的。"

尤若兰刚开口一问，肖雄就郑重其事地对她说："若兰，我想跟你商量件事，如果你不同意就当我没说，千万不要生气啊！"肖雄抚摸着尤若兰乌黑的秀发说道。

"这么严肃，不会是啥坏事吧？"尤若兰睁着一双疑惑的大眼睛，望着一脸正经的肖雄，心里像揣着一只小兔子，回来都两天了，肖雄也没说什么呀。她自己在心里嘀咕着。

"说出来你可不许生气哦，不然吓着咱宝宝，我可是要心疼的呀。"肖雄调皮地说道。

"说吧，别卖关子了，我保证不生气！"

尤若兰举起手来，他原本是要向肖雄发誓的，可起抬起的手，却情不自禁地抚摸了一下肖雄俊朗的脸。

"跟我回金城吧，我可以照顾你，照顾咱们宝宝，我努力赚钱养家，咱们一家人在一起多好啊！"

"你要我放弃工作，放弃孩子们？你没发烧吧？"说着尤若兰伸出手去抚摸肖雄的额头。

"我说的是真的，你现在需要人照顾啊！"

"我才不需要你照顾呢，你难道还不理解我吗？"尤若兰有些生气地说道。

　　"说好不生气的，你个小赖皮！"看到尤若兰生气了，肖雄刮着尤若兰的鼻子轻轻地说道。

　　尤若兰坚决的态度，让肖雄心里像打翻了五味瓶，看来尤若兰是铁了心要在这个山旮旯当一辈子乡村教师了！可谁来照顾她的生活？谁来照顾即将出世的宝宝呢？肖雄沉默了。

　　其实尤若兰何尝没想过跟肖雄一起走，离开这个贫穷闭塞的小山村呢？可是丢掉心爱的教育事业，离开这群可爱的孩子们，尤若兰不知道这辈子还能再做什么。她也想过要过安逸的生活，要和肖雄分分秒秒在一起，可每当想到自己小时候读书时的艰辛，想到小时候就发誓要当一名合格而光荣的人民教师时，她就打了退堂鼓。

　　大学四年，面临毕业分配的方案，她毫不犹豫地选择了乡村教育事业，如今梦想成真，她怎么就能就轻易放弃为之坚守了多年的梦想呢？她知道肖雄一直在默默地等待着她回到金城，早日结束牛郎织女般的思恋生活。可是选择离开，正在学习知识、学习做人的孩子们该怎么办？罗山小学本来就师资力量薄弱，自己还是有史以来第一个分配来的大学生老师，如果每个老师都忍受不了这份清贫，一个个都像自己这样一走了之，孩子们的未来在哪里呢？乡村教育的希望在哪里？中国教育的希望又在哪里呢？想到这里，尤若兰下定决心，还是坚持自己的观点，不就是一些困难吗，"世上无难事，只怕有心人"是每个人都懂得的道理啊！何况她知道肖雄一定能理解自己的，只要能说服他，他一定会支持自己。想到这里，尤若兰轻轻地对肖雄说："对不起！亲爱的，我何尝不想跟你走，我何尝不想跟你每时每刻都能在一起，我何尝不想享受天伦之乐呢？可我要是就这样跟你走了，这里的孩子怎么办，孩子们还能走出大山，实现自己的梦想吗？"望着脸色忧郁的肖雄，尤若兰拉着他的胳膊，摇晃着说道。

　　肖雄叹了口气，抚摸着尤若兰的肚子，担忧地对若兰说：

"我能理解你的心情，尊重你的选择，可问题是谁来照顾你？谁来照顾你肚子里的宝宝呢？"

"没事的，等孩子出生时你尽早请假回来，孩子出生了，我可以把咱娘接过来帮我们带孩子，你说好不好？"

肖雄什么话都不说了，他径直走到河边，坐在一块青石板上望着流淌不息的马莲河水，陷入了沉思。

尤若兰知道肖雄生气了，也不着急，她走到不远处的柳树下，折了一个长柳枝，编了一个柳条帽，采来各色野花，编出一个美丽的花环，蹑手蹑脚地走过去，悄悄地戴在肖雄的头上，伸出手就往肖雄的腋下抓去。肖雄忍不住笑了，于是他们俩就在河边追逐起来，农人们看到这对小青年，他们叹息着、羡慕着，为他们的恩爱，更为他们的纯洁、善良。

第十二章

大果爸爸要去金城治病了，乡亲们来都送别。尤若兰准备好行装，把肖雄送到路边，老支书把从乡政府拨出来的钱和筹到的钱，如数送到大果爸爸的手里，大果爸爸感动得说不出话来，只是挥手向送行的乡亲们告别。

夹杂在人群中，尤若兰的眼泪已经忍不住了，目送着肖雄、大果爸爸和陪同的大果姑姑上了车，没能忍住眼泪，转身含着眼泪一路小跑回到学校。站在熟悉的梧桐林旁，任凭眼泪肆意流淌。她知道没有带走自己，肖雄此刻心里肯定更加难过，她很愧疾，也很着急，看看昔日喧闹的校园，此刻显得更加寂静，尤若兰不知道自己的选择是对还是错，她抚摸着自己的肚子，暗暗说道："宝贝，不是妈妈不爱你爸爸，是妈妈放不下这里啊！"眼泪不由涌出眼眶。

泪眼蒙眬中她看见对面教室的门口，大果正用惶恐的眼睛望着自己，后面拥挤着五年级全体同学，他们的眼神里有担心、有忧郁、有期待，尤若兰破涕为笑了。看着可爱的孩子们，她的心变得温暖而快乐，所有对肖雄的留恋和不舍，都渐渐地抛到脑后，她开始投入了紧张的工作当中，每天备课、上课、批改作业，每样都没有落下。

学校没有集体灶，尤若兰上课之余要自己做饭吃，为了跟早读，她几乎没吃过早餐，中午一顿要凑合到下午，往往饿得心发慌。也难怪啊，从前一个人的饭量如今变成两个人了，平时工作量又那么大，她能不饿么？

大果爸爸的病基本痊愈了，从金城回来第一时间赶到学校，肖雄给尤若兰捎了很多东西，大果爸爸细数着肖雄照顾自己的点点滴滴，尤若兰听得心里热乎乎的。

同事们羡慕地直往外拿肖雄捎给若兰的东西，各种若兰喜欢吃的零食、营养品，还给未出生的宝宝带回来衣服，那小小的衣服，粉嘟嘟的都是小女孩穿的。肖雄想让妻子生个小丫头，婆婆却一直念叨着要个大胖小子，若兰却觉得不管生男孩还是女孩，同样是娘的心头肉，她都会喜欢的。

转眼之间，时间已经到了初春，尤若兰的肚子逐渐明显了，宝宝正在加速成长。看到老师的行动有些艰难了，大果就和几个女孩子利用课余时间帮尤老师洗床单、换被套，做一些力所能及的活。

大果和同学们约定，周末从家里拿来劳动工具，在南墙脚下开垦出一大块地来，然后从家里带来辣椒苗、西红柿和黄瓜苗学着栽种，他们还在周围撒上玉米籽，从不远处的马莲河里抬水浇菜苗子。一个个累得满头大汗，看着孩子们，尤若兰既心疼又着急。

婆婆赶来了，手里提着大包小包东西，他给儿媳妇带来了最拿手的猪肉粉条包子，做了面筋，还有一些土特产。尤若兰望着婆婆，心里温暖极了。

婆婆六十多岁，有一双慈祥的眼睛，一张布满皱纹的脸，婆婆似乎永远都不会生气，身体硬朗，走路像一阵风，看到孩子们栽种的菜苗子，忍不住哈哈大笑。她拿起锄头，挖出来重新栽种，孩子们给她帮忙浇水，一会儿工夫，一大片整整齐齐的菜就栽好了，一棵棵菜苗简直就像一个个等待检阅的士兵一样精神抖擞，尤若兰和孩子们直竖大拇指。婆婆笑着说："小事一桩！"说完又是一阵朗声大笑。

婆婆总是学校、家里两头跑，她既要照顾即将临盆的儿媳妇，又要伺候家里的几亩田地，若兰劝婆婆留下来，婆婆总说："傻孩子，你生产的时间一到，我自然就会留下来的！"

又过了一段时间，婆婆打算住下来，看来时间应该差不多了，尤若兰心里想着，她就动笔给肖雄写了封信，让肖雄提前请假，免得到时候干着急却没办法。信发出去了，尤若兰如释重负，长长地舒了一口气。

又是一个周一早晨，当鲜艳的五星红旗伴着国歌冉冉升起的时候，尤若兰挺着大肚子组织学生向国旗行注目礼。升旗仪式开始，照例检查人数，尤若兰发现班上缺一名学生。谁没请假？按照常规学生不来学校，家长要提前请假的，尤若兰还在纳闷，大果便大声报告："报告老师，刘军没到校！"

刘军可是从来没旷过课的呀，刘军病了？还是家里出什么事了？尤若兰很着急。在那个通信非常落后的年代，若兰只能耐着性子安顿好学生，给王校长说了声，匆匆忙忙向刘军家奔去。

山路崎岖，尤若兰艰难地往前走着，抬头远眺，只见春天的乡村是那样宁静、那样美好，到处都是桃红柳绿，布谷鸟清脆的叫声由远到近，呼唤着春天，马莲河像一条飘带，绕着河床流淌在阳光下，发出明亮的光芒，新鲜的空气中弥漫着一种花香。每天只顾着上课、批改作业，给孩子们传授知识，自己却从来没享受过大自然美景。她想如果有一天能带着孩子们来享受一下大自然，或者把课堂搬到大自然中，让孩子们领略大自然的风光，享受大自然的美妙声音，在大自然的馈赠中学到知识，那该有多好呀！

尤若兰一分神，一颗小石子绊了她一下，差点摔倒了，好险呐。她赶紧抓住路边的一棵杨树，总算站稳了脚跟。她摸了摸自己的肚子，歇息了好一会儿，艰难地站起来，对肚子里的孩子说："宝贝，乖乖地待着吧，过几天爸爸回来，他会亲自迎接你来到这个美丽的世界，耐心点哦。"

尤若兰知道，肖雄忙着上班，虽然他无时无刻不在牵挂着将出生的孩子，几乎每天写一封信，可他们公司的事情太多，照顾若兰的重担就只能落在婆婆身上。有婆婆的陪伴和关心，尤若兰既幸福又内疚，每每说起来，婆婆就慈祥地抚摸着她的头，又摸摸她隆起的肚子，笑着说："真是个傻孩子，一家人不说两家话嘛。"

尤若兰感觉到暖暖的，这个世界上最疼自己的人除了老公，还有两家的娘亲。母亲家里人口多，路途遥远，似乎好久都没来看过女儿了，只是父亲的信常常让尤若兰幸福无比，也是她坚守在大山的动力。当了一辈子代课教师的父亲总告诉她，教育是一项长期而艰巨的工作，要静待花开，教师的职业更是太阳底下最光荣的事业，一定要把它干好。

尤若兰就要临产了，乡政府给学校招聘了一位年轻的女代课教师李凤，二十多岁的样子，是本村人，高考落榜回到家，家人让她复读一年，她却要来母校当老师。李凤身材高挑，皮肤白皙，一双小而漆黑的眼睛，一张粉嘟嘟的瓜子脸，两个小酒窝让人感觉到她总在笑。

尤若兰好高兴，王校长把李凤安排在尤若兰隔壁的房子，叮嘱李凤要照顾若兰的饮食起居，李凤调皮地说："遵命！"并向校长行了一个军礼，一屋子的老师都笑了。

李凤带一年级，她极有耐心，更有爱心，令全校师生敬佩，尤若兰也尤其佩服她。看着李凤带着孩子们在简陋的操场上玩各种游戏，若兰就常常陷入沉思，她想着国家现在也不知道有多少个乡村学校，多少个和她们一样坚守在教学第一线的老师，都在为孩子们传授知识，引领他们做人，默默地奉献着自己的青春年华。他们可是支撑中国教育大厦的顶梁柱！是啊，最好的教育就是要帮助孩子找到自己最好的模样，为了这个目标，尤若兰前进的方向更明确了。

李凤家距学校不远，她原本住在家里，这些天为了照顾尤若兰，就搬来铺盖卷住在学校，而且住在尤若兰的隔壁。

老支书发动全体村民捐资，在学校操场南边搭建了简易灶房，聘请了炊事员，解决了老师的吃饭问题。解决了这个头等大事，尤若兰就可以腾出来更多的时间给孩子们上课，研究新的教育教学方法了，胡思乱想中她不知不觉就来到了刘军家。

推开虚掩的大门，院子里静悄悄的，一只小狗眯着眼睛懒洋洋地望着她，也不发出叫声。

"有人吗？刘军在家吗？"小狗狂吠起来，尤若兰感觉自己的声音孤单而无助，站在院子里忽然就有了不祥的预感，难道出什么事了？

"这不是尤老师吗？你找刘军的吧？"

一个雄厚的男中音从远处传过来，若兰转过身去，她看到了一张陌生却充满着善意的脸，尤若兰感觉好熟悉，可她就是想不起在哪里见过。

"大伯，我是找刘军的，你知道他去哪里了吗？他今天怎么没来上课呀？"

"唉，刘军呀，真是一个苦命的孩子。昨天下午放学，帮奶奶打猪草，脚底下一滑，掉到沟底下了，摔得不轻啊，现在已经送到乡镇卫生院了抢救了。真是造孽呀，多大的孩子啊，就撑起了这么一个家……"

尤若兰头"嗡"的一声，心缩在一起，还真的出事了！刘军摔得严重吗？情况怎么样？她想立即见到刘军，现在必须先返回学校给王校长汇报情况。

尤若兰跌跌撞撞地赶回学校，学校静悄悄的，她在教室找到王校长，向王校长汇报了事情的经过。她给孩子们布置了作业，把班交给大果管理，就要求去看刘军，王校长担心尤若兰的身体。但经不住她的一再请求，只好快速找到老支书。老支书找来一辆手扶拖拉机，和王校长坐在车厢里，几个人就匆匆地向山外的乡镇卫生院赶去。

山路很颠，尤若兰虽然坐在司机跟前的软座位上，可是她还是能感觉到剧烈的振动，她抱着隆起的肚子，心里一遍一遍地说："宝贝，忍着点呀，妈妈知道你受委屈了，可是大哥哥摔伤了，他也是妈妈的宝贝啊！你就委屈一下吧，相信你一定能理解妈妈的对不对？"

尤若兰咬着牙坚持着，老支书皱着眉头，不时地回过头来看她，王校长也捏着一把汗。就不应该让若兰来的，可是相处这么久，他知道尤若兰爱生如子，她又怎么可能不来呢？他祈求上苍，但愿不要再有什么事再发生了就好！

终于到医院了，若兰下了车，率先向前走去，老支书和王校长都长舒了一口气。他们穿过乡镇卫生院的青砖小路，来到病房区，尤若兰心急火燎地推开病房门，只见刘军的腿用白色的石膏固定着，看到尤老师，刘军睁大眼睛，惊奇地大喊出声："老师，你怎么来了？真的是你吗？"

尤若兰坐到刘军跟前，用手抚摸着他的石膏腿，眼里噙满泪水。

"孩子，很疼吧？"

尤若兰哽咽着说不下去了，这个孩子太可怜了，父亲在外流浪，还找了别的女人。母亲常年有病，家里的姊妹都还小，爷爷、奶奶年龄大，他就成了家里的主心骨，平时除了学习，还要帮助家里干些力所能及的活儿。刘军比同龄的孩子都显得成熟，没想到发生这样的事情，真是让人担心啊！

刘军的父亲回来了，他见面就埋怨刘军干活不小心，害得自己千里迢迢地赶回来不说，还要被罚工钱。尤若兰很诧异地看着这个满脸络腮胡子的中年男人，心想竟还有这么不讲道理的父亲！

尤若兰很想跟他争辩几句，可看着刘军无奈地看着自己，只好欲言又止。刘军催促尤老师快点回去，刘军的母亲也催老师们回去，怕耽搁了给娃们上课。于是就和王校长、老支书又坐上了颠簸得很厉害的手扶拖拉机，天快黑的时候才回到了大山深处的学校。

刘军的父亲待了三天就又失踪了，王校长在学校组织了一次捐款活动，全校师生都捐了钱。尤若兰拿出一个月工资，王校长只要了一点，其余给若兰留下待产用。

刘军终于可以出院了，但他的右腿落下了残疾，只能靠拐杖行走，他依然坚持上学，帮家里干一些轻活。父亲来信说，等他挣了大钱就给刘军到北京的大医院做手术，尤老师、刘军还有同学们都在期盼着刘军能在北京做一次手术，这样刘军就会和过去一样行走自如。

第十三章

尤若兰拖着笨重的身子穿行在学生中间，预产期快要到了，讲台显得拥挤了，上课拿粉笔在黑板上写字，或是坐在讲桌跟前批改作业，对尤若兰来说都很困难。

大果看在眼里，她想加宽讲台，方便老师行动，就把这个想法给刘军说了，刘军发动班上的男同学，他们约好这个周末，一起动手把讲台加宽。

周末下午，大果和同学们带着铁锹、竹筐、水盆来到学校，大果还从家里抱来残缺的砖块，他们从沟底下抬上来水，和好泥巴，把讲台加宽了许多。

整整一个下午，孩子们累得满头大汗，大果还把自己的脸蹭成了小花猫，刘军挤眉弄眼坏笑，同学们也跟着哈哈大笑，大果不管不顾，还是用细嫩的手抹着不平的地方。看着几乎被加宽了一半的讲台，孩子们想象着尤老师看到他们的战果，会是一副怎样的表情。

尤若兰再次站上熟悉的讲台，看到变得宽阔的讲台，她知道是可爱的孩子们的成果。面对孩子们一张张灿烂的笑脸，她向孩子们深深地鞠了一个躬，孩子们齐声说："老师，这是我们应该做的，不用客气啦！"这个画面就这样定格在尤若兰的记忆深处，任凭岁月怎样流失，任凭经历过怎样的艰难困苦，尤若兰都能勇敢地去面对。

　　每当这温馨的一幕从灵魂最深处闪现，尤若兰就感觉自己是一个幸福的人，她庆幸自己当了孩子们的老师，更为自己无悔的选择感到自豪！

　　"老师，有人找你！"一个扎着羊角小辫的女孩，怯生生地站在教室门口小声说。

　　尤若兰从作业堆里抬起头来，望着站在阳光里的小女孩，她微笑着跟小女孩出教室门。哇，居然是久别的母亲站在房子门前，累得直喘粗气。

　　"死丫头，马上就要生了，你还在上课呀？"母亲心疼地望着尤若兰说道，眼睛里全是爱怜。

　　"妈，你怎么也不告诉我一声，我去接你啊，看把你累的！"尤若兰用手擦拭着母亲脸上的汗珠，撒娇地说。

　　"傻孩子，你自己都行动不便，还来接我，我腿那么长，还怕那么一点路？"

　　"呵呵，你就吹吧，那么远的山路还就那么一点，你什么时候出发的？不会是半晚上吧？"

　　"鬼丫头，确实是鸡没叫就开始走出家门，这山路也太难走了。"母亲笑着说道。

　　尤若兰望着身子有些佝偻、头发花白的母亲，心里有些酸楚。母亲在若兰的心中一直是高大的形象，才几年时间，母亲居然苍老成这样，真是岁月无情啊！尤若兰一边想着一边把母亲领到干净简陋的土房子里，亲家母见面，非常亲热，她们俩坐在一起嘘寒问暖，尤若兰被眼前的景象感动着。

　　母亲、婆婆催尤若兰住进医院，预产期已经超过三天了，尤若兰的肚子还是没有一点动静。虽然住在医院里，她的心却飞回了学校，她不知道孩子们怎么样，谁给他们上课，有问题该怎么去解决。她恳求两位老人回学校，母亲因为临时有事回家了，婆婆经不住若兰的一再劝说，就和若兰的大妹陪若兰返回学校。

若兰给孩子们补了两节课，还把落下的作业批阅了，直到第二天，还没准备出发，尤若兰突然间感觉到肚子一阵阵下垂，并且撕扯般地开始疼痛。婆婆慌了手脚，找来王校长，王校长通知老师们都赶快找车。在那个交通工具十分匮乏的年代，在那个山大沟深的地方找一辆车，真的很难，好久都没有结果。

尤若兰肚子疼得更厉害，一脸痛苦的表情，豆大的汗珠从她的额头上滚落下来，连成一串串。看到危在旦夕的尤老师，大果一路狂奔，他找到大伯，大伯开来了一辆四面漏风的三轮车，人们手忙脚乱地把若兰抬上车。尤若兰偎依在婆婆和大妹的怀抱里，疼得直打哆嗦，大果拉着老师的手。

"大伯，求求您开快一点，赶紧把老师送到医院。"

车子在崎岖的山路上狂奔，像一匹脱缰的野马，但人们已经忘记了害怕。

好不容易才来到医院，医院此刻显得很冷清，没有医生，只有几个值班护士面无表情地在值班室。原来今天是周末，医生上班的少。尤若兰想上厕所，病房里却没人，母亲买日用品去了，大妹和婆婆正在找医生，若兰就在大果的搀扶下一步一步挪到卫生间，回来后刚坐床上她就感觉一股热辣辣的液体冲下来，顷刻之间床单湿了一大片，接着撕心裂肺的疼痛让她晕了过去，大妹失声大喊："二姐——"声音遥远而模糊，渐渐地尤若兰觉得自己与这个世界隔绝了，等到她再次有知觉的时候，她已经躺在手术手术台上了。医生告诉若兰，现在要剖宫产，也只能局部麻醉，否则会影响孩子的健康，尤若兰艰难地点了点头。

当冰冷的手术刀划开肚皮的刹那间，尤若兰听得清清楚楚，她没有惶恐，反而显得很平静，她仿佛看见肖雄那双热切的眼睛，看到宝贝可爱的样子，宝贝已经等待得太久了。

手术做了好久，尤若兰的大脑还一直很清醒，她能听到手术刀"嚓嚓"的声音却不觉得太疼，等到孩子与身体分离的那一刻，尤若兰感觉到五脏六腑被掏空了，那一种疼痛分秒都受不住啊！她大声喊着、叫着，不听使唤的腿使劲蹬着，可疼痛一波凶似一波，她似乎已经喘不过气来了，渐渐地一切似乎都很遥远了。

一声洪亮的婴儿啼哭声，划破黑夜的产房，传进尤若兰的耳朵里，潜意识里尤若兰知道她的宝贝来到这个崭新的世界了，她安心地沉睡过去了。

这一声打破黑夜的啼哭声，让肖雄双腿一软，直接坐在产房门口了，母亲和岳母使劲地拉起了肖雄，肖雄喃喃地说："我的宝贝，你终于平安出生了！"

第十四章

阳光透过宽敞、明亮的玻璃窗子，洒在床头柜上那束红色的玫瑰花上，也洒在雪白的被子上，尤若兰疲惫的脸沐浴在阳光中，显得更加苍白。

她艰难地睁开酸涩、沉重的双眼，看到憔悴、满脸胡子的肖雄正焦急地望着自己。是我做梦了吗？我在哪里？肖雄怎么会在我的身边呢？若兰慢慢地搜寻着模糊的记忆。

"肖雄，是你吗？"她嗫嚅着喊出声来，声音很微弱，但肖雄听得真真切切。

"若兰醒了，若兰醒了！"肖雄喊起来，母亲和婆婆围过来，母亲拉着女儿的手，泣不成声。

"闺女啊，你总算醒了，吓死妈妈了！"

尤若兰笑了，她安慰母亲说："妈，别担心了，这不是已经好了吗？"说着艰难地伸出手，替母亲擦去泪水，母亲笑了，婆婆也笑了。

尤若兰转过头来问肖雄："你什么时候回来的？我发电报给你，你也没回音啊！"

"你终于醒了！知道你就要生了，本来我都请好假了，公司却临时有事耽搁了一天，我赶回来时，你已经住进医院了，要剖宫产，我忙着找麻醉师，后来签字，等看到你的时候你已经进产房了。"

肖雄一口气说了很多，疲惫的脸上充满了幸福。

"亲爱的，我们有儿子啦！辛苦你了。"

肖雄伸出双手，抚摸着妻子苍白的脸颊，用一双深情的眼睛望着妻子。

"我要见咱们的小宝贝！"尤若兰声音弱弱地说，肖雄立刻去抱儿子了。

上帝呀，你馈赠了我一个怎样的小可人呢？十月怀胎，一朝分娩，我的小可人终于被我带到这个美丽的世界，感谢上帝的恩赐！尤若兰沉浸在激动和期盼之中。

见到儿子的时刻就要到了，尤若兰的心激动难安，母亲一边抚摸着女儿的头发，一边说安慰着女儿。

"放心吧，宝贝一定很乖的！"

"那当然喽，我们老肖家的宝贝，能不乖吗？"婆婆得意地说道，接着她又对儿媳妇说道："你可是我们家的功臣，我们全家人都感激你呢，也要感谢亲家母，生了你这个乖乖女，我们老肖家也是有福气。"说完开心地笑起来，若兰笑了，母亲笑得更开心。

粉粉嫩嫩，胖嘟嘟的婴儿出现在若兰面前，她左瞧右瞧，看着这个可爱的小可人，泪水盈满眼眶，这就是自己十月怀胎剖宫产生下的儿子吗？多么小的宝贝呀，抚摸着儿子细弱的小手指头，尤若兰禁不住感慨万千，泪水盈满眼眶。肖雄心疼地替她擦拭，这是幸福期待的泪水，更是历经劫难后重生的泪水。

第十五章

　　十多天之后，尤若兰可以出院了，她和肖雄一同回到家里，婆婆伺候月子。肖雄从地里干农活回来，他抱起儿子，儿子居然"咯咯咯"地笑个不停，亲着他柔软、洁净的小胖脸，肖雄对尤若兰说："若兰，给儿子起名字吧。"

　　"你准备给咱儿子起个啥名呢？"

　　肖雄想都没想就说："肖一鸣。"

　　"肖一鸣，为啥呀？"尤若兰望着肖雄说道，眼睛里全是不解。

　　"我的尤老师，不鸣则已，一鸣惊人呀！"

　　尤若兰恍然大悟，她本想夸赞肖雄，却故意卖关子说："我看还是康儿好，愿儿子健健康康，平平安安长大嘛！"

　　"好啊，大名小名都有啦，多好啊！"

　　别离之际，看着一天一个模样的儿子，肖雄心里全是不舍和留恋，以前牵挂若兰，现在加上儿子，肖雄真的有些受不住了。若兰安慰他，有老人照顾，她们母子俩一定会好好的，再说春节一到，肖雄不是就回来了么？这样一说，肖雄才放心了许多。

　　幸福的日子总是溜走得太快，肖雄带着诸多的牵挂和不舍返回金城上班了，若兰的母亲也回家了，现在只有婆婆一心一意地伺候若兰和小孙儿。

　　儿子过完百天，尤若兰带着儿子和婆婆回到大山深处的学校，安顿停当，开始给孩子们上课。

　　耽搁了些时间，尤若兰拼命地给孩子们补课，孩子们马上小学就要毕业了，大果和全班同学都舍不得离开亲爱的尤老师。

　　毕业会考前一天，尤若兰因为过度劳累病倒了，这使得孩子们更不愿意离开敬爱的尤老师。大果和梅子到镇上给尤若兰请来医生，打针吃药之后，尤若兰感觉病好多了，她又出现在教室，给孩子们辅导，叮嘱考试注意的事项。

　　刘军的父亲得了急性肺炎，躺在医院，那个外地女人却弃他而去，并且卷走了所有钱物。没钱看病，他只好两手空空，拖着病身子回到一贫如洗的家，看在孩子们的面上，刘军母亲收留了他。刘军到北京看病的愿望最终也是竹篮打水一场空了，尤若兰看着刘军靠着一根拐杖艰难地行走在崎岖的山路上。心里很酸楚，这么远的路，刘军以后怎么上学？她更为刘军的未来担忧。

　　大果、梅子和刘军组织全班同学举办了一个隆重的毕业典礼。毕业合影是在苹果树下的菜地旁边照的，照完集体照，尤若兰被学生抢着单照。直到中午，尤若兰才被孩子们簇拥着走进早已经布置得焕然一新的教室。

　　教室四周悬挂着五颜六色的气球，拉着各色彩带，黑板上写着"毕业典礼"几个艺术大字，下面是用彩色粉笔绘制的几个醒目的正楷大字"老师，您辛苦了"，周围是四十八名同学的亲笔签名，名字就签在绚丽的花朵中间。望着黑板，再望望几十双纯真不舍的眼眸，尤若兰感动极了。多么可爱的孩子们啊，我们朝夕相处三载，共渡学海一起成长。明天你们就要展翅飞翔，飞出这所教室，飞出大山，寻找更为广阔的天地，老师为你们高兴，更为你们自豪！可老师心里还有太多的不舍和期望，希望我的孩儿们都能找到一片属于自己的天空！能飞得更高更稳健。

大果送给尤老师一只憨态可掬的熊猫玩具，几个女同学送了一个小花瓶，花瓶里插着几朵金黄色的向日葵，散发着朝气。刘军送给老师一个绿色的不倒翁娃娃，用手拨一下，无论怎么用力，娃娃总是笑眯眯的，怎么也跌不到，更让人惊奇的是不倒翁娃娃还能唱出动听的歌来。

尤若兰把不倒翁娃娃拿起来端详了好久，接着又把它放在讲台上拨弄着，不倒翁娃娃笑呵呵地唱着歌，孩子们好奇地望着，伸手拨弄着。

过了好久，尤若兰语重心长地对孩子们说："你们要到初中继续学习新知识了，在生活、学习中难免会遇到许多意想不到的困难或挫折，就像花儿会遇到狂风的摧残，鸟儿遇到暴雨的袭击，但它们都在顽强地开放或者飞翔！动植物尚且如此，我们每一个人更应当有战胜困难的决心和毅力。老师衷心希望你们就像盛开的花儿，飞翔的小鸟，更像这个坚强的不倒翁娃娃，将来无论遇到什么样的困难，都要保持乐观的心态，做永远倒不下去的不倒翁！尤其是刘军同学，将来遇到的挫折也许会比常人更多，这个不倒翁娃娃还是送给你吧，让它陪伴你，老师相信你一定能创造出美好的未来！"

"老师，这是我送给您的礼物，您怎么又要送给我呢？"刘军不好意思地说道。

"老师回赠给你不行么？好孩子收下吧！"尤若兰摸着刘军的头说道。

"好吧，恭敬不如从命！我接受老师的回赠啦！谢谢老师，我懂您的心意。"

掌声响起来，孩子们情不自禁地唱起来："今天我要离开你，亲爱的母校，才觉得你是那样美，那样美……"

优美的歌声，让尤若兰的心顷刻之间感觉酸酸的，她也忘情地加入其中，唱到最后，歌声就变成了呜咽声。望着泪流满面的大果，还有其他孩子，尤若兰伸出双手搂着他们，任眼泪肆意流淌。

第十六章

毕业会考结束，同学们以在全县名列前茅的好成绩全部考入乡镇中学，看着洒满汗水的成绩单，尤若兰的心里比吃了蜜还甜。

放暑假了，尤若兰可以专心致志地带儿子了，婆婆趁机要回家，她终于可以侍弄她的几亩田地了。也是啊，婆婆为了带孙子好久都没回家了。

儿子开始牙牙学语，也开始学走路了，他左右不离地跟在奶奶身边，像个可爱的小尾巴。

奶奶要走了，舍不得离开心爱的小孙儿，就千叮咛万嘱咐，要若兰小心看护小孙儿，不能饿了他，更不能渴了他，还要小心他感冒发热等等。婆婆的一番细心说教，让尤若兰有些恐惧，仿佛每根神经都绷紧了，可看着儿子胖嘟嘟、白嫩嫩的笑脸，她在心里安慰自己，哪有这么严重，可爱的儿子这么健壮，婆婆真唠叨。想到这里尤若兰就笑着对婆婆说："妈，你就放心吧，我会照顾好康儿的，再说肖雄不是也快回来了么？如果他不回来了，我就和康儿去看他嘛！"婆婆这才依依不舍地离开了学校。

又是一个崭新的早晨，太阳还没露出地平线，滨海城市的大街小巷已经车水马龙，公交站台上站了一长行等车的人。

扬子从家里出发，一路小跑来到 12 路站台，她跑得气喘吁吁，今天研究生就要毕业了，无论怎样她都要赶上研究生毕业典礼。

精心化过淡妆，她的丹凤眼更加有神韵，经过修剪的柳叶眉微微上扬，使本来就俊美的脸庞更加精致。刚烫过的大波浪卷发扎成一个马尾，一身笔挺的蓝西装勾勒出优美的线条，阳光下显得干练而自信。本来说好和老公一起来的，结果由于老公的袜子厂急需申办最后一个手续，扬子只能一个人前往。今天这么盛大的典礼，老公不能参加，扬子的心里还是有些失落。

扬子爱笑、心态阳光、洒脱不羁，再加上对文字的特殊爱好，她与尤若兰在最美年华偶遇，成了灵魂相通的友人。若兰因为落榜，扬子一直写信鼓励她，再后来忙于学业，彼此联系的就不太多了，直到若兰再次参加高考，扬子要她报考中国农业大学，若兰却要一心当老师，她劝过若兰，但若兰为了心中的梦想，毅然选择上师范大学。

好久都不见若兰了，虽然偶尔有书信往来，但想到若兰坚守在大山深处，而且一个人带儿子，扬子的心就一阵抽搐。她原本要写信告诉若兰今天研究生就要毕业了，却因为连夜赶写论文没有动笔，这会儿想起远方的若兰，她心里还真不是滋味。

老公总是很忙，生完儿子菲儿，扬子就一个人独自照顾孩子，幸亏有母亲帮忙料理家务、带孩子，扬子才能重操书本。

考研时，老公劝阻她，母亲也劝她放弃。在苦闷的日子里，扬子收到若兰的来信，当读到若兰为大果争取到继续读书的机会，还听到乡村孩子在如此贫穷的环境中刻苦学习的情景，尤其是撑着拐杖的刘军写给自己的信，坚定了扬子要读研的决心。

考研期间，扬子帮母亲带菲儿，有时候儿子生病住院，她就奔波在学校、医院之间。扬子上课忍不住要打瞌睡，老师找她谈过话，但扬子最终还是熬过来了。今天就要研究生毕业了，此刻老公却不能一同前往，远在家乡的若兰也不能分享自己的喜悦，国秀、林华、江春茂还有阿娟也不知道现在过得好不好。想起友人们，扬子的心变得神往起来，她想找机会回趟家乡，见见若兰，见见家乡的友人们。

扬子赶到时，毕业典礼会马上就要开始了。她终于穿上向往已久的学位服，戴上那顶象征着硕士学位的帽子时，眼前涌现出自己拼命学习的日日夜夜，想起菲儿渴求怀抱时自己的"狠心"，她想到每晚夜读时，娘亲哄儿子入睡后等自己的情景，还有娘亲疲惫且日渐苍老的面容，让扬子的眼泪盈出眼窝。

同学们兴高采烈地说着笑着，院长宣读名单、做报告，学生代表发言。毕业典礼结束之后和同学们合影留念，大学校园的每一个角落都留下他们青春飞扬的身影。扬子的笑声如叮咚的清泉，融入即将分别的同学之中，她笑啊、跑啊，付出汗水之后的收获更让人充满幸福感。扬子的嘴角扬起胜利的笑容，她摆着各种造型和同学们拍照，她要用相机留下这美好的时光。

老公急匆匆地赶来了，看着满面红光的扬子，这个温文尔雅、对扬子特别温柔的男人，笑眯眯的眼睛里又多了许多敬佩和自豪！他们在教学楼前留下了一张珍贵的照片，扬子还和老公在草坪上、读书室拍摄了照片，然后骑着自行车，扬子照例坐在前面，两个人回家了。

老公需要回趟老家，他在门房捎回了一封信，是尤若兰写给扬子的。

扬子一把抢过信，撕开信封读了起来，尤若兰暑假就待在学校，静寂的校园简直就是一个世外小桃源，扬子更加想回老家，她想见若兰，想享受田园生活。在水泥钢筋中生活久了，心都有些麻木了，还是呼吸一下家乡的新鲜空气，尝尝家乡的绿色无公害蔬菜水果吧！做一只自由飞翔的鸟儿，在绿树白云间畅游几日，想想真不错。

"我也要回老家，咱俩一起回去吧！"扬子说。

"知道你要回去，这不就赶过来接你了嘛！"

"老公真好！"

扬子要回老家了，带着儿子和母亲，开上那辆刚买的新车。买车之后，扬子考到驾照，闺蜜们知道扬子买车了，惊喜、羡慕了好久。国秀有拉货车，她也想买一辆心仪的车子，因为做生意周转资金太大，需要用钱的地方多，如果买车，资金链断了就麻烦了，再说小县城的人们对手机的使用还只是少数，买部车子那得是土豪级别才能买得起，这个心愿也久久没有实现。

全县城有私家车的人寥寥无几，好在国秀还买了部外观不太美观的国产手机，虽然比不上扬子的西门子，但有手机多自豪啊，而且做生意也方便了许多呢。尤若兰根本还没有买手机的奢望，她的工资刚够日常的开销，哪有余钱买手机呀，再说那个小山沟里还没有人用手机呢。

扬子的车上路了，上高速下国道，翻山越岭，回到小县城的时候已经是华灯初上了。小县城的街道冷冷清清，寂寥地走过几个行人。扬子的娘家在县城东关，婆家在县城西关，她把老娘和儿子送回娘家，贤淑的嫂子早都安顿妥当，一家人吃过热腾腾的臊子面，拉了一会家常，母亲就带着儿子早早歇息了。

扬子跟着老公回到婆家，婆婆早烧好土炕，一番嘘寒问暖之后，疲惫至极的扬子躺在土炕上，心里那份自在、那份踏实似乎让扬子回到久别的童年。那时候姊妹几个挤在一个大火炕上，入睡前照例要嬉闹好久，母亲的鼾声响起，她们才消停下来，那时候多美好啊，扬子不由感叹着。

第十七章

天刚蒙蒙亮，扬子就和老公驱动车子，向尤若兰的学校奔去。

太阳露出地平线了，东边一望无垠的原野上闪耀着明亮的金光，由远及近，天空湛蓝如洗，朵朵白云变换着形状在天空中飘移，一会儿变成镶着金边的红云，一会变成青乌色带着金色轮廓的云海。远处的庄稼还有掩映在树丛中的农舍都一晃而过，车子穿行在陇东辽阔的大地上，扬子的心情惬意而美好。

从县城穿越几个乡镇，扬子终于来到尤若兰所在的乡镇上。她停下车子，在一家饭馆吃了早餐，顺便给若兰也带了一份，两个人又开始赶路。

要翻山了，看到碎石子小道，扬子有些胆怯，老公把她换下来，扬子坐在副驾上。远处群山连绵起伏，一缕缕白雾缠绕在半山腰。随着车子行驶，天空越来越狭窄，扬子看到一条细如飘带的河流，她惊呼起来："老公，快看马莲河！"

"开车呢，别扰乱我，小捣蛋！"

尤若兰就在群山脚下的小山村里，坚守了已经将近三年时间，不知道走出过大山几次？是不是跟这个时代隔绝了？呵呵，不会吧？每次收到若兰的来信，扬子都会看到一个充满自信，追求梦想的小女人。

当年为了让若兰考农大，扬子和若兰争得面红耳赤，但若兰毅然选择了师范院校，也许若兰是对的，乡村教育肩负着祖国的未来。想到这里，扬子对若兰充满敬意。

扬子来到罗山小学门口，选择地势较为平坦的地方停好车子，抑制住激动的心情，小跑着冲上土坡，一把推开铁大门。校园里静悄悄的，前排房子门都关着，不见若兰的影子啊！难道她回老家了？不会吧，不是刚收到若兰的信，她说自己就在学校带孩子的吗？

一阵笑声从校园南墙边传出来，扬子转身一看，苹果树下有人，是尤若兰，还有一群小学生，儿子也在若兰身边，她们围在一张床上，扬子既兴奋又好奇，悄悄地挪过去，看来孩子们在学习呀。

"尤若兰！"

扬子一声喊，尤若兰抬起头，惊奇地大喊一声："扬子，是你！"

孩子们早都听尤老师说过扬子，他们诧异极了，转过头好奇地盯着扬子看。

"扬子阿姨好漂亮啊！"孩子们异口同声地说道。

"谢谢小朋友夸奖哦！"扬子普通话纯正甜美，她的一脸笑容就像四月的暖阳，照在孩子们的心田里。

城里人就是和农村人有差别，端详着扬子，大果心里暗暗叫道，再看看尤老师已经和她紧紧地拥抱在一起，孩子们更为惊奇了，这是电视上才能看到的镜头啊！哈哈，真新鲜！

扬子和尤若兰互相拍打着，说笑着，孩子们羡慕极了，好久尤若兰才拉过孩子们向扬子介绍。

"这是大果，这是梅子，他是刘军……"

扬子熟悉大果，她给大果的爸爸捐过钱，给大果寄过学习用品和书籍。大果当然也知道陌生而熟悉的阿姨扬子，她还给扬子阿姨写过信。今天见到扬子阿姨，大果幼小的心灵被深深地触动了，原来除了尤老师，还有这么文雅有爱心的城市人，这世界好大啊！现在她一定要好好学习，长大了要做有学问有大爱，和尤老师、扬子阿姨一样的人。

扬子把带来的水果，还有小零食分给孩子们，然后就开车把小康儿送回外婆家，尤若兰叮嘱母亲看好儿子，两天之后她就回来接。母亲当然很开心，有宝贝外孙在，她的心情很好，尤若兰的父亲更高兴，他让若兰的母亲专心看康儿，自己扛着锄头，乐呵呵地上地去了。

第十八章

扬子、若兰直奔国秀的公司，然后去找林华、夏云，林华和别人换了夜班，夏云扔下干洗店的活，给老公一番交代，换上那件舍不得穿的旗袍，几个闺蜜就驱车向子午岭景区奔去。

一路上蓝天白云，道路两旁的树木郁郁葱葱，一望无际的田野及田野尽头的农舍、树木都一晃而过，几个女人叽叽喳喳地说着笑着。

"三个女人一台戏"，何况现在是五个女人呢。扬子带头唱起《女人花》，那优美的歌声在夏天的山村格外动听，她们都进入了无忧无虑的青春时光，所有人都忘记了自己还有柴米油盐的琐事。对于喜欢文字的尤若兰来说，和扬子她们在一起，是逃脱一次人间烟火，她感觉久违的灵魂自由，她痴痴地望着闺蜜们只是笑。两年多了，与孩子们为伍，围在那一方净土，真庆幸自己的思想和灵魂还一直在路上。

车子渐渐进入林区，开始走盘山公路，两边繁茂的树枝遮天蔽日，草丛中有各色野花，远处群山连绵不断，覆盖着绿色植被，走近了才知道那是莽莽苍苍的各种树木。天际涌起一团团、一堆堆云雾，乳白色的云雾就像无边无际的大海。"云海，快看！"扬子惊叫着，尤若兰早都看到了，看到扬子兴奋的样子，尤若兰也喊着："我们再听听松涛吧，停车！"扬子把车子停在一处平坦处，大家一起涌出车门，呼吸着新鲜空气，扬子手里舞着一条红色丝巾，她的大摆红花裙子迎风摇曳，蓝天下就像快乐的小姑娘，大家都对着远山欢呼起来："大山，我们看你来啦！"

山谷回音，声音悠远而绵长。

脚下那片野花开得正好，紫色的小野花在风中跳跃着，像一地小精灵在舞蹈，间或还有黄色的野菊花点缀其中，像一张花地毯。扬子的手机能拍照，若兰也带来了相机，这个相机还是肖雄到香港出差时买的呢。她们换着各种造型拍照、录视频，笑声、歌声，青春靓丽的倩影在子午岭深处构成了一幅更美的风景。

再次驱车，她们来到子午岭深处的吸氧吧和天然吊桥。一头钻进郁郁葱葱，遮云蔽日的氧吧，空气清新极了，脚下踩着软绵绵的松针和枯叶，沐浴着斑驳的阳光，几个人追逐嬉戏，从这头跑到吊桥那头，个个累得筋疲力尽。

来到天然吊桥，扬子来了精神，她率先爬到吊桥上，做出胜利的手势，若兰几个也毫不示弱，紧跟过去。摇摇晃晃的木桥好惊险啊，望着下面的峡谷，尤若兰的腿有些打战了，可看到前面舞着红丝巾的扬子，壮着胆子往前走。

"狭路相逢勇者胜嘛！"

国秀忽然发出一句感慨，原来国秀也胆怯了，大家都笑起来，尤其是若兰笑得开心。

"是啊，对待生活，对待困难，何尝不是呢？"林华接荏说道。

"对啦，林华不是要到省城医学院进修一年吗？什么时候走？"

"明年才能走，今年科室人手不够。"

"扬子下一步计划是什么？"林华转过头来问扬子。

"我拿到研究生文凭远远不够，后面还要在实验室奋斗！"

"若兰要教好学生，还要自修文凭，向教育更深领域进军，教书容易，但要做到真正育人，还是要好好充电的呀，你说是不是？"扬子转过头来对尤若兰说道。

"那当然了！"若兰笑着说道。

"咱们几个人，你教书育人，天天和孩子们厮守，看着孩子们一步步成长、进步，那生活得有多充实啊！"

"娃娃头，还要在那么闭塞落后的地方坚守，好佩服若兰啊！"夏云和国秀异口同声地说道。

"若兰塑造灵魂，林华拯救人的肉体，向她俩致敬才对哦！"扬子调皮地说道，大家都哈哈大笑起来。

"那边有秋千！"若兰喊起来，大家转过头去，嗬，那么大一副秋千，红木座椅，那么长的铁链，几个人一同奔过去。扬子率先坐上去，国秀也凑上去，几个人合力一推，秋千飞出去老高，惊叫声、欢笑声汇在一起，仿佛静寂的山林也唱起了歌。扬子的马尾松随着秋千晃动，国秀的短发随着秋千飞舞，尤若兰仿佛回到童年，时光还真的能够倒流。望着闺蜜，望着莽莽苍苍的子午岭森林，呼吸着清新空气，尤若兰忘却了世俗藩篱，逃脱了人间烟火，在大自然的怀抱里找到了灵魂的自由，生命的酣畅淋漓，活着的另一种境界。

几个人玩累了，这才返回子午岭林区招待所，林华的老公是这里的负责人，也是扬子、国秀的高中同学。他是一个憨厚爽快的英俊男人，老同学相见分外亲热，尤若兰虽然也是第一次见他，但吕帅的名字早已如雷贯耳，尤若兰的名字他更不陌生，大家围坐在早就准备好的饭桌旁，一股香喷喷的味道直穿鼻孔。

"这是野猪肉，这是貔肉，还有红烧乳鸽……"吕帅介绍着，扬子忽然打断他的话："天哪，要保护野生动物，你们怎么这么残忍？"

"是啊，小动物好可怜，竟然成了我们的食物！"若兰也叫起来。

"闺蜜们，这是林区，野生动物很多，我们不吃它们，可它们也会伤害林区的职工，毁坏树苗的呀！"林华看着扬子和若兰说道。

"再说了，梅花鹿也是我们人工饲养的，当然可以吃了！"吕帅接着说道。

"来、来，大家都饿了，就放开肚皮吃吧，我保证下不为例，我的大小姐们，这下可以了吧？"吕帅捧起双手笑着对大家说道。

"吃吧，你们俩真是菩萨心肠，我们人不都是肉食动物吗？"国秀笑着说。

"就是，赶紧吃，等会菜就凉啦！"夏云也催促着说，她拿起筷子夹了一块野猪肉，大家这才动筷子。

吕帅斟满了红酒，当葡萄酒杯碰撞在一起的时候，大家灿烂的笑容就定格在扬子的手机里了。

夜幕降临的时候，招待所院子里一片灯火通明，扬子和若兰信步来到招待所后面的山顶上。这时林区黑魆魆的，上弦的月亮像一只斜躺在碧波中的小黄船，天上没有一颗星，也没有一丝云彩。远处有一两点火光，闪闪烁烁，忽明忽暗，动物们的叫声从远处隐约传来，近处的草丛中有蛐蛐的叫声，偶尔还有一声蛙鸣传来。她俩背靠背坐着，沉浸在这份静寂和自由中，谁也不说一句话。

露水打湿了扬子的上衣，她感觉很惬意，若兰更是沉浸在这份难得的夜色中，心情无比高兴。

"我想去西藏！"扬子冷不丁地说了一句。西藏，多么遥远而神秘的地方，这些天尤若兰正好读仓央嘉措的诗。仓央嘉措的人生可谓传奇曲折，让人遐思，他的诗歌缠绵悱恻，流转千古。尤若兰对那片神奇土地充满向往，她也想去西藏，只是扬子想去就一定能去，自己想去暂时还只是一个梦想。

"什么时候去，一个人去还是和姚先生一起？"

"当然是我一个人上路，今年无论如何要实现这个梦想！"扬子坚定地说道。

"是啊，人的一生说漫长，其实也很短暂，梦想可以发光，照耀着我们未来的路啊！只要有梦想，就要付诸行动，你说是不是？"

尤若兰问扬子，扬子使劲地点了点头，暗夜中两个友人双手紧紧地握在一起好久，忽然扬子悠悠地说了一句："若兰，你知道吗？娟子还是决定独身！"

"娟子现在过得好吗？好几年都没她的消息了，好想她啊！"

"她现在在北京呢，前些时间给我写了信！"

"但愿她能尽快在走出阴影，重新生活！"

"但愿吧！"扬子叹了口气，慢吞吞地说道。

两个人不由陷入对娟子及往事的回忆中，直到吕帅喊她们，她们这才恋恋不舍地回到住处。

第二天吕帅安排好早餐，吃过饭后，扬子一行人又直奔黄帝陵，途中观赏了袁家村、周至水街等景点。接回康儿之后再把尤若兰母子送到学校，她们几个才回县城去了。

扬子和老公回滨海了，尤若兰知道一路开车有多辛苦，她千叮咛万嘱咐，直到扬子关好车门，向她挥手致意，她还在担心扬子的安全。

扬子和闺蜜都走了，尤若兰像丢了魂似的，总是心神不宁，失落、思念交织在一起，让她的心终日不得安宁。扬子打来电话，几经辗转尤若兰才接到电话，当她听到扬子清脆的笑声，这才放下悬着的心，尤若兰下决心要买一部手机。

第十九章

不知不觉一个暑假又接近尾声。吃过早饭，天气很闷热，尤若兰和儿子坐在苹果树下的小床上玩，被褥是昨天大果和梅子晾晒的，还有阳光暖暖的味道。

苹果树下凉风习习，躺在树荫斑驳的木床上，尤若兰用标准的普通话给儿子读古诗，儿子用稚嫩的声音跟读，一会儿时间居然就能背下去了。尤若兰诧异极了，儿子的记性太好了，今晚写信一定要告诉肖雄儿子的进步，让千里之外的他也高兴高兴。

"若兰，若兰在吗？"熟悉、悦耳的声音传入若兰的耳朵里，抬头一看，校门里迎面走来了一对男女，居然是高中同学加闺蜜张笑笑。

多少年没有联系了，落户新疆的笑笑怎么一声不吭就回来了？还带着军官丈夫，尤若兰简直不敢相信自己的眼睛，她兴奋地喊起来："笑笑，真的是你吗？你啥时候回家的，今天怎么找到学校来的？也不打声招呼……"

"看把你激动的，我该回答哪一个问题呢？"

"我们昨天刚回家，今天开车来的。"笑笑的丈夫伟岸英武，他伸出右手，笑呵呵地对尤若兰说。慌乱中尤若兰伸出左手，笑笑喊着："快别客气了，吓着若兰了！"笑笑轻声对丈夫说道，丈夫缩回手，笑笑却张开双臂，紧紧地拥抱尤若兰，两个高中三年形影不离的友人紧紧地拥在一起，互相拍打着、说笑着。热辣辣的泪水顺着笑笑的脸颊流下来，滚落在尤若兰的手背上，尤若兰的眼窝也湿润了，咸咸的泪水流了下来，两个久别重逢、喜极而泣的友人就这样拥抱着，她们的心里充满了幸福和喜悦。笑笑丈夫拉起小康儿，小康儿不认生，伸出胖乎乎的小手给叔叔，蹦蹦跳跳跟着叔叔去玩了。

自从尤若兰亲眼目送张笑笑穿上新嫁娘的衣服，一步三回头地坐上那辆解放牌大卡车远嫁之后，尤若兰和张笑笑只是匆匆见过两面。那时若兰读大一回家，正好在火车站碰到又要离开的张笑笑，两人说了几句话，张笑笑就去赶火车了，站在孤零零的站台上，尤若兰好久才回过神来。

再次见到张笑笑是尤若兰暑假去看望张笑笑的双亲，没想到笑笑也刚回家探亲，带着三岁的女儿绮君，没有任何约定的两个人就这样相遇了。她们摘杏子、摘桑葚，吃地道的农家饭，漫无边际地聊天，从高中的每一位同学，每一位老师，每一个场景说起，后来笑笑说她要和老公去新疆发展，问若兰有什么打算，要不要一起去新疆，若兰却把笑笑的话忘到九霄云外，毕业直奔家乡，当了一名乡村教师。

张笑笑春光般明媚的笑容，让尤若兰不由自主地喊"氧气"，这是读高中时，同学们给笑笑起的绰号，就是因为笑笑太活泼。

"好记性啊，多少年过去了你还记着呢！"

"当然啦，谁不记得你这个活泼的氧气呢？"

"哈哈，下午咱们一同去看老班长'木炭'吧！"尤若兰笑着对张笑笑说。

"氧气加木炭生成二氧化碳嘛,我当然要去看木炭了,这次回来我能待几天呢,正好咱们老同学有的是时间聚。"

笑笑带来了许多新鲜葡萄,走时才采摘下来的,尤若兰端详着色泽艳丽,宛如一粒粒珍珠,晶莹剔透的葡萄,放一个到嘴里,酸甜可口,好吃极了。尤若兰和小康儿吃了好多葡萄,张笑笑望着馋猫般的母子俩,开心地笑着。

尤若兰忽然停下拿在手里的葡萄,看着笑笑说道:"笑笑,这么多年你为啥就不联系我呢?你什么时候去的新疆?"

"你啥时候结的婚?啥时候来的这个小山沟?还好意思问我。"接着笑笑郑重其事地再次说道:"这次回家,除了看望父母,我最想见到你呢,我知道你分配在这里工作,我们俩兜兜转转这才找到你。这么艰苦的条件不说,你还要一个人带儿子,干脆跟我们走,你把肖雄也叫回来,我们一起去新疆发展吧!"

"跟你去,我们能干什么?"尤若兰疑惑地望着闺蜜笑笑说道。

"给你们俩也承包一个葡萄园,过不了几年你们就是中产阶级啦!"张笑笑诚恳地说道。

尤若兰还以为笑笑开玩笑,可看着张笑笑严肃的脸,尤若兰觉得笑笑说的是真话,她一时不知道该怎么回答,给笑笑倒茶去了。

"新疆地大物博,人口不多,吐鲁番的葡萄都已经出口国外,而我的葡萄园也正好在吐鲁番,每天看着日出日落,我的任务除了晒太阳就是呼吸新鲜的空气,看着我的葡萄开花、结果、成熟,生活每天都是享受啊!"

张笑笑"咯咯"大笑,齐腰长的秀发如瀑布般飞泻下来,在阳光下熠熠生辉,白皙的皮肤看上去光滑有弹性,显得水灵灵的。尤若兰再看看自己十足的村姑打扮,黑黝黝的失去水分的脸蛋，尤若兰的内心一下子涌起了女人对青春年华逝去的酸楚，对闺蜜有说不出的羡慕。忽然间她感觉到自己需要仰视，才能和昔日无话不谈、一同嬉戏、一同吃饭的闺蜜平等起来，人们都说教师穷酸，此刻的尤若兰还真感觉到一点卑微。

张笑笑给康儿穿上新买的衣服，康儿高兴得手舞足蹈，尤若兰感激地望着闺蜜只是笑，她想说一句感谢的话，可话到嘴边又觉得是那样地苍白，就赶紧收拾东西，坐上笑笑那辆白色的豪华轿车，她们一同来到乡镇的街道上。

小镇逢集，十字形的街道摆摊的、叫卖的、闲逛的，到处都是人。穿过熙熙攘攘的人群，她们在一家比较气派的餐馆门口停下车子，一行人走到餐馆，笑容满面的老板娘连忙把他们迎接到一个大包间，端水倒茶、嘘长问短，看到笑笑更是羡慕地直咋舌头。

老班长"木炭"早已在包间等候，一同前来的还有几位昔日的同学，当年的帅哥冬子也风尘仆仆地赶来了，他的风采不减当年，人还没进门爽朗的笑声就远远冲过来了。

冬子在县政府上班，他虽然没买车，但房子在小县城买得最早。尤若兰知道冬子暗恋着笑笑，可高中毕业后，笑笑在父母的安排下结识了现在的老公。冬子找到尤若兰，把埋在心里的痛苦全说出来，之后冬子找到尤若兰大学的一个同学结婚了，这个被时光掩埋的往事成了冬子和若兰共守的秘密。今天是冬子和笑笑别离之后第一次见面，冬子的笑声中明显有些许的无奈和酸楚，只是笑笑丝毫都不知道，就让这个秘密永远沉寂下去吧，尤若兰望着冬子暗暗地想。

十几年不见面了，老同学聚在一起，依然如兄弟姐妹般亲热，尤若兰现在才知道，同学们的事业都在走上坡路，个个都混得不错。同学们羡慕笑笑有车有房，听到张笑笑想带尤若兰一起走，都怂恿尤若兰，两个闺蜜在一起干事业，那该是多么美妙的黄金组合呀！

尤若兰说再想想，班长笑呵呵地说："还想什么呀？不是我说你们这些教师，天天跟流鼻涕的毛孩子打交道，还那么忙碌，有啥出息呢？再过几年的话，你们全都跟社会脱轨了……"

冬子自嘲地说："我们的职业饿不死、撑不饱，若兰完全可以考虑跟笑笑一起去创业的嘛！"

"是啊，当个小学教师，也就那点出息，现在辞职下海的人多啊。"

同学们随声附和，张笑笑看着尤若兰为难的样子，举起一杯酒笑呵呵地对大家说："就让若兰再想想吧，毕竟人各有志嘛，你们就别瞎掺和了。"

说完张笑笑举起酒杯，大家也举起酒杯。"咣当"一声，高脚酒杯碰撞在一起，交织出十年寒窗情同手足的往昔岁月，大家一饮而尽，尤若兰喝下一杯酒，她心里热辣辣的，眼泪竟溢出眼眶。

酒足饭饱，同学们留了彼此联系方式就各自散去。张笑笑要赶回县城婆家，小康儿睡着了，张笑笑把尤若兰母子俩送回学校，然后开车离去了。

喝了好多酒，见到了曾经如影随形的闺蜜，闺蜜想带自己去创业，班长和同学们的话像重锤击打着尤若兰的心，使尤若兰在向往与执着的漩涡中艰难地挣扎，辗转反侧，久久难以入眠。

如水的月光透进窗棂，洒在儿子娇嫩熟睡的脸上，孩子香甜的鼾声，让尤若兰的心慢慢安静下来，她一遍又一遍地问自己：肖雄一直要我放弃乡村教育事业，我都坚持着没答应，现在笑笑又要带我到新疆一起去创业，到底是坚守还是放弃？与孩子为伍到底值不值？

尤若兰何尝不想分分秒秒跟丈夫在一起，她也想让丈夫下班之余，能吃口热饭，更能看看心爱的儿子，亲眼见证儿子成长的每一个画面，那是一种怎样的惬意和舒适呢？她又何尝不想过上和闺蜜张笑笑一样富足的生活。笑笑有车有房，可爱的女儿都已经三岁了，走到哪里都被人羡慕，她更可以随意任性地去生活，而自己却生活在闭塞落后的大山，每天都与孩子们厮守在一起，不去与外界去接触，有时候感觉自己都变成异类了。生活除了清贫之外，还要和心爱的人儿长期分居，所有的事情都要一个人去承受，尤若兰心里也有委屈，可每当看到面如朝霞般纯真、明澈的孩子，尤若兰就又想：如果丢掉自己自认为崇高、神圣的职业，生命还会不会再有意义？她也爱美，她更想随意地享受生活，可如果现在放弃了坚守，乡村的孩子们该怎么办？难道让他们也像父辈们一样，早早结婚、生子，厮守大山一辈子吗？有些单亲或留守的孩子得不到良好的教育，他们也许会因为缺乏及时的正确引导而抱憾终生。决不能让孩子们也步入父辈们的后尘，更不能给社会和家庭带来麻烦！刘军现在腿残疾了，如果得不到关爱，学不到本领，将来如何在社会上生存？大果不是在自己的努力下，已经读初中了吗？刘军也依然还在上学，梅子、二丫、狗蛋，都在继续读书的吗？想到这里，尤若兰心里舒坦多了，她决定明天再告诉笑笑，不能跟笑笑去新疆，她要坚守在这里，只有坚守，大山才会有希望，孩子们才会有未来！

张笑笑没能带走尤若兰，临行时她在尤若兰的枕头底下悄悄地放了五百元钱，写了一张纸条：若兰，我完全可以理解你的选择，也许你的选择是对的，你让我看到生命存在的另一种方式！以后赚到钱，我要投资你们学校，改善你们的办学条件，勿念！

尤若兰有别离的不舍，更多的是感动，笑笑理解自己了，这是多么令人开心的事情啊！尤若兰心里更多的还是欣慰，还有一些启迪，女人是水做的骨肉，冰清玉洁，女人更是出水芙蓉，雅致清丽，女人为美而生。为自己添件心仪的衣服，做个适合自己个性的发型吧，以全新的面貌迎接新学期。想到这里，尤若兰决定带儿子去县城逛一圈，满足一下自己小小的愿望。

第二十章

康儿感冒了，大清早就蔫蔫的，也不怎么说话。他的额头烫得厉害，尤若兰有些惶恐，她手忙脚乱地找药，吃完药，康儿枕着妈妈的胳膊不放，他的表情有些哭笑不得，只要给他说话、拿玩具，他还是用两只胖乎乎的小手去抓，可咧开长出两颗小乳牙的嘴就开始大哭，鼻涕眼泪都流出来了，涎水也流下来了。看来儿子病得不轻啊！尤若兰此刻心急如焚。

她想告诉婆婆，但路途遥远，也正是农忙时节，婆婆要赶在开学之前安顿好农活，才能安心带康儿。如果现在告诉她康儿病了，婆婆肯定火烧火燎地赶过来，多辛苦啊！还是不告诉婆婆了吧，说不准康儿吃完药又能活蹦乱跳了。过了一会，康儿开始哭闹了，他的样子显得很难受。

尤若兰急忙抱起儿子就往医院跑，忽然她看到村部门口的电话亭，就奔过去给肖雄打电话，让他马上请假回家。肖雄慌忙问家里出什么事了，尤若兰这才镇定地说：也没什么大事，家里农活需要人手，再说儿子感冒了，问题不是很大。

大果带着新鲜蔬菜，还有奶奶给康儿做的一双新布鞋赶来了，看到康儿病得严重，就连忙帮老师拿好东西，她们匆匆赶往乡镇卫生。

　　山路崎岖，尤若兰抱着康儿走一会儿就累得满头大汗，大果跟在后面也累得气喘吁吁。太阳光火辣辣地直射下来，晒得人皮肤有些生疼，漫山遍野都是郁郁葱葱的灌木丛，路边间或有几颗孤零零挺立的树木，还可以乘一下凉。尤若兰抱着儿子真想一股脑坐在路边，但儿子的额头越来越烫，小胖脸憋得通红，呼吸急促，尤若兰只能使出浑身力气，尽快把儿子送往医院。

　　"老师，快看，一辆三轮摩托车来了！"

　　顺着大果手指的方向望去，尤若兰看到远处的山坡下，一辆三轮摩托车冒着一缕黑烟正在往上冲，尤若兰一刹那仿佛看到了黎明前的曙光。她迫不及待地大喊："停下来，停下来！"大果也挥着双手大喊着，声音在山谷回响。

　　三轮摩托车停在尤若兰面前了，中年汉子连忙把若兰母子和大果扶上车厢，等她们坐好了，这才大声对尤若兰说："尤老师和孩子们可要坐稳当了，我一口气把你们送到医院。"

　　踩一脚油门，摩托车发出很响亮的声音，风驰电掣般地在山路上狂奔，身后扬起一团尘土。尤若兰抱紧儿子，望着中年人的背影，心里充满了感激。原来这个中年男子是一个学生家长。

　　终于到卫生院了，医生拿起听诊器给康儿检查了很久，她神色越来越凝重，尤若兰的心狂跳不已，眼巴巴地望着年过五旬的女医生，心里一遍遍祈祷着："小宝贝一定没事，老天保佑啊！"

　　"你是怎么看孩子的？这么不称职？"

　　尤若兰的心一下子悬到喉咙眼了，天哪！我的宝贝怎么样？应该没有什么事吧？

　　"大夫，我儿子怎么样？"

　　"你儿子得了急性肺炎，需立即到县城第一人民医院去住院治疗，必须马上走！"

　　尤若兰抱着儿子，跌跌撞撞往出跑，她要赶县城的客车，大果跟在后面，走到医院门口迎面碰上教导主任樊明亮，樊老师二话不说，接过康儿就往小镇的十字路口奔，那里有通往县城的客车。

没有客车的影子，周围的人说刚走了一趟，至少还需要一个小时左右才有一趟车。尤若兰急得像热锅上的蚂蚁，眼看康儿的呼吸越来越急促，该怎么办啊？老天，求求您救救康儿吧！她在心里祈祷着！

"尤老师，孩子怎么样啊？"

又是那个三轮摩托车师傅，他赶完集准备回去，看到樊老师抱着孩子，尤老师和大果跟在后面，他以为大家都要回去，顺道捎着回去就好。

"大哥，再行行好吧，救救我的儿子！"尤若兰哭出声来。

"快送康儿去县城医院吧！孩子病得很厉害，我们需要抢时间！"樊明亮对中年汉子说道。

中年汉子一听，就让樊老师抱着康儿立即上车，尤若兰反应过来，在大果的帮助下也上了车，三轮摩托车狂奔在乡间的柏油马路上。

赶到医院，等办好一切住院手续时，康儿的小胖脸此刻憋得发青，呼吸急促，医生给他插上氧气，医生对尤若兰说："你儿子已经心力衰竭，你要有思想准备！"

尤若兰头"嗡"的一声响，她感觉天旋地转，一手扶住桌子，勉强站直了，眼泪就"哗哗"地流了下来。

"早干吗去了，孩子这么严重才送来，哭有什么用？"穿白大褂的护士一边收拾药盘子，一边冷漠地说，眼睛里全是责备。

"孩子已经插上氧气了，我们要马上抢救，你们快去交押金办理住院手续吧！"

樊老师赶紧去办理住院手续了，中年汉子对尤若兰说："尤老师，别太着急了，有医生在，孩子就一定会没事！我去买住院需要的零碎东西，你和大果看好孩子！"说完转身就走了。

小康儿呼吸愈来愈急促，长长的睫毛也跟着忽闪忽闪地跳动，尤若兰紧紧地攥着儿子的小胖手，一动不动地盯着可怜的儿子。她的心缩成一团，细数着儿子每分钟的呼吸次数，她祈求上苍保佑可怜的康儿，眼巴巴地盼着儿子快点好起来。

康儿被送进重症监护室，樊老师赶紧给肖雄打电话，中年汉子一步三回头地带着大果回去了。肖雄火速赶回来时已经是午夜时分，他看到儿子病成这样，心疼得直掉眼泪。

第二十一章

康儿终于脱离危险了，尤若兰寸步不离，整日整夜守在宝贝儿子跟前，带着恐惧、期待的心，分分秒秒观察着儿子的一丁点变化。

第三天早晨，康儿终于呼吸均匀，脸色开始变得红润起来了，睁开眼睛还咯咯地笑，挥舞着小胖手开始喊妈妈，黑葡萄似的眼珠恢复了往日的灵气。

康儿居然翻身坐起来，伸手要东西吃，尤若兰喜极而泣，肖雄更是激动地大喊着："儿子能喊妈妈了！"全病房的人都为小康儿高兴，医生赶过来，连声说着："奇迹，简直就是奇迹啊！"

康儿站在病床上，开始伸胳膊蹬腿，原来他学孩子们做操的样子，那憨憨的小模样，惹得全病房的人都笑了。

儿子康复了，尤若兰的心像阳春三月明媚的阳光一样温润美好，多少天终于熬过来了，谢天谢地，康儿总算平安了。

　　吃过饭，尤若兰让肖雄看儿子，她要出去溜达一圈，顺便再买些日常用品。

　　尤若兰走出病房，看到了久违的太阳，她感觉到一阵晕眩，头好沉，脚底下软绵绵的，身体似乎像要飘起来，尤若兰眼前一黑，什么都不知道了。等到睁开眼睛，她已经躺在病床上，医生说是劳累过度，没什么大碍，休息几天就没事了。于是母子俩在肖雄的精心护理下，住了几天院，这才回到大山深处的学校。

　　打开落满灰尘的房子门，肖雄开始搞卫生，走时因为着急，床上的被子都没叠，尤若兰去拉被子，她想晒晒被子。

　　天哪！被子下面居然有一只睡得正香的老鼠，黑溜溜的身子蜷缩在一起，尤若兰惊叫一声。受到惊吓的老鼠，反应过来倏然一窜，利索地跳下床，在屋子乱窜。肖雄猛地抄起木棒狠狠地砸下去，老鼠一声惨叫，小康儿也拿起笤帚一顿乱打，到底是男孩子一点也不害怕，尤若兰早就逃出屋子，她恶心得直想吐却吐不出来。

　　小康儿提起那只死老鼠，往操场的尽头玩去了。老鼠被消灭了，肖雄却陷入了沉思，这样的日子还要继续下去，真不知道若兰哪来的勇气，他下决心要带走母子俩。

　　拆被套，扯床单，尤若兰埋头洗起来，肖雄把屋子从头到尾彻彻底底打扫了一遍，屋子焕然一新，这才开始做饭，老鼠带来的阴影也逐渐消失了。

　　马上就要开学了，由于职业习惯尤若兰每天早晨都醒来得很早。她悄悄起床穿衣，一个人到校园跑上两圈，侍弄一下菜园子，摘下几根嫩黄瓜，一把充满朝气的辣椒，再摘一把黄花菜，一边听书一边做饭，生活简直就是美妙的享受。

　　肖雄起床了，他带着儿子在开满红色月季花的校园里捉迷藏，有时候父子俩爬楼梯锻炼，康儿非要和爸爸玩龟兔赛跑的游戏。

　　肖雄当乌龟,一连下了几个台阶,康儿当兔子,他故意趴在楼梯扶手上装睡,眼看乌龟要下到最后一个台阶了,小兔子箭一般直冲下来,站在楼道里用稚嫩的声音大喊:"我赢了,我赢了!"康儿手舞足蹈的样子可爱极了,正在干家务活的若兰心里感叹着:这样的时光多美好呀,有肖雄在身边,自己仿佛有了主心骨,浑身都充满着力量。

　　肖雄和儿子还找到了一处既能玩又能捡松球的绝好去处,松球是冬天生火炉子的最好原料,肖雄不捡的话,尤若兰也要利用周末去捡,以备冬天生火炉用,这个地方就是教学楼背后的那片松树林。

　　盛夏时节这片松林更加墨绿,远远望去像一片绿海,松树林的四周,是用青砖砌成的比较低矮的围墙,肖雄和儿子很容易就翻过去了。

　　几棵松树很粗壮,两个人都合抱不过来,墨绿的枝叶遮天蔽日。地上铺了一层金黄色的松针,踩上去软绵绵的,舒服极了。

　　肖雄和儿子捡了好多松球,尤若兰让他们歇歇,肖雄还想再多捡,主要是想和康儿在这个天然乐园里玩。父子俩可以用松球当子弹"火拼",喜欢舞棍使枪的康儿,趁爸爸不注意,松球就飞过来了,肖雄故意倒在松软的松针上,康儿很害怕,可识破了爸爸的诡计,就得意地哈哈大笑,那神态就像是一个打了胜仗的将军,尤若兰看着父子俩玩得如此开心,心情舒畅极了。

　　日子啊,你是不是有腿有脚,居然溜得这么快!让有期盼、有相聚、有别离、有孤独的人儿变得五味杂陈,如果能让此刻定格下来,把相聚变成永恒,那该有多好啊!日子啊,请你不要疾驰如飞,更不要插上翅膀,趁人不备倏然逃走,让时间慢下来,那样又该有多好啊!

　　尤若兰常常忘情地想着,嘴角露出微笑,但尤若兰清醒地知道,离别在即,只要开学报到,肖雄就会义无反顾地离开,最迟等开了学他就会离开，只是两个人都没忍心说出来。

肖雄再也没有提起过让尤若兰到金城去的事，因为肖雄知道尤若兰不可能放弃乡村教育事业，更不可能放弃心爱的孩子们。但儿子这次生病，让肖雄极度惶恐，他放不下幼小的儿子，更舍不得离开若兰一步。

其实儿子这次生病，让一向刚强、苦苦坚守的尤若兰也有些恐惧，她多么希望肖雄能留下来，每天陪着儿子，儿子再生病，自己也不用那么害怕，她想找机会和肖雄谈谈。

夜深人静，若兰好想推醒熟睡中的肖雄，向心爱的人倾诉自己的苦恼和担忧，但她欲言又止，缩回伸出去的手。

对于肖雄，她了解得太多，肖雄从不强人所难，她知道肖雄不想和宝贝儿子分开，也不想让自己在这么艰苦的环境中生活，只要自己一开口，肖雄一定会让自己离开这里，想让肖雄回农村来，是绝对不可能的。但如果什么话都不说，肖雄也绝不勉强自己。想到这里，尤若兰就不敢作声了，一连几个晚上，尤若兰彻底失眠了，漫漫长夜，尤若兰细数着肖雄和儿子均匀的呼吸声，睁着眼睛到天亮。

日子最终还是在尤若兰的极度惶恐不安中飞逝而去，该来的还是不可抗拒地来临了，肖雄真的要走了。

他选择在开学报到这一天，肖雄使劲地亲吻着康儿那光洁粉嫩的胖脸，康儿把小手放在爸爸温热的掌心中，不愿意抽出来，他要爸爸带他去玩捉迷藏。肖雄用各种甜言蜜语说服儿子，并且承诺再次回家要给儿子带把大枪，康儿这才蹦蹦跳跳地跟着孩子们玩去了。

他一步三回头，恋恋不舍地望着爸爸，难道儿子也有感应了吗？尤若兰一边想一边默默地替肖雄收拾好行装，她望着可爱的儿子走远了，这才收回思绪。学校催着开会呢，若兰只好把肖雄送出校门，她的心仿佛被什么东西给揉碎了，空落落地难受极了，此刻她真想偎依在肖雄宽阔的胸膛里，大声喊叫："肖雄，你什么时候再回来啊？别走好吗？"可等在校门外面的三轮摩托车已经"突突"地冒着黑烟，等着肖雄走，几个年轻汉子喊着："肖雄快点，我们还要赶火车呢！"

老支书坐在车厢里，挥挥大手，笑呵呵地对尤若兰说："尤老师，回去吧，这不还有两个后生也要上金城，他们正好一路走，你就放心吧！"

肖雄转过头来，俊朗的脸上挤出一丝笑容，他向尤若兰招手。尤若兰的心又一次撕扯起来，她忍着泪水也缓缓地抬起手，直到三轮车消失在校门外的山路转弯处，这才拖着沉重的脚步回到会议室。

开完会，尤若兰回到土房子里，原本热闹拥挤的小房子，此刻显得空旷、寂寥。太阳光射进屋子，照在被康儿涂鸦的墙壁上，三口人的幸福照在阳光下闪着光亮，肖雄笑得多开心啊，康儿张着红艳艳的小嘴，天真的笑脸就像盛开的金色向日葵，若兰更像一个花季少女，恬静、优雅的脸上满是幸福，她就像一朵绚丽开放的花儿。

是啊！有心爱的儿子，有亲爱的老公，还有一份自己喜欢的工作，这就是人生的美事，多么令人羡慕啊！

如今肖雄因为工作只能离去，这又是一件多么无奈的事情呀，尤若兰忽然有种冲动，她想抱起康儿去追肖雄，她又自嘲地笑了，其实这只是一种奢望而已。

尤若兰还在沉思中，迎面看到婆婆那张久违的笑脸，婆婆提着大包小包的东西，踏进校门就大声喊着："康儿——"尤若兰回过神来，她连忙接过婆婆带来的东西，把婆婆迎进土房子，端茶倒水，嘘寒问暖，沉浸在亲人久别重逢的喜悦之中，暂时忘却了离别的忧伤。

学生报名了，家长也早早等候，校园里到处都是孩子们的笑脸，一个假期没见面，现在聚在一起叽叽喳喳，显得非常亲热，处处洋溢着热闹的气氛。

送走大果这一届学生，尤若兰接任了一年级班主任，今天已经报名 63 名学生了，男生比女生人数多。这么大的班次，想到那些孩子，尤若兰感觉到任务艰巨，责任重大，她有了心理压力，一夜没有休息好。

正式开课了，孩子们像刚出生的小牛犊，稚嫩、可爱而大胆。

孩子们围着尤老师，叽叽喳喳、七嘴八舌地问这问那，尤若兰给他们排好座位，替辫子扎歪的小女孩扎好辫子，给那个调皮捣蛋的男孩擦掉头上的汗水。她先给孩子们讲入学要求，下课领着孩子们上厕所、排队形，忙乎了大半天，结果一个小女生怎么也记不住自己的位置，她老站在别人的地方，队列就是排不好。尤若兰耐心地指导着，直到小女孩破涕为笑，尤若兰才舒展了一下发酸的脊背。

孩子们变得守纪律了，而且也能按老师的要求做事，尤若兰这才专心致志地给孩子们教知识，手把手教他们写字。劳累一天，晚上还要批改作业，备写教案，照例还要给儿子讲故事，讲着讲着母子俩就都睡着了。婆婆心疼地给他俩盖好被子，叹口气说："多可怜的孩子呀，当个老师也真是不容易啊！"

第二十二章

　　大果、刘军、梅子等同学都到镇上读初中了。新的学习环境，遇到许多年轻的新老师，还有许多新面孔同学，他们感到新鲜而好奇，可他们在陌生的环境里，更加想念尤老师，大果对尤老师的思念更强烈。

　　周末大家约好一起看望尤老师，他们要帮亲爱的老师干干家务活，还要把南墙边的菜地整理好，再从家里拿上菜苗，栽上各种蔬菜，尤老师就有菜吃了。

　　好不容易到了周五，放学后大果、梅子、二丫和狗蛋轮流扶着刘军，一行人跋涉在崎岖的山路上。一路上他们抢着说发生在班上的新鲜事，刘军走累了，拐杖磨得他腋窝疼痛难忍，他们就在山路平坦处，坐下来休息。

　　初夏的山野，色彩已经很绚丽了。路两边开满了五颜六色的野花，红的、黄的、紫的，撒在绿草丛中，像星星，像眼睛，美丽雅致。

　　崖畔的一串串洋槐花开在绿叶之间，散发出沁人心脾的清香，大果和梅子去摘洋槐花，一会儿时间，她们就摘了一书包。大家细心地收拾干净，尤老师的槐花鸡蛋饼做得可好吃了，想起来就馋得直流口水。

　　"刘军，加把劲儿，等会儿我们就能见到尤老师啦！"大果对刘军说。

"好吧，我们出发。"刘军边说边撑起拐杖，率先开路。

他们边说笑边走路，远远地看到被紫色梧桐花包围的母校，多么熟悉。多么亲切啊！大果他们几个激动地跳起来了，马上就要见到日思夜想的尤老师了，大果的心禁不住狂跳起来，她有一肚子的话想跟老师说，现在她还不知道先说哪一件呢。

"大果，大果！你怎么才回来呀？"一个很响的声音急促地传过来，是邻居家的刘大婶，大果愣住了，刘军和别的同学也停下脚步。

"死丫头，到你家路口没等到你，就知道你来学校这条路了，你还不赶快回去，你爸爸出事了！"

"爸爸出事了？"大果惊讶地看着刘大婶，过了好久才反应过来。她看到刘大婶那张布满汗水的脸，心一下子狂跳起来，爸爸不是在砖瓦厂干活的吗？出什么事了？难道是机器……大果的潜意识里出现了可怕的一幕，她感觉浑身发软，双腿像灌了铅，眼前一片漆黑。

"快走啊，别愣着了！"刘大婶扯起大果的胳膊，拉着就往前走，刘军的拐杖震得尘土飞起来了，几个人匆匆忙忙往大果家赶去。

大果的爸爸在临近村子的砖瓦厂干活，平时不回家，农忙时节才回来安顿地里的庄稼，这样上班和种庄稼两不误。

眼看好日子有了奔头，天却有不测风云。今天是周末，干完活他就骑摩托车回家，山路转弯处，摩托车忽然车闸失灵，失去控制的摩托车像脱缰的野马直接冲下山崖去了，等到有人发现的时候，大果的父亲已经永远地闭上了双眼！

浑身是血的大果父亲被抬回来，可按照当地风俗，他只能停放在大门外的简易帐篷里。

瞒不住大果奶奶，大果的伯父搀扶着老人看小儿子最后一眼，当老人家看到儿子的凄惨景象，一下子昏厥过去。人们手忙脚乱地掐人中抢救，老人虽然苏醒过来了，但她却奄奄一息，剩下出来的气没回去的气了。

大果呼天抢地大哭，趴在父亲冰冷的身体上，用手紧紧地攥着爸爸已经僵硬的手，这双手几天前还给自己亲自送来学习用品，塞给她零花钱呢，如今怎么这么冰冷。父亲叮嘱自己的话还围绕耳畔，可现在却任凭她千呼万唤，父亲永远地闭紧嘴巴，永远地闭上眼睛，不会再看大果一眼了……

大果哭啊喊啊，谁都劝不住，直到有人喊着："大果，奶奶快不行了！"

大果这才连滚带爬赶到奶奶跟前，奶奶伸出枯瘦的手，抚摸着大果的头，声音微弱地说："果果，苦命的孩子，你爸爸走了，奶奶可能也过不了这个鬼门关了，往后弟弟、妹妹，这个家……就……交给你了……"

"奶奶，您千万别撇下我们走啊！"大果尖厉的哭声让在场的人都潸然泪下。

但奶奶还是扔下大果及年幼的弟弟妹妹走了，奶奶居然也去了！大果感觉自己的世界全部塌陷了。恐惧、疲惫使她痛不欲生，眼泪已经流干了，她蜷缩在一个角落，看着来来往往的人，不知道他们都在忙些什么。

乡政府领导对老支书说：无论如何要让这一家人渡过难关，老人和大果父亲也要早些入土为安，只有处理好几个年幼孩子的生活问题，他们才能安心。

老支书紧急召开村民大会，号召全体村民捐钱捐物。尤若兰也才听到这个悲痛的消息，她蒙了好一阵子才缓过神，大果的爸爸在自己的努力下，病好了一年多，大果奶奶的眼睛也重见光明不到两年。多么善良的人们啊，怎么说走就走了呢？现在大果该怎么办？

尤若兰赶到大果家，大果扑倒在老师的怀里失声痛哭，年幼的弟弟、妹妹也跟着淌眼泪，尤若兰的心犹如刀割般疼痛，她紧紧抱着大果，泪流满面。

"老天爷呀，你为什么要这么狠心地对待这个贫穷的家呀？大果好不容易才上了初中，现在还怎么读书？年幼的弟弟妹妹谁来抚养？大果幼小的心灵怎么能承受得住失去双亲的打击呢？"尤若兰陷入极大的痛苦之中不能自拔。

出殡那天早晨，天阴沉着脸，几点雨星从空中降落下来，夹杂在斜风中，雨蒙蒙的。这是老天爷在为这不幸的一家人默默流泪吗？被裹挟在送行人群中的尤若兰，看到大果披麻戴孝，艰难地挪移着步子，声音嘶哑得都已经哭不出来了，弟弟妹妹跟在大果后面。大果抱着奶奶的牌位，弟弟抱着爸爸的牌位，在凄婉、悲凉的唢呐声中一步一步艰难地往前挪，哭声和着唢呐声回响在群山环抱的小山村里，送别的人们一脸悲戚。看着可怜的大果，尤若兰不停地擦拭着溢出的泪水。

两副棺材就要落下去了，当人们往下填土的时候，大果忽然发疯似的号啕大哭。她用尽力气跳入爸爸的墓穴，双手扒着埋下去的黄土，刨啊、刨啊，黄土扬了自己一头一脸，她撕心裂肺地哭喊着："奶奶别走，爸爸别走啊！你们这么狠心地走了，留下弟弟妹妹谁照管啊？"

大伯年过六旬，从大果父亲出事，奶奶病倒直至阴阳两隔，他一直都沉默不语，现在大果伤心欲绝的哭喊声，终于让这个沉默的男人绷不住了。他放声大哭起来，鼻涕、眼泪全都流了下来，声嘶力竭地喊着："娘啊，三呀，你们怎么就这么狠心地走了啊？留下娃娃们可怎么办呀？老天爷你怎么不睁开眼看看？"

大伯撕心裂肺的哭喊声，让在场的人都愣住了。大果终于被人拖起来带到旁边，尤若兰把大果揽在怀里，这时哀乐声起，娘俩就这样走完了艰难、心酸的一生。黄土很快掩埋了他们，两堆黄土坟成了他们永远安息的终点！他们就这样离开亲人，离开年幼的孩子，把所有的苦难和责任留给大果及大果的亲人们。

第二十三章

大果成了这个家庭的顶梁柱。她要做饭洗衣服，给妹妹梳头、洗脸，给弟弟穿衣服，还要喂猪喂鸡，这下她彻底失学了。

尤若兰有空就来看大果，她想照管大果的弟弟和妹妹，让大果继续读书，但大果不同意，康儿需要尤老师照管，老师每天还要超负荷地工作，怎么可能把弟弟妹妹再托给老师照管呢？老支书送来米面粮油，并把大果家的情况反映给乡政府。

书记、镇长亲自送来生活急需品，要求老支书想办法照管三个未成年的孩子，大果不能辍学。

大果离不开这个家，她每天像陀螺一样转个不停，闲下来就坐在奶奶常坐的木墩墩上发愣，年幼的弟弟妹妹该如何长大成人？无论怎样弟弟妹妹都要读书，可是自己还能不能再上学？现在看来不可能了。大果陷入一片惶恐之中，自己的未来在哪里？天空中飞过一只鸟，接着飞过来两只、三只……一群鸟掠过天空，飞翔在蓝天白云间，一会就消失了，大果呆呆地望着、望着，她幻想着假如自己也是一只鸟，那该有多好啊！

尤若兰总抽时间来看大果，给大果补落下的课，布置家庭作业，检查完毕，无论多迟，大果都要送老师返校，她们两个人的影子在夕阳下拖得很长……

扬子收到若兰的来信，听说大果的遭遇，心里很难受，她想怎么解决这个问题呢？她问老公有没有什么好办法，老公沉默许久，对扬子说："我们是不是可以收养大果？"

对呀，我们可以收养大果的呀，正好儿子一个人太孤单，老公和自己都喜欢小姑娘，现在两个人都忙于工作，根本就没想过要二宝，何况计划生育现在还那么严，生丫头已经成了奢望，如果大果同意，把大果领养过来，那才是两全其美的美事呢！扬子想收养大果，她火速写信让若兰征求大果的意见。

秋天来了，枯黄的树叶一片一片往下落，在萧瑟的秋风中打着旋，久久不肯落下来，大果踩着尘土和落叶，来到熟悉却已经变得陌生的校园。尤老师下课了，康儿满脸的汗水混合着泥土，就像一只小泥猴子，看到大果跑过来，伸出脏兮兮的胖手，要大果抱抱。抱起康儿，大果笑呵呵地转圈，小康儿伸出胖乎乎的小手，喊着："我们飞起来喽，飞起来喽！"

同学都过来围观，大果好羡慕他们啊，她痴痴地望着孩子们，曾经也是他们中的一员啊，可惜现在却读不了书了。尤若兰接过康儿，把他放在地上，就和大果一同走进屋子。

尤若兰开门见山，大果却始料不及，扬子阿姨她见过，尤老师经常说扬子阿姨，大果对扬子阿姨不但熟悉，而且还很仰慕，现在扬子阿姨要收养自己，以后就是扬子阿姨的女儿了，这是多好的事情啊！大果转头看尤老师，只见尤老师正用热切的眼光望着自己，眼睛里全是期待。

"尤老师，扬子阿姨真的要领养我？"

尤若兰郑重其事地点点头，她情不自禁地拉住大果的手说："当扬子阿姨的女儿，那该有多幸福啊！"

"好！我答应，只要扬子阿姨不嫌弃，我一百个同意！"大果说道。

尤若兰把写给扬子的信放入邮筒，长长地舒了一口气。太阳光很惬意地洒在她黑白相间的连衣裙上，迈着轻快的脚步，在街道上逗留了许久，还在那片竹林的大青石台上坐着休息了一会。望着湛蓝如洗的晴空，想到大果马上就能读书了，尤若兰感觉心花怒放，只要大果能读书，自己就会放下一块心病，大果的奶奶和爸爸在九泉之下才能安息！只有大果有一个美好的未来，尤若兰也才能过得踏踏实实。

就在尤若兰高高兴兴回到学校的时候，扬子也幻想着大果如果来到家里，她就会尽其所能让大果接受更优质的教育资源，过更好的生活。她骑着自行车一边走一边想着，忽然手机铃声响起，是老公的电话，扬子兴冲冲地接通电话，老公肯定要说办理领养手续的具体方案。

"扬子，咱娘病了，你赶紧回来吧！"婆婆病了，怎么会呢？婆婆昨天还打电话说把大果领过来多好，菲儿不孤单了，自己还有孙女了呢，可婆婆怎么就会病了呢？扬子有些疑惑，等到她回过神来想问清楚到底是怎么回事时，老公已经挂断了电话。

扬子打电话，老公却一直不接，过了好久，老公风风火火赶回家，他和扬子收拾好一切，就驱车一路狂奔，终于在天黑时赶回老家。

停下车子，人还没下车，扬子就看到院子里灯火通明，人来人往，回到院子，扬子这才知道婆婆在他们赶回来之前已经驾鹤西去了，而且老公公急火攻心一头栽到，居然也得了脑梗塞！真是祸不单行福不双降啊！扬子和老公在婆婆灵柩前长跪不起，看着老公号啕大哭，扬子的心碎了。

安葬了婆婆，必须把老公公带到自己家，因为老公公随时都要有人照管，所以领养大果的事就只能往后推了。扬子的科研项目也下来了，她要跑实验室，下班还要赶着回家给老公公做饭，夜深人静的时候她写信给尤若兰，说明了目前的处境，她告诉若兰，如果有更合适的情况，大果也可以另行选择。

尤若兰读着扬子的来信，她同情扬子的处境，同时更担心大果，她提笔给肖雄写信，告诉了肖雄这一切，她要肖雄给大果的出路再想想办法。

第二十四章

肖雄来信了，他说有位大学老师一直忙于事业，现在还没有孩子，如果可以，他们夫妻可以收养大果。

尤若兰告诉大果这个消息，大果惋惜不能给扬子阿姨当女儿，但事已至此，只要能继续读书，怎样都行。再说大果相信肖雄叔叔找的人一定没错，她等着弟弟妹妹被领养的消息，也期待着肖叔叔归来。

黄昏时分，鸟儿扇动着略带倦意的翅膀归巢了，太阳像一个大火球，很快被山峦淹没了。大伯要领走弟弟，妹妹哭得跟泪人似的，大果百般哄骗，抽噎着的妹妹才跟邻家的几个孩子玩捉迷藏了。

大果瘫坐在大槐树下，看着空荡荡、冷冰冰的家，再想想老支书说明天妹妹也要被一个远房的亲戚领走，她的心一点一点地往下滴血。妹妹不知什么时候已经偎依在她的身后，睁着大眼睛望着她。

"丫丫，明天一个远房亲戚要领你去她们家，你去吗？"

"我不去！我要跟着姐姐！"妹妹坚定地说，她死死地拉住大果的胳膊不放。

"傻丫头，姐姐也要走了！"

"那我就跟姐姐一起走，姐姐到哪里，丫丫就跟到哪里！"

"真是个傻孩子，姐姐也要被别人领养呢！"

"姐姐，为啥嘛？"妹妹狠命地摇晃着大果的胳膊，带着哭腔问大果。

妹妹呜呜地哭起来，大果沉默了，黄豆般滚落的泪水流进嘴里，涩涩的、咸咸的，她搂紧妹妹，静静地任凭眼泪流淌。

一阵冷风掠过，大果打了一个寒战，抱起妹妹回到屋子，玩累的弟弟已经睡着了，妹妹啜泣着也很快睡着了。

大果躺在热炕上，翻来覆去睡不着，一幕幕令人痛苦的画面就像放电影一样在眼前晃过。在这个漆黑的夜晚，她觉得已经无泪可流，最后也沉沉睡去。

老支书背着双手，从土坡上走下来了，他身后跟着一个四十岁左右的女人，还有一个年龄比女人大很多的男人，女人一脸笑意，男人却冷着一张鳘黑的脸。

大果把他们让进屋子，老支书对大果说，这就是你表叔、表姨，大果打了招呼，就去倒茶。那个女人端详着大果的脸，伸出手去抚摸大果的头，嘴里念叨着："多机灵的女娃娃啊，可惜命苦，小小年纪就能没守住一个亲人，老天爷也真是不长眼啊！"

大果望着她那张鳘黑、瘦削的脸，还有那双尖利细小的眼睛，她从心底里厌恶这个自称是表姨的女人，她真想给老支书说，妹妹不能跟这个女人走，可看着老支书期待的眼神，就咽下去要说的话。

"丫丫，跟表姨走吧，她没有孩子，一定会很疼你的！"老支书拉过妹妹说道。

丫丫用一双怯生生的眼睛寻找着姐姐，大果一把拉过来妹妹，把妹妹揽在怀里。

"老天爷真是不公平，我为啥就是宫外孕呢？大果和丫丫要是生在咱们家该多好呀！"表姨说着抹起了眼泪，那个看起来很木讷的表叔脸上没有任何表情。

"要不，大果我们也一起领养吧，你看行不行？"表姨突然开口对表叔说道，她伸出手就去抚摸大果的脸。

"不！我才不跟你去呢！"大果声嘶竭力地大喊起来，她转过身来，对着慈祥却愁容满面的老支书恳求道："伯伯，求你不要让她把妹妹带走！"

"为啥呀，闺女？"表姨张大了嘴巴，望着大果憎恶自己的表情，不知道说错了什么，她纳闷大果为啥这么讨厌自己。

"孩子，你可以不跟他们去，但是你想想啊，妹妹让他们领养是最合适不过的，难道你要让妹妹忍饥挨饿吗？"老支书看着大果说。

大果沉默了，空气像凝固了一样，令人窒息而又沉闷。院子里太阳光晒得明媚而又温暖，两只老母鸡在静静地刨食，被铁链锁着的小白狗蹲在地上，用机警的目光注视着屋子里的一切动静。

"手续已经办妥当了，丫丫就跟你们走吧！记着一定要善待孩子，否则我们乡政府，还有村委会都会找你们算账的！"

"那当然，你们就放心吧！我们没孩子才领养丫丫的，我们疼爱都来不及呢，怎么会对孩子不好呢？"大果的表叔忙不迭地说道。

"是啊，是啊！我们一定会疼爱丫丫的！"

"丫丫，以后你就有新家了，但这里永远还是你的家！现在你就可以跟他们走了！"老支书说完了，就把丫丫送到表姨手里。大果的大伯来了，他摸摸丫丫的头，笑着说："丫丫乖，跟着新爸爸、妈妈可一定要听他们的话啊！想家了就回来，好吗？"

丫丫点点头，眼里噙着泪花，转过头来，拉住姐姐的手，大果的眼泪滑落脸颊，滴在丫丫的手背上。

"姐姐不要哭了，丫丫想姐姐了，就一个人回来看你和弟弟！"说完，丫丫跟着表叔和表姨走了。

大果蒙住了，她倚着门框，愣愣地目送着渐行渐远的妹妹，好久才反应过来，她快速冲出门外，向妹妹走的方向奔去……

她心里此刻只有一个念头，丫丫被这样的人收养，指不定将来会变成什么样呢。伯父拉住大果，用宽厚的手掌擦拭着大果脸上的泪水，他低沉着声音说："傻孩子，要不是你大妈死得早，哥哥、姐姐们多的话，说什么我也不把你和丫丫送别人领养的，我也心疼啊！可话反回来说，领养你们的人都是自己没孩子，他们一定会疼你们的，你就别难过了，好不好？再说将来你们长大有出息了，记着一定回咱们这个家看看，弟弟还等着你们姐俩呢，我和你哥哥姐姐们也等着你们呢，记着咱们家的门永远给你们敞开着……"

伯父泣不成声，他那满是褶皱的脸上充满泪水，大果扑进伯父的怀里放声大哭，过了好久才平静下来。

夕阳衔在半山腰，最后跌入山峦，远处的雾霭渐渐地弥漫开来，群山留下深灰色的大致轮廓，鸟儿们都在归巢，山村的夜幕就要降临了。尤若兰批改完最后一本作业，轻轻地带上门，走下校门口的土坡，向大果家走去。

"大果——"尤若兰边叩门环边喊着，大果从中间的窑洞赶出来，她扑进尤若兰的怀里哭了。

尤若兰把大果揽进怀里，多么温暖多么舒服的怀抱啊，大果止住眼泪，她的心一刹那犹如洒满阳光的屋子，明亮而温暖，所有的悲伤和痛苦全都被逼到一个角落，她感觉到自己又是一个幸福快乐的孩子了。

坐在土炕上，尤若兰抚摸着大果的秀发，她望着冷清清的家，望着那些破旧的家当，过了好久才慢慢地对大果说："大果，你肖叔叔来信了，他说他的大学老师两口子，没有孩子，听说你的遭遇之后，他们想领养你，你愿意到他们家去吗？"

空气凝住了，仿佛不在流动，尤若兰感觉到一阵窒息，大果一动也不动地拥在她的怀里。

沉默了好久，大果这才抬起头来慢慢地对尤若兰说："老师，他们家在城市，我可是土生土长的农村娃啊，就算他们不嫌弃，我还要适应他们的生活，这恐怕还是有些难度的，何况我现在不想离开你，离开弟弟啊！"

"是啊，城乡差别是很大的，不管是生活条件还是生活方式，尤其是教育资源。当然你可以慢慢适应他们的生活嘛，如果你去的话一定能接受更优质的教育，你可以考你最向往的大学呢！"

尤若兰抱紧大果，她感觉到大果小小的身躯在战栗着，尤若兰的心也跟着一阵难过，可怜的孩子，如果妈妈不离家出走，如果爸爸不出这场意外，如果奶奶不突然离去，怎么会发生今天这样令人揪心的事呢？尤若兰不由抱紧了大果，抚摸着她乌黑发亮的头发悄悄啜泣。

"老师，我同意当他们的女儿！"过了好久，大果抬起泪眼，坚定地对尤若兰说道。

"虽然我会很想念您和同学们，想念奶奶，想念爸爸，想念弟弟妹妹，可是我更想上大学啊！"大果接着说道。

"可是如果我走了，谁给奶奶和爸爸上坟呀？我去了他们家，是不是就再也回不来了？"忽然大果挣脱尤若兰的怀抱，急切地喊道。

"傻孩子，不是还有你大伯和你弟弟的吗，他们可以给你奶奶和爸爸烧纸钱的呀。"尤若兰哽咽着说。

"我都急糊涂了，把大伯和弟弟都给忘了。"大果拍拍后脑勺说道，但她还是很担忧地对老师说道："老师，是不是去了他们家我就再也回不来了，再也见不到你们了呀？"

"傻孩子，暂时肯定回不来了，可是你长大了，只要你还记着这个家，只要你还想回来，你就一定能见到我们的！"

大果什么话都不说了，她望着如墨的夜色，陷入了长久的沉思。

"老师，我答应你，我去他们家！时间不早了，我送你回学校吧，今晚我陪你，可以吗？"

大果陪老师回到学校，洗漱之后先上床睡觉了，尤若兰在台灯底下开始备课，批阅作业，直到深夜才躺在康儿和大果身边，看着睡得香甜的大果，她失眠了。

第二十五章

肖雄带着大学老师，在一个暖洋洋的午后回到罗山小学。迈上栽满梧桐树的土坡，望见学校铁大门，肖雄心里好激动，好久不见妻子和儿子了，不知心爱的人变成什么样了，自从有了康儿，若兰变胖了，也变结实了，不知道买给妻子的米色的连衣裙尺码小不小，更不知道儿子喜不喜欢他买的玩具手枪。想到马上就要见到朝思暮想的娘儿俩了，肖雄不由加快了步伐。

"肖雄，等等我们呀！"黎老师和老伴正在欣赏梧桐树，他和老伴轮流着照相，老伴一身水红色的运动衣衬上紫色梧桐花，简直美极了。他们只顾着拍照，一回头才看到肖雄已经爬上土坡，肖雄停下脚步，自己急着见到亲人，居然把老师给扔了那么远。肖雄站住，朝老师挥挥手，满含歉意地笑了。

115

尤若兰带着孩子们正在土操场上体育课，大家玩老鹰抓小鸡的游戏，康儿站在最后面，挥动着一只手，用稚嫩的声音喊着："抓住他，抓住他！"

康儿停住喊叫，惊喜地对尤若兰大喊："妈妈，快看呀！"

尤若兰转过身去，看到了一个熟悉而久违的身影，一刹那尤若兰恍惚间像是做了一个梦，再看看肖雄身后的两个人，她知道这不是梦，肖雄真的回来了。这两个没见过面却已经很熟悉的人是肖雄的大学老师。

"你好，小尤老师！"教授夫妇同时伸出手来，尤若兰连忙握手问好，康儿早已经投入爸爸的怀抱，父子俩正亲热地嬉戏、打闹呢。看着肖雄父子俩，尤若兰舒心地笑了，教授夫妇也羡慕地望着这一切。

走进土房子，虽然显得很拥挤，但收拾得干净整洁，尤若兰忙着端茶倒水，打来温水让黎老师夫妇洗刷一路风尘。

教授夫妇打量着尤若兰的厨房兼办公室，他们很愕然，居然还有这么简陋、这么破旧的校舍。他们来到在坑坑洼洼的土操场，看到一张张黝黑、稚嫩的脸，一双双充满好奇的眼睛，他们更为惊讶，中国西部农村这么闭塞、落后，乡村小学的生活条件艰苦到这种地步。黎老师出生于南方，他和妻子是大学同学，随妻子来到西部省城，这么多年才适应了北方的生活，没想会来到西部农村收养大果。以前在书本上看到西部农村，尤其是甘肃农村的自然条件，他印象中只是缺水，山大沟深，黄土层深厚，没想到身临其境，他真正体会到了西部农村苦甲天下的现状。他决定为这里做些什么，他还要呼吁全社会应该为这里的孩子做些什么。

肖雄夫妇两地分居好多年，不知道尤若兰是怎样走过每一天的。教授夫妇唏嘘不止，他们真想给弟子肖雄说："把媳妇带走吧！"可话到嘴边，却怎么也说不出来，如果尤若兰想走，肖雄还能等到今天吗？

　　大果怯生生地看着教授夫妇，一张明净的鹅蛋脸上，一双水汪汪的大眼睛里满是胆怯和忧伤，黎教授呆住了，他的妻子金老师也被眼前的小姑娘迷住了。她感觉好亲切，难道这一切都是天意，大果命中注定就该是自己的女儿，她情不自禁地伸出双手，想要拥抱这个孩子，可大果却躲开了，他们就这样定定地望着大果……

　　老支书来了，问好之后，他把教授夫妇带到大果家，大果的大伯代表大果的父母，亲手把大果交给这两个斯斯文文、面带善意的城里人。老支书签过合同盖过章，交接好一切收养手续，大果就名正言顺地成为教授夫妇的养女。

　　肖雄、大果还有教授夫妇就要启程了。康儿正睡着，肖雄给他买回来好多玩具，还有小人书，买了一个小鱼缸，小鱼缸里有三条小金鱼，放在儿子床边，他亲吻了儿子圆圆的胖脸蛋，转身走出小房子。尤若兰把做好的干粮塞进他的行李包里，跟着他出了门。

　　教授夫妇领着大果走在校门外的土坡上，村子里的老人、小孩、妇女都站在村口，他们给大果带来好吃的，还有人硬要塞给大果几块钱，教授夫妇谢绝着，他们不时地作揖、问好。大果什么都不说，在人群中搜寻着尤老师，刘军、梅子、二丫、铁蛋等伙伴。

　　小伙伴们围上去，尤若兰也走到大果跟前，把大果揽在怀里，过了好久才放开。泪眼蒙眬中，尤若兰看到大果和孩子们挂在腮边的泪水，她转过身子，快步走回学校。

　　大果的眼泪像断线的珠子往下滚落，肖雄一直为她擦拭，教授夫妇什么话也不说，他们把头扭向一边，看着车窗外一掠而过的山梁沟壑、农舍树木，不去安慰大果，他们知道，大果要适应新环境，还需要好长时间。

大果走了，肖雄也走了，每当踏进教室，尤若兰心里就空落落地难受，她的心似乎像被掏空了，很长一段时间，才慢慢平静下来。

肖雄来信了，尤若兰坐在苹果树下读信，康儿在一旁玩搭积木，孩子们都放学回家了。读着肖雄一字一句的问候和叮嘱，尤若兰心里充满了甜蜜，充满了期待。

抬头看天，湛蓝的晴空中正游弋着几朵变换着形状的云朵，几只小鸟鸣叫着飞过蓝天，消失在山峦的尽头。好久尤若兰的目光再次落在信笺上，只见肖雄信下面还有大果写给自己的信，尤若兰迫不及待地读了起来。大果说自己从陌生、惶恐，极度思念亲人、思念家乡的情绪中已经解脱出来了，她说养父母有知识有修养，还非常有爱心，周末他们到孤儿院去看望小朋友。她已经在这个快节奏的环境中重新蜕变，将来要考上最好的大学，当一名出色的医生。大果期待着暑假，能跟肖叔叔一起回来，到时候就能和尤老师见面。读着读着尤若兰禁不住心潮澎湃，感慨万千，她为大果的成熟、感恩、自信感到自豪。

第二十六章

不经意间，康儿已经长成一个稚气未脱的少年了，没有父亲陪伴，他仍然活泼可爱，聪明懂事。现在也能帮妈妈分担家务了，周末、假期居然能一个人回老家看望几位老人了，更让若兰欣慰的是他能给爸爸写信，每每看着他们父子俩的来信，尤若兰除了高兴更多的是自豪。

冬去春来，尤若兰的学生也像割韭菜一样，送走了一茬又一茬。李凤通过英语委派学习，转正为正式在编教师，她结婚了，把家安在学校，尤若兰终于告别了一个人独守学校的寂寞日子，她们俩成了无话不谈、无忙不帮的好同事。

陆续分来几个大学生，学校一下子变得有活力、有生机了，尤若兰和他们在一起，感觉十多年的光阴流逝得太快，她们仿佛就是当年的自己，如今自己变得更加阳光、自信，教学上当然更加成熟、沉稳。她担任语文教研组长，教导主任，几个大学生都向她请教，她总是耐心地指导示范他们上每一节课。

王校长的妻子也被聘任到学校，当了一名代课教师，她带着一双儿女，之前一直做小生意，为了照顾老公，也为了孩子，她踏上三尺讲台，成为学前班孩子的班主任。她责任心强，对孩子们有爱心，受到全校老师的赞扬，尤若兰更从心眼里佩服她。

随着计划生育政策放宽，学生人数猛增，学校的办学规模扩大，王校长主抓学校的环境建设和硬件建设。

没有专业的音体美老师，尤若兰几乎担任全校的音乐和美术课，王校长担任全校的体育课，分来的几个大学生也是非师范专业，不擅长音体美。尤若兰就和几个大学生老师主动承担起培训员的工作，教年龄大的老师学电脑，每周都要培训一次，年龄大的老师从零基础开始，居然都学会电脑打字、制表格之类的简单问题了。

年龄较大的老师主动办起了书法培训班，他们遒劲有力的毛笔字、钢笔字，特别是粉笔字让尤若兰和年轻的大学生老师称赞，王校长更是看在眼里，乐在心里。

不久学校建起了校园文化广播站，尤若兰带领年轻老师审阅修改学生习作，每到大课间的时候，那稚嫩的声音就通过扩音喇叭传出校园，在罗山村的每一个角落响起来。

学生的习作水平提高得很快，习作兴趣也越来越浓厚，村民们听着自己孩子的作文，心里充满了赞叹，充满了希望。

一年一度的"六一"国际儿童节，是孩子们最期待的日子。尤若兰没有到这所学校的时候，学校每年只是奖励孩子，没有什么节日气氛，踏进了这所学校，她负责学校少先队的工作，担任大队辅导员。节日临近，她提前给各班分配了任务，要求每个班拿出三个高质量的节目。

每到大课间，各班主任大显身手，校园里到处都是孩子们排练节目的欢快场景。

儿童节那天早晨，天气非常晴朗，各班学生化过妆，身着统一服装，在老师的带领下，站在各自的方队里认真等待。

九点整，庄严肃穆的国歌奏响，全体师生致敬并唱国歌，接着校长宣布新入队少先队员名单，高年级同学双手捧着红领巾，细心认真地给一年级小朋友戴上，全场响起了热烈的掌声。

文艺汇演开始了，孩子们在泥土操场上表演，他们欢快地跳啊唱啊，化过妆的笑脸上流淌着汗水，夹杂着泥土，变成了花道道。老师们坐在晒得发烫的桌子前，个个汗流浃背，大家都感叹着说："孩子们什么时候才能拥有一个真正的舞台啊！"

王校长找老支书商量，能否在学校操场东边搭建一个水泥舞台。老支书把这个情况反映给乡政府，乡政府带着教委主任一行人来参观，当即决定修缮校舍，建一个水泥厕所，至于舞台，由于经费紧张，还是学校和村上共同想办法解决吧。

老支书召集全体村民开会，号召大家捐款，给孩子们搭建一个简易舞台，另外再把校门外的土坡硬化一下，这样雨天上学时孩子们就再也不用踩得一脚泥巴了。

村民踊跃捐款，学校也立即组织了捐款活动。尤若兰第一个捐了钱，同事们慷慨解囊，接过学校的捐款，再加上村民的捐款，王校长亲自带头，在学校的东墙边的梧桐树下建了一个水泥平台。六个台阶拾级而上，平坦的舞台周围挡上木板，外面用油漆刷过之后，各年级的同学就在木板上涂鸦。

当崭新、漂亮、别具一格的舞台屹立在学校的东边时，孩子们欢呼雀跃，高兴得合不拢嘴。

每周二下午，全校社团活动如期开展，舞蹈社团活动直接就在舞台上进行。尤若兰和李凤指导、组织的合唱声势浩大，舞蹈动作优美，课本剧的表演更是惟妙惟肖，引来兄弟学校观摩学习。

儿童节又一次来临了，孩子们终于有了自己的表演舞台，尤若兰导演的课本剧《王二小》引得观众一阵唏嘘，一阵叹息，当二小被鬼子挑在刺刀上活活地摔死在大石头上，随着悲凉的音乐响起，观众都哭了……

尤若兰导演的课本剧在全县文艺汇演中获得一等奖，参演市级文艺汇演也取得了优异成绩，再加上她任教的小学毕业会考成绩名列全县第一，所以她在全县已经是个有名气的优秀老师了。

一位慕名而来的记者，辗转千里找到了马莲河畔掩映在梧桐树下的罗山小学。记者见到尤若兰，通过全程采访，写了一篇新闻报道，题目为《坚守大山的百灵鸟》，于是尤若兰一下子成了许多人心中最美丽的乡村教师，也成了整个小县城教师学习的楷模。市电视台跟拍了关于尤若兰的专题报道，仿佛一夜之间，默默无闻了十多年的尤若兰成了人们心目中的"名人"，有志愿者走进学校，义务当起了孩子们的老师，学校也因此获赠了许多图书。

尤若兰很坦然，自从踏上工作岗位，她就致力于"阅读点燃智慧，读书照亮生命"的读书活动，现在有这么多书籍让孩子们阅读，尤若兰真为孩子们高兴。

远在金城的肖雄，在报纸上看到了关于妻子事迹的报道，怀着无比喜悦的心情，给妻子写了一封信，还专程把这个消息带给就要高考的大果，大果已经出落成一个亭亭玉立的大姑娘了。品学兼优、待人热情有礼貌，教授夫妇视她为掌上明珠。看到尤老师的事迹，大果高兴地在房子里转了几个大圈，接着就冲进书房，给尤老师写信，还附了一张自己调皮靓丽的照片，教授夫妇看着大果，笑着说："看把丫头高兴的，也替爸爸、妈妈问候一下小尤老师吧！"

"好嘞！"大果调皮地回应着。

收到肖雄来信，尤若兰正在批阅作业，她舍不得拆开，直到走进土房子，这才小心翼翼地拆开来。看到大果来信，还有大果笑得很开心的照片，尤若兰就想起那片金色的向日葵花，她的心里比吃了蜂蜜还甜。

第二十七章

临近放寒假，乡镇工作人员专程来到罗山小学，通知尤若兰到县城去开会。

尤若兰很纳闷，自己能开什么会呢，直到坐上镇长的专车，心里还在犯嘀咕。看到同行的几个人都很陌生，而且清一色的男同志，心里的疑惑更多，她想问到底要开什么会，在哪里开。可几个人都很陌生，而且一脸严肃，只好欣赏起冬日那轮火红色的暖阳。

车子翻山越岭后驶入了平坦的柏油大马路，两边垂柳落尽叶子，整齐地排列着，夕阳一路跟随，直到车子驶进小县城，才渐渐湮没在远处的地平线。

气派、肃穆的县城宾馆到了，尤若兰下了车，一条鲜红的字幅悬挂在大门口，尤若兰这才明白自己是来参加政协会的。看着宾馆自动开合的玻璃门，尤若兰想自己对政治一无所知，读高中时虽然学过辩证唯物主义，可对政治也不感兴趣。参加工作，一心只为心爱的学生传授知识，围墙外面的世界对她来说是陌生而喧嚣的。

"尤老师，领报名资料了！"一路都不说话的乡镇干部催促尤若兰，她加快脚步走进宾馆大厅，签过名，领了厚厚一沓资料，还有饭票和房卡。

服务员打开了206房间，屋子里视线已经很模糊了，她想打开灯，可摁了每一个开关，每一盏灯亮都不亮，难道没电吗？不可能呀，她伸出头，对门和走廊都有电，尤若兰有些纳闷了。先洗漱一下，接着继续找电吧，不料收拾一番之后还是找不到，若兰这才走到门口，正好碰到服务员，只见服务员把门卡往卫生间的墙上一插，屋子里的灯齐刷刷地亮了，尤若兰感觉有些眩晕。

第一次住宾馆，雪白的床单、枕头和被子，在灯光下泛着洁白的光芒，擦得一尘不染的红木桌椅，给洁净的房子增添了喜庆气氛。墙壁上悬挂的那幅气势恢宏的山水画，让尤若兰心驰神往。

同房间还安排了一个人，家在宾馆附近，领完资料就回家了，正好尤若兰可以自由舒展一下一整天的紧张神经。

她痛痛快快地冲了个热水澡，好舒服啊。坐在梳妆台前，看着镜中惊艳的自己，怎么从来没这样关注过自己？原来自己也很美，只是平时忙到根本无暇管这些，尤若兰心里五味杂陈。

是啊，乡村教育工作者，哪个不是起早贪黑，赶时间跟学生，放学还要料理家务，辅导自家孩子作业。十几年如一日，尤若兰在孩子们的求知、成长中送走了青春年华。她摸摸眼角悄然爬上来的细小皱纹，心里除了感叹，更多的是一种充实感。

三天的政协会，让尤若兰感到新鲜而好奇，她结识了和自己同龄的许多人，他们都是各条战线上的佼佼者。尤若兰为自己自豪，更为多年来默默奉献得到回报而慰藉，同时她也为自己作为政协委员所要履行的职责而感到神圣。跟优秀的人在一起，真的能走得很远很远，她心里感慨着。

每个政协委员都要撰写提案，代表人民发声。尤若兰提起笔，摊开纸，她不停地思索着，既然肩负重任，就一定要履行好自己的职责，这样才能对得起党和人民的重托。可是要说的事情太多了，到底先写哪一件呢？尤若兰感觉一字一句都重如千斤。

如何解决夫妻两地分居的问题，不！写这个也太自私了吧？因为自己长期两地分居，就要呼吁解决这个问题吗？尤若兰为自己跳不出自我小圈子而自嘲。那就写如何拓宽和硬化校门前通往客车站的那段路面吧，可刚落笔下去，尤若兰又觉得还是不妥当，这不是老支书和村民要解决的事情嘛，为什么非要麻烦政府呢？想到这里，尤若兰停下了笔，她忽然间想到，白天和几个政协委员谈到一个问题，乡村偏远的学校缺少专业老师，县城及县城周边的学校却人满为患，有些老师为了带课，居然还要贿赂校长，尤若兰当时真不敢相信自己的耳朵，她惊讶的表情引得几个政协委员东瞧西望，感觉是自己说错了什么。其实这就是残酷的现状，城乡师资力量严重分布不均！想想自己的学校，从最初五个班几名老师，到现在的十个班，不到二十个老师来支撑，音体美包括科学课都形同虚设，孩子只是单一的学习文化课，她知道还有许许多多乡村小学也面临着这样的问题。想到这里尤若兰奋笔疾书，开始撰写关于城乡师资公平分配问题的提案，当她写完最后一个字时，抬头看表，居然是凌晨一点半了。伸了伸懒腰，站起来，凝望着提案纸上娟秀的字体，一番修改之后，这才上床休息。

尤若兰的提案当场通过，政协主席在关于提案决议的会场上，第一个说到城乡师资分配严重不均的现状及带来的后果，表扬了尤若兰，还表示要把这个提案落到实处，全面提升乡村学校办学水平，尤若兰还被评为优秀提案者。

从这天开始，若兰对周围的事情开始关注了，每晚的新闻联播，她都要坚持收看。她总是第一个抄笔记政治笔记，撰写心得体会，利用课余时间她还把政协会精神传达给每一位同事。

时光总是在不经意的某一个刹那定格，但时光有一双隐形的翅膀，不经意间又溜得无影无踪。寒来暑往，尤若兰在这所学校坚守已经十一个年头了，青丝中已经夹杂着许多白发。

读者牵念的大果考上了北京医学院，刘军考入了师范大学之后因为体检，最终没有被学校录取，扬子在金城给他找了资源，他凭借着自己的聪明才智，办了一家电脑公司。梅子还有其他几个同学考上了师范学校，不久的将来就是尤若兰的同事了。

时光溜走得太快了，尤若兰感叹着，漫步在这个宁静的春日黄昏，夕阳的余晖暖洋洋地洒向校园里的每一个角落，金灿灿的迎春花都已经开败，那树紫荆花正开得轰轰烈烈，预示着夏天的到来。

坐在黄昏温暖的柔风里，尤若兰一边读着肖雄的来信，一边抚摸康儿乌黑发亮的头发，康儿已经长成一个俊朗的少年了，他喉结突出，嘴角长出了一小圈细绒胡须，个头已经跟上妈妈了。

"妈妈，我今天的作业全部完成了。"康儿抬起头来，看到妈妈那瘦削的脸上已经有了皱纹，几根白发也爬上妈妈的头顶。印象中的妈妈一直都是最美丽最温柔的，自己就要小学毕业了，终日操劳的妈妈明显地老了，康儿心里有些酸涩。

"儿子，咱们镇上的初中就要撤并到很远的完中了，你的初中该在哪里读呢？"

"妈妈，我正想给你说呢，我们班同学有的要去县城，有的要到另外乡镇去读，还有同学说要到比较偏远的完中去，我也不知道该到哪里去读初中。"

"是不是该调动一下工作，到距初中较近的乡镇去呢？"尤若兰自言自语地说道。

夜幕渐渐降临了，湛蓝而深邃的天空中闪现出几颗亮晶晶的星星，月亮露出半个脸，被长了叶子的合欢树遮挡得羞羞答答，尤若兰母子俩坐在苹果树下的青石板上，康儿很文静，从不多说一句话。此刻，他知道妈妈正在思忖着他上初中的事，就更加一言不发。

尤若兰决定调离这所见证了她青春年华的乡村学校。她舍不得离开这里，可是为了儿子能读初中，不得不调离这所学校了。她把自己的想法写信告诉了肖雄，肖雄很快回信了，他完全同意妻子的想法，不管到哪里，都是在乡村小学，也都是为乡村教育发光发热，坚信上级会同意她的想法。

暑假里，尤若兰鼓足勇气，把自己的想法说给主管教育的领导，她不知道事情能不能成功，心里始终惴惴不安。其实无论如何尤若兰都不想离开这里啊！她真害怕调动成功，但她更担心儿子就读初中的问题。

第二十八章

尤若兰要调离罗山小学了，看着红头文件上自己的名字，她心里好惶恐，为了儿子读初中，离开这所学校是自己选择的，可是真的要离开了，心中除了失落，太多的是不舍。

就是这所学校，让尤若兰舍弃了城市生活，舍弃了和肖雄相处的每时每刻，舍弃了和扬子携手前行的美好愿望！为了心中执着的梦想，她义无反顾地坚守。这里的每一寸土地、每一片瓦砾、每一棵小草、每一棵大树，都见证着她青春奋斗的汗水，见证着她一步步成长的足迹……

为了即将辍学的大果，她顾不上吃饭；为了残了一条腿的刘军，顾不上即将出生的儿子；为了给大果父亲治病，肖雄倾其所能；为了大果奶奶能重见光明，尤若兰全程陪护；为了让刘军能自食其力，扬子伸出援助之手，直到刘军掌握了一技之长。

王校长第一时间知道尤若兰调离的消息，带着惋惜的表情说："收拾东西需要帮忙的，说一声就是。"转身默默地离开了。

望着王校长远去的背影，尤若兰的眼泪流下来，流进嘴里，咸咸的，尤若兰的心里更是酸涩难忍。

尤若兰要调走的消息很快就传遍马莲河畔的每一个角落，老支书第一时间赶过来，许多乡亲们都赶到学校看个究竟，看到调令，他们这才相信这个为乡村教育付出太多的尤老师真的要调走了。

"老师，你为娃娃们付出太多，我们全村的老少爷们儿都向你表示感谢！"说完了老支书举起双手作揖，乡亲们也跟着做。

"尤老师，今后无论你走到哪里，我们都不会忘记你，娃们更不会忘记你的！如果你还想回来，我们举双手欢迎，这里永远都是你的家啊！"老支书接着说道。

尤若兰感觉受宠若惊，心里暖暖的，她连忙用颤抖着的双手扶着可敬可爱、淳朴、善良的乡亲们，喉头哽咽着说不出一句话来。

同事们帮尤若兰收拾行装，老支书叫来一辆大卡车，十几年光阴积攒下来的旧东西太多，孩子们看到老师就要走了，一个个挤在院子一旁静静地看着，眼里闪着泪花，有的孩子已经哭出声来。

大卡车启动的那一刻，若兰感觉到一阵被掏空的眩晕，她不忍心看孩子们沾满泪水的稚嫩脸庞，也不忍心看到王校长和李凤不忍别离的眼睛，更不忍心看站在一旁的老支书和赶来送行的乡亲们不舍的叮嘱……

"尤老师，保重！"

"尤老师，再见！"

车子卷起一阵尘土远去了，所有的人都被抛到后面，但那一声声呼唤像钢针一样刺疼着尤若兰的每一根神经。

别了！这所见证了青春芳华的学校。别了！这个让理想落地生根的地方；别了！这所洒满尤若兰汗水、踏遍足迹的地方；别了！可爱的孩子们，敬爱的老师们！

泪眼蒙眬中，若兰缓缓地抬起手来，她看见孩子们拼命地奔跑着，乡亲们、老支书、校长还有同事们都跟在后面，他们狠命地挥着手。渐渐的，这一切都抛在车子后面了，只一个转弯就消失了！

光阴如水般静悄悄地流逝，可这个送别场面就这样镌刻在尤若兰记忆的最深处，伴她一生一世。每当遇到困难，遇到生活中诸多不如意，这个画面就会浮现出来，给她温暖，给她力量！

第二十九章

卡车爬完九曲十八弯的山路，穿过几个村庄，最后驶入两边垂柳成荫的柏油马路，终于在晌午时分，才来到尤若兰调入的乡镇中心学校向阳小学。

站在崭新、高大的铁门前，望着宽敞、气派，面南朝北的五层教学楼，若兰感觉到一种落差，罗山小学很破旧，但她现在却更加不舍罗山小学。

铁大门紧锁着，尤若兰刚想着该怎么叫开门，只见中间马路上走过来两位女老师，年轻的高挑身材，一头瀑布般的秀发直泄下来，浑身上下散发着青春的活力，另一位身材微胖，显得端庄温和。她俩不说话，只是打开铁锁，尤若兰连忙问道："请问你们何校长在吗？"

"不清楚，你回去看看吧！"两个人几乎异口同声地说道，然后头也不回地走了。

踏进校门，尤若兰听到坐东朝西的一排房子里有说话声，面朝东的房子正在装修之中，院子里好多民工还在两边的草坪里忙碌着。

敲开门，一位50岁左右的男人在惊愕中抬起头，布满雀斑的脸上透着威严，他用锐利的目光打量着尤若兰，扶了扶眼镜框，冷冰冰地问道："你找谁？"

"我找何校长，请问您是？"

"我就是何校长，你是？"

尤若兰从包里拿出折叠得整整齐齐的调动文件，双手递给何校长。

"你是调来的尤老师！"

他的雀斑脸开始变得温和起来了，热情地招呼尤若兰坐下。何校长问了尤若兰许多问题，擅长带哪个科目，哪所学校毕业的，不放过任何一个细节。他向尤若兰讲述向阳小学所有规章制度，包括请销假制度，尤若兰硬着头皮听着，直到卡车司机找到若兰，何校长这才给她指定了面朝东的一间房子说道："房子分配已经上会研究了，你就住 10 号房子吧，新房子一定要维护好，你还带着孩子……"何校长还在絮絮叨叨，尤若兰赶紧让卡车司机把东西卸在房子门口。送走了卡车司机，她花了整整一个下午的时间整理好房子，安置好锅灶，给康儿在对面的初中报了名。直到康儿去上学了，这才投入到新的环境，新的工作中去了。

初冬的黄土大塬，连绵不断的小雨终于停歇了，太阳露出了难得的笑脸，秋日里生命力旺盛的花草树木在秋阳下显得更加生机勃勃。呼吸着新鲜空气，伫立在校园高大墨绿的侧柏下，尤若兰望着湛蓝高远的天空，心里感觉到一丝惶恐、一丝无奈。

充满寒意的秋晨，顶着东边的鱼肚白，尤若兰照例从睡梦中醒过来。匆匆起床，洗罢脸就忙着为儿子做早餐，送走儿子，急匆匆折转回身，她娴熟地收拾着做过早餐的锅碗瓢盆，打扫屋子，屋子里明亮的灯光在清早的校园显得格外耀眼。

安顿就绪推开房门，抬头看天，只见东边天空才露出一丝亮光，太阳的红光渐渐晕染了东方的地平线。花园里粉红色毛茸茸的合欢花，在冷风中纷纷扬扬往下落，飘飘洒洒地在空中盘旋着不肯离去，最终还是落在绿色的草坪上。

尤若兰褪去了青春的激情和冲动，变得成熟沉稳，卸下了每年都当毕业班班主任的重任，扔掉强项语文科目，开始带孩子们的数学甚至英语。她一边探索，一边在课堂上实践，每天和孩子们徜徉在知识的海洋里，她的心单纯而明净、简单而快乐。

孩子们背着书包陆续踏进了校门，一个、两个，男孩、女孩……渐渐涌进校门，小狗"皮皮"也从那束快要枯萎的金银花下钻出来，伸了个懒腰，摇晃着尾巴，绕着孩子们东嗅嗅西闻闻，使劲地摇着尾巴，跑前跑后，孩子们边逗它边走进教室，开始晨读。

"皮皮"是上学期跑进校园的一只流浪狗，浑身雪白，一双专注而忠诚的眼睛，两只耷拉着的长耳朵，刚钻进学校的铁大门，就直奔那束金银花而来。尤若兰虽然不喜欢小猫小狗，可看到这只小白狗，不知道为什么就产生了一丝怜惜，甚至有些喜爱。

支教老师白灵灵，二十四五岁的样子，白皙的皮肤，水灵灵的大眼睛，高挑身材，总爱穿休闲衣服，配上运动鞋，看起来浑身的每一个细胞都散发着青春的活力。就是她给流浪狗起了"皮皮"这个名字，并且偷偷地给它在金银花下安了家，在教学楼后面的操场还给它收拾了另一个很隐蔽的窝，每天好吃好喝地伺候着，每到周末，白灵灵回不了家，她就和皮皮做伴。白灵灵批阅学生作业，写教案，皮皮就在一旁玩耍，有时候它会专注地蹲在白灵灵跟前，看她忙这忙那，陪她渡过周末的时间。

不过收留皮皮是一件很冒险的事情，校园安全工作可是学校工作中的头等大事，如果皮皮伤害到学生，谁能付得起这个责任？尤若兰心里暗暗嘀咕，她一直劝白灵灵放弃皮皮，可白灵灵总笑着说："皮皮都来这么多天了，它可没伤到一个人啊！"

也是，皮皮是不会伤人的，它本来就是一只可怜的小狗儿，被主人遗弃了，它怎么还会去伤害孩子们呢？尤若兰安慰自己说。

周末下午，尤若兰领着儿子来到学校，学校大门还紧锁着，只好到街道溜达，没想到皮皮不知什么时候已经围在她的腿边使劲地摇着尾巴，眼巴巴地望着尤若兰母子俩。儿子伸出手去抚摸皮皮的头，皮皮撒娇地偎依在儿子的脚跟前，伸出舌头舔舐着儿子的运动鞋。看着这一幅景象，尤若兰感觉到一股暖流穿越全身，好温馨啊！对于皮皮尤若兰有了进一步的了解，皮皮绝对不会伤害孩子的，她决定和白灵灵一起保护皮皮。

皮皮不甘寂寞，它舒适的环境引来了一个同伴的分享，两只狗狗在校园溜达，这下不仅门卫老头发现了皮皮，学校领导也发现了皮皮，何校长大发雷霆，叫来全校男教师，上演了一场惊心动魄的"人狗大战"，所有的家什都动用上了，包括尤若兰平时用来抬水的木棒。

皮皮的伙伴见势不妙，夺门而逃，皮皮尖厉地号叫着、躲藏着，眼泪汪汪地看着白灵灵，尤若兰和白灵灵都束手无策，站在旁边看着。皮皮身上已经挨了好几棍子，它凄厉地吼叫着、躲藏着，终于钻进金银花下的窝里不作声了。何校长命令铲掉那束金银花，等到门卫大爷用铁锹翻开金银花的枝叶，出现了令人吃惊的一幕，皮皮居然有四个毛茸茸的孩子，小狗发现有危险了，你挤我推，都往母亲的身底下钻。皮皮看到孩子们有了危险，如一头暴怒的狮子，嘴里发出"呜呜"的吼叫声，全身的毛都竖起来了，它愤怒地盯着拿武器的人们。就这样人狗对峙着，尤若兰不知道皮皮还有这么可爱的孩子们，接下来会发生什么呢？她的心提到嗓子眼。

白灵灵快速拿出一个纸箱子，她恳请校长手下留情，可门卫老头早拿来了铁锹和框了，他用绳了绊倒皮皮，皮皮挣扎着被装进麻袋，扎紧口子之后，被两个男老师带出校门。四个毛茸茸的小狗狗装在纸箱子里，还没等白灵灵反应过来，也被带出校园，白灵灵的眼泪一下子涌出来了，她盯着何校长，她突然间好恨这些人，一瞬间甚至对自己挚爱的教育事业都产生了疑问。大学毕业她是带着满腔热情来到这所乡村小学支教的，一坚守就是三年，今天她第一次觉得这个地方是如此陌生。

第三十章

　　校园恢复了往日的宁静，白灵灵却变得沉默寡言。每到周末她就到街道里买好生活必需品，在教师灶上打好水，一个人在校园里留守。她很想皮皮，可从此以后，皮皮就没有了一点踪影。

　　白灵灵大四的时候，和同学一起来到大西北农村支教，另外几个选择了别的小学，她选择了这所乡镇中心小学。父母一直想让白灵灵玲回到城市，回到自己身边，劝说没有作用，就找县局领导、学校领导做工作，但白灵灵已经离不开可爱的孩子们，更离不开伴着喧嚣与青山绿水的农村。她无论如何也不跟父母回去，没办法父母只好尊重女儿的选择，白灵灵就这样留在这所师资匮乏的乡村学校。

　　待久了她感觉到理想和现实之间的强烈反差。离家遥远，周末回不了家是白灵灵最为闹心的，还有刚接手的学生也不是自己想象的那样听话，班上几个调皮捣蛋的学生总让她很无奈。她是家里的独生女，脾气有些暴躁，对那几个调皮学生偶尔会敲打几下，看到学生委屈的样子，又感觉很后悔，甚至掉眼泪。周例会上，教导主任一再强调不准体罚或变相体罚学生，她感觉自己成了批评的对象，懊悔、自责、期盼的情愫纷至沓来，白灵灵感觉很痛苦。

没有皮皮陪伴的日子，白灵灵更加痛苦。现在她所带的班级又面临统考的挑战，白灵灵恨不得把全部的时间都用在复习上，可好玩好动是孩子们的天性，他们才不管考试呢。班长路通告诉同学们，白老师太孤单了，只有让皮皮回家才能让白老师找回快乐，所以每当吃过饭，孩子们就自发地出去找皮皮。功夫不负有心人，路通终于在一个垃圾桶旁边找到了皮皮，她欣喜若狂，把皮皮送到老师身旁。白灵灵重新在那束几乎被铲除的金银花下又搭建了窝，给皮皮安了一个家，皮皮从此就默默地蹲在自己的家里，很少出来，只是孩子们上学或晚上才出来转转，门卫老大爷包括何校长都没有发现它的踪迹。白灵灵的脸上也露出了少女甜美的笑容，只是这些连尤若兰都不知道，尤若兰还常常为皮皮牵心呢。

新的一天又开始了，望着几乎每天都会重复的画面，尤若兰摘了几朵金银花，准备泡茶。她下意识地看了一下皮皮的窝，皮皮居然在，还用一双似乎会说话的眼睛望着自己，尤若兰很诧异，白灵灵告诉皮皮回来的经过，尤若兰会心地笑了。

校历安排，本周四是尤若兰数学观摩课。看到校历安排表，她心里不由得"咯噔"一下，浑身一阵战栗，几乎惊出了一身冷汗。天哪，周四的数学观摩课还有外校老师参加，自己到现在还没有一点思想准备，更别说备课了，这可怎么办啊？

"这次观摩教学意义重大，你们两个代表着咱们学校的整体形象，不能有一点闪失。"主管教学的年轻教导主任马海的话像重锤一样敲击着尤若兰的心，此刻尤若兰更觉得忐忑不安了，无论怎样要准备好课件，做好扎实准备，才能轻松应战。

手机铃声突然响起，尤若兰从沉思中惊醒过来，是肖雄打来的。这么及时啊！她心里涌过一阵暖流，感觉校园一下子变得宁静、美丽，就像升起的朝阳一样温暖。

"儿子上学了吧？你现在干嘛呢？快上操了吧？"

"你问这么多，我该给你先回答哪一个问题呢？"尤若兰温柔地说道。

"告诉你个好消息，我又提升了，这两天要到总公司去培训，带儿子辛苦你啦！"

"辛苦就别说啦，给我娘俩啥奖励呢？"尤若兰撒娇地说道。

"这趟培训结束，我也许还能回来看你们的，这个奖励行吗？"肖雄故意说道。

"真的吗？"尤若兰抑制住内心的喜悦，大声喊道。

"嘿嘿，骗你是小狗狗，来我们拉钩哦！"

"你个坏人，能拉上吗？"

想到老公一年多都没回家了，尤若兰心里多少有些怨恨，当然更多的是思念！两个人从相识到相知再到浪漫结婚，走过了多少心酸却又甜蜜的路啊，虽然过着牛郎织女般的苦行僧日子，两地分居有那么多不便，但是为了生活、为了工作、为了心爱的儿子，还有可爱的乡村孩子们，尤若兰就没有埋怨了，她知道正是两个人的彼此理解，他们的婚姻生活才能依然甜蜜幸福。

"亲爱的，我给你买了一台联想笔记本电脑，过几天邮回来，别忘了去到邮局去拿哦。"

"我有笔记本电脑啦！"尤若兰在电话里高兴地蹦起来了，肖雄心里也美滋滋的。

踏上三尺讲台到现在，尤若兰已经记不清楚参加过多少次观摩课了，她亲临课堂，手把手带出来的年轻老师，在县市级比赛中都获奖了，她还代表罗山小学到市上参加过语文技能大赛，荣获赛区一等奖，按说这样的场面见多了，也没有什么好怕的。可面对何校长那副板着的面孔，还有第一天在学校门口碰到的两个同事，聊天时才知道原来她俩把自己当成了学生家长了，尤若兰忽然感觉没有自信！踏进这所乡镇中心小学，教师也都是刚参加工作不久的小年轻，她曾经最擅长教语文，何校长却非要让她带一年级数学，她感觉没有一点底气！真是今非昔比啊，尤若兰在心里感叹着。

参加工作到现在，尤若兰从来没带过数学这门课程，她觉得自己简直就是数学的门外汉，可现在何校长专门安排她教数学，于是她只好静下心来，从基本的教学教法开始摸索，坚持学习，记录心得体会。虽然无论怎么做都感觉没有教语文时那么得心应手，但尤若兰从没气馁过。更让她尴尬的是，和她一起上公开课的是人居然是梅冉老师。

梅冉三十出头，有一双小而犀利的眼睛，一张大脸盘，是十几年前来支教的城里人，嫁给了尤若兰的一个堂哥。调进这所学校，尤若兰原本以为嫂子还能给予自己工作一些支持，却没想到梅冉表面热情周到，背地里却给她使坏，还到何副校长跟前告她的黑状！她百思不得其解，自己也没做错什么呀？再说好歹也是堂嫂的呀。白灵灵悄悄告诉若兰，梅冉嫉妒心理太强，她见不得别人的能力比自己强，谁都不例外！而且梅冉工作能力强，领导都比较器重她。就是因为尤若兰在全县教育界是佼佼者，所以即使梅冉是她的堂嫂也不能幸免。现在梅冉要和尤若兰一同上观摩课，尤若兰心里更加忐忑不安了。

上课、下课，批改作业，备写导学案，等会还要断孩子们鸡毛蒜皮的小官司，尤若兰简直就像旋转的陀螺难以停歇下来。直到放学钟声响起，护送孩子们走过小镇最热闹的十字大街，看着孩子们踏上回家的路，尤若兰这才着拖着疲惫的身子，迎着冬天最凛冽的冷风，和同事们赶回宿舍。

在集体办公室忙碌了一整天，回到蛰居的小房子，尤若兰看到铁炉子的火苗还旺，她连忙续上几疙瘩黑煤。顷刻之间炉子里吹回来的倒烟就争先恐后从四周窜出来，原本就感冒厉害的尤若兰剧烈地咳嗽了几声，嗓子干涩得似乎能冒出烟来，她感觉全身发烫，这一屋子的煤烟怎么能让她受得了啊？尤若兰头晕得厉害，靠着冰冷的床，坐下来喘息。

尤若兰刚坐下来，不由得想起这会正在法国参观学习的扬子，不知道此刻她在干什么。今天下午她在 QQ 上收到扬子发过来的照片，美丽、娴雅的扬子正漫步在法国塞纳河畔迷人的夕阳中。那双仿佛会说话的大眼睛满含幸福和笑意，夕阳给她裁剪的橘黄色的风衣在晚风中飘着，给人无尽的向往……人啊，真是差别太大了。

扬子明天一大早还要到水上城市威尼斯去坐小艇，对于威尼斯尤若兰还是很熟悉的，给五年级学生上《威尼斯的小艇》这一课时，到网上查找过关于威尼斯的所有资料，对于那座水上城市，尤若兰更多的是对异国风情的向往。如今扬子的脚步就站在那片土地上，她一生不停止地走在路上，尤若兰的心也跟着她在上路，想着美丽的扬子，尤若兰陷入了对往事的回忆中。

高三时，由于班级重组，尤若兰就和扬子分在一个班，还和扬子当起了同桌，她们俩一同学习，一同吃饭，成了形影不离的好朋友。

冬天，尤若兰就住在扬子家，每当扬子慈祥的老娘端上来热腾腾的饭菜，并且嘱咐尤若兰一定要多吃时，扬子就有一股小小的醋味，尤若兰最喜欢看扬子"吃醋"的样子，两个不消停的小姑娘常常让扬子的双亲哭笑不得。

"我还是要填报师范院校，选中文专业。"尤若兰执拗地说道。

"跟我填一样吧，农大多好啊，将来咱们俩一同进研究所，共同搞科研，我们好不容易从农门里跳出来……"扬子不甘心地劝阻着。

"不，我要当老师。"尤若兰固执地说道。

"你成绩优异，填报师范院校多可惜啊！"扬子几乎都要跳起来了。

夕阳的余晖照着尤若兰涨得通红的脸，也许是太激动的缘故吧？看着平日温顺的尤若兰完全像变了一个人，扬子心里默默地说："真是一个犟人啊！"

扬子说服不了尤若兰，默默地转身走了，后来就是扬子金榜题名，尤若兰却意外落榜了。想起这一幕，尤若兰的心就猛烈地抽搐了一下，当年的高考可是一道无形的硬伤啊，看似平整无痕，一旦被撕开，尤若兰还是感觉到一阵阵疼痛。

"吃饭啦……"白灵灵隔着窗子大喊，尤若兰回过神来，找自己的碗和筷子，可是怎么也找不到，想起来了，吃中午饭的时候，白灵灵不是替自己洗好放在她那了么？瞧这记性，四十岁才开始怎么就像健忘的老人了，也难怪，尤若兰的失眠症愈来愈严重，现在晚上睡不着觉已经成为她新的痛苦了。

暗夜里睁着一双酸涩却毫无睡意的眼睛，脑子里浮现出来的陈七十烂八十年的事情，就像放电影一样反复上演。有时候数数能数到一万甚至更多，可就是睡意全无，辗转反侧，彻夜难眠。第二天昏昏沉沉，迷迷糊糊，所以尤若兰现在最怕黑夜来临了，自己把一腔赤诚全都奉献给自己热爱的教育事业了，调入这所学校，这到底是怎么了呀？才四十出头，怎么会变成这样呢？

白灵灵又催吃饭了，尤若兰这才匆匆赶往食堂。食堂分两间，操作间里挤满了教师，吃饭的一间里，最里面的桌子上坐着一脸严肃的何校长，此刻他的一脸雀斑在暖烘烘的火炉子旁边显出一丝生机。何校长倡导教师发扬苦教、苦学、苦练的三苦精神，他最爱开会，开起会来最爱骂教师，有时候越骂越起劲。尤若兰现在只要听到开会二字，她就会感觉到浑身哆嗦。

何校长身体健壮，大冬天哪怕是大雪纷飞，北风肆虐的天气，他也要骑着那辆被他擦得干干净净的摩托车赶几十里路，往返于家和学校之间。他的节俭也是出了名的，就是因为对教师有些苛刻，再加上开会总骂人，本来稀少的头发，现在几乎已经全部脱光，不知是谁背后给他起了一个绰号"光头"。看着何校长，想着周四的观摩课，尤若兰的心又缩紧了。

第三十一章

周四的观摩课一定要上好，尤其是在新课改下的观摩课更要起到引领作用。其实尤若兰对于新课改一点都不陌生，她在罗山小学，运用的就是新课改方法，分小组学习、互帮互带，把学生带到大自然去学习，开发校本资源，开展社会实践活动等，只是不知道这就是新课改的内容而已。

电铃声划破寂静的校园，学生陆续背着书包进校门了。尤若兰匆匆忙忙去签到，年轻的教导主任马海已经站立在旗杆下等着老师签到，尤若兰是最后一个签到的。马主任说周四上午要进行观摩课，除了听课评课，还要录课。尤若兰感觉头嗡嗡作响，但她命令自己：冷静，再冷静！不就是一节观摩课吗？没有什么了不起的。可一想到何校长那张冷峻的脸，还有开会时的神态，她狂跳的心就是冷静不下来，她感觉越发紧张了，她一直在想如果出错了，何校长又该如何数落自己，还有梅冉该有多得意。

尤若兰电话响起来，她接通之后，一个很响的声音传过来。

"尤老师，帮我开一下门吧，成成今天终于肯来学校了，我刚送到校门口。"

尤若兰快速赶到校门口，看到路成成瑟缩的身影，妈妈憔悴的面容，她的心像被什么撕扯似的难受。路成成从小学一年级就开始逃学，她和白灵灵想尽了一切办法也无济于事，直到今年他的父亲从外面打工回家，一边接送他上学，一边在县城工地上打工，路成成的逃学才告一段落。

路成成的父亲在县城找临时活干，晚上骑摩托车回家。一天，他的父亲在路上时一辆大卡车迎面扑来，当时大卡车车灯很亮，他看不清前面的路况，就和大卡车撞在一起，当场死亡。路成成的母亲给他请假时的哭泣声，让尤若兰的心在滴血，更让尤若兰不安的是，路成成的父亲在出事的前一天还给尤若兰带了许多水果，专程来感谢她，因为儿子逃学次数终于变少了。

记得去年冬天，路成成的母亲还陪读过一段时间，尤若兰找到关于教育孩子的书籍让这位初中毕业的母亲读，路成成母亲仿佛醒悟了好多，她执着地让儿子读书，哪怕天天陪着，但他还是逃学，终于父亲回家后他不再逃学，谁知道好景不长啊！

尤若兰拉过路成成的手，把他送回教室，她不敢正视路成成那张稚嫩、白净充满不情愿的脸。

愿老天保佑，路成成不要再逃学了，愿终日劳作、如今已长眠地下的父亲能够安心，尤若兰默默地祈祷着。

上完一节课，尤若兰夹着教本往回走，80后美女同事说上面来检查了，尤若兰一看停在校领导办公室的几辆高级小轿车，就赶紧和她赶回集体办公室，开始准备观摩课件。又是什么检查啊，每天都有检查，不是教学就是安全方面。还记得去年发生在本县，震惊全国被许多国家媒体报道的"11·16"校车事件，尤若兰一想起来就感觉到毛骨悚然。

第三十二章

2011年11月16日，是一个和往常没有什么区别的日子。可这天早上9点左右，在距尤若兰学校不远的一个乡镇幼儿园，一辆原本只能坐十几名孩子的校车，却超载着63名幼儿，与一辆迎面而来的大客车猛烈相撞。当时就有四名幼儿、一名护送女老师和她的女儿以及司机当场身亡，老师还有孕在身，七条鲜活的生命转瞬即逝。在救护车送往各大医院的途中，又有14名幼儿抢救无效死亡，整个抢救现场惨不忍睹，孩子的书包、鞋子散落了一地，雨水夹杂着血水在流淌，哭声、叫声连成一片……

山河垂泪，大地呜咽，整个小县城笼罩在悲痛之中。各种媒体第一时间报道，网上更是视频图片到处都是，愤怒的人们将这件事编成歌曲《血染的校车》。当时尤若兰和同事们坐在电脑跟前，怀着极为悲痛的心情观看，当孩子们的书包、鞋子在雨水中散落，被孩子们稚嫩的鲜血染红的座椅近镜头、远镜头出现时，尤若兰和她的同事们失声痛哭。

多么可怜的孩子啊，他们都是爸爸妈妈的心肝宝贝，爷爷奶奶的心头肉啊！他们稚嫩鲜活的生命像刚刚团起来的花骨朵，迎着春天的朝阳和雨露就要绽开笑脸，可一刹那死神伸开魔爪，把他们拖向黑暗冰冷的世界。

孩子啊！你幼小的身躯怎么抵挡得住暗夜的吞噬？那个世界太黑太冷，没有了爷爷奶奶的疼爱，没有了爸爸妈妈温暖的怀抱，四五岁的你们要孤孤单单地上路了，我们只能眼睁睁地看着你们就这样摇摇晃晃地走！孩子们啊，是谁让你们走上了这条不归路？是利欲熏心的办学商人，是只能坐十几人的破烂校车却硬塞 63 人的超负荷车辆？还是没有责任心、超速、疲劳驾驶的无驾照司机？小县城的人们都沉浸在悲痛和反思之中，各个中学、小学对安全问题也慌了手脚，上面隔一阵就来检查，何校长更是变本加厉地开会。早操前集中在教学楼前一顿训斥，让尤若兰和她的同事一头雾水，还没等下操，他又通知开会，匆匆忙忙赶到办公室。何校长非常严厉地说：“今天百名记者进校园，检查学生的安全工作，你们要小心行事，别让他们抓住把柄！”

学生的安全要常抓不懈，等到突击检查，才临时抱佛脚，这样上有政策下有对策的应付交差，让尤若兰心里一阵阵气闷。

整整一天，空气紧张得仿佛随时都会爆炸，尤若兰和同事们都小心翼翼地上课、下课，时刻关注学生的动态，似乎一不留神学生就会有头破血流的现象出现。直到下午学生安全离去，老师们悬着的心才放下来了。

尤若兰还要自己做饭，等到上初中的儿子放下饭碗，背起书包去上晚自习了，教导主任又通知开会。赶到会议室时，同事们基本来齐了，何校长正在炉子里放煤块，办公室宽敞、阴森，坐在宽大的皮椅子上，尤若兰预感今晚的会可能要开很长时间。

何校长的开场白就是骂人，接上学习从省级开始直到县教体局印发的关于安全隐患的文件，会议室里除了他的声音，别的哪怕是一丝声响都被逼到一个角落里去了，炉子里的火虽然烧得很旺，可夜的寒气肆无忌惮地在蔓延，尤若兰冷得直打哆嗦。她的腿坐麻木了，脚似乎都失去了知觉，感觉快要垮下去。白灵灵本来就有轻微的心脏病，她双手托着头，呼吸有些急促。几个 80 后的青年老师，也只是一个劲地玩着智能手机，对面刚提升的年轻的政教主任也露出极为不耐烦的神情，但她无奈地忍着。

　　时间在一分一秒地流逝，尤若兰实在受不住了，寒冷、疲惫、心慌交织在一起，她坐直身子，把麻木的脚悄悄挪在跟前，用双手按摩。时间已经是凌晨一点半了，冗长的会议什么时候才能结束啊？何校长都五十开外的人了，他的身子骨怎么这么硬朗？尤若兰在心里愤愤地说道。

　　终于散会了，尤若兰艰难地挪到房间，她的头在嗡嗡作响，衣服都没来得及脱就躺在床上，等到冰冷的身子有了些许温度，凌晨三点多了，尤若兰还在辗转反侧，这一夜她彻底失眠了。

　　房子很冷，炉子里加了些煤块，因为刮北风、吹倒烟，房子全是煤烟，这让本来就失眠的尤若兰感觉雪上加霜，怎么都睡不着觉，她索性起床。

　　人啊，其实是很脆弱的动物，尤其是当生活的环境压抑人的自由，怀疑人的才能的时候，这种脆弱就更加严重了。

　　四十岁的女人怎么会有这么多的伤感呢，尤若兰逃避自己，甚至有点厌恶自己。每次开会何校长都会说，他会客观、公正、公平地看待每一位教师，做事从来都是一把尺子量到底，可谁不知道他常常以自己的好恶、旧情，甚至外表的光鲜在衡量每一个女教师。

　　尤若兰是这群女教师中年龄最大的、代课也是最多的，虽然她有足够强大的内心，丰富多彩的精神世界，她还是一个文学爱好者，语文才是她的强项。可就是因为年龄稍长，自从进了这所乡镇中心小学，她就放弃了十多年的语文教学，转型教数学，而且还带了一年级，这真的令尤若兰手足无措，她需要从头学习，努力地改变自己。

第三十三章

　　周四来临了，也许这一天对别人来说普通平常，可对于尤若兰来说，今天太不寻常了，她似乎感觉门口雪白的金银花跟以前都不一样了，金银花下的皮皮也没以前那么可爱了。

　　皮皮来到尤若兰脚下，东闻闻西嗅嗅，讨好地摇着尾巴，还想给尤若兰撒个娇。尤若兰心里着急，就呵斥了皮皮一声，皮皮自觉地跑到操场后面去了，尤若兰赶紧收拾房子，给儿子准备早餐，送走儿子之后，尤若兰开始了一整天的工作。

　　上早操了，尤若兰带领孩子们走出教室，和她搭档的美女千千请假了，小班长喊着洪亮的口号，孩子们就像一窝刚飞出鸟巢的小鸟，你推我搡，找不到自己的位置。也是啊，孩子们入学不久，对于站队还不习惯，在老师的帮助下才能找到自己的确切位置。

　　费了好大的劲，尤若兰终于排好队，把六十几个学生带到操场，值周老师梅冉等着一年级学生最后到来。

　　"一年级原地不动，别的班级齐步走！"

　　一声口令，尤若兰这才发现队列里几个小同学做起了鬼脸，还动起手来，她赶紧过去制止。可是已经晚了，别的班级喊着整齐有力的口号，迈着整齐的步伐沐浴在晨光中，一年级小同学就这样愣愣地站着。

　　尤若兰感觉脸上热烘烘的，她不知道该怎么办，望着全体师生，心里像打翻了五味瓶。孩子毕竟年龄小啊，要是千千在的话，也许梅老师还不会这么做，现在尤若兰不知道该怎么办，是让学生走还是站。她真的不知道，曾几何时她带的都是五六年级的学生，而且业务过硬，同事领导都对她刮目相看，这样的事情还是大姑娘上轿第一遭啊，怎么办？尤若兰看看周围，只见学生都在聚精会神地踏着步子，喊着班号，班主任和科任老师跟在后面，自己和学生就这样尴尬地站着，总得想个解决的办法啊，尤若兰心里暗暗地想着。

"尤老师，把学生带到旁边吧，你自己带操。"

一个急促而响亮的声音传过来，尤若兰扭头一看，是和自己隔壁住的同事罗莉，罗莉心直口快，喜欢打抱不平。她有一双大眼睛，还有一双浓黑的眉毛，圆而红润的脸上洋溢着青春的笑容，初见罗莉，尤若兰感觉她像一团火，走到哪里哪里就有温度和笑声。罗莉走过来指挥学生，尤若兰连忙把孩子们带到旁边，她朝罗莉点点头。

下操后，尤若兰心里窝了一肚子火，但她很耐心地叫上来小班长，抚摸着他的头，用疼爱的目光上下打量着这个刚过六岁的小男孩，男孩害羞地低着头，什么话也不说。孩子们叽叽喳喳地交谈着，那几个捣蛋的孩子此刻很安静，尤若兰忽然间觉得孩子们好可爱，做错了事情还知道惭愧，才多大的孩子啊，集体荣誉感就这么强。尤若兰忘却了刚才的不快，晨检之后就给孩子们指定了朗读任务，并且表扬了孩子们知错就改的好品质。孩子们认真地早读了，她这才拿起备好的课，认真看起来。下午的观摩教学课她心里没底，毕竟是数学，毕竟是一群毛孩子，看似简单的知识，如何才能让孩子们真正理解、真正掌握，这确实还不是一件容易的事。

时间过得飞快，尤其是今天，不知不觉就到下午第一节课了，是尤若兰的数学观摩课，第二节是梅冉的六年级语文观摩课。

　　电铃像平常一样骤然响起，尤若兰感觉好刺耳，她心狂跳不已，迅速赶到教室，打开电教化设施，准备好课件。这时候孩子们已经端坐着，唱着儿歌《小小手》，教室卫生很干净，很显然搭档千千早都把教室打扫得窗明几净。看着神情专注的孩子们，尤若兰此刻反倒显得特别冷静了，没有了恐惧感。老师们陆续到来了，还有外校骑着自行车赶过来的老师，教室后面有些拥挤了，学区主任拿着听课笔记匆匆赶来了，何校长跟在后面，不知道为什么，看到他们俩，尤若兰一下子又显得紧张起来，心突然间狂跳不止。她努力抑制住自己的情绪，长舒了一口气，但怎么也冷静不下来。上课铃响了，随着一声稚嫩的"起立！"所有的人齐刷刷地站起来了，尤若兰带着打战的声音说道："请坐下！"接着几秒钟，她感觉大脑一片空白，但她努力使自己冷静下来，想到教导主任的话，想到国秀、扬子她们，尤若兰对自己狠狠地说："你是谁呀，你是教学战线的佼佼者，你怎么会出现这种状况，按思路上课，你一定会很棒！"

　　当一切杂念都被尤若兰抛到九霄云外的时候，尤若兰真正融入了课堂，孩子们更是在尤若兰的带领下表现得积极活跃，整个课堂气氛和谐、轻松愉快。白灵灵悄悄地竖起了大拇指，学区主任露出了会心的微笑，何校长的脸也变得温和起来。

　　上完这节课，尤若兰如释重负，她感觉好轻松，坐在六年级教室听嫂子梅冉的课，她甚至不知道人家是怎么开场白的，更不知道梅冉到底讲了些什么。

　　放学后，尤若兰送完学生，刚准备去吃饭，迎面看到了两个人笑呵呵地走来，走在最前面的居然是闺蜜国秀，新烫的发型、时尚的呢子大衣勾勒出微微发胖的身躯，一副金丝边眼镜，让她像一位资深老教授，尤若兰赶过去抓住她戴着钻戒的肉乎乎的手。

"哇，什么风把你给吹来了呀？"一个深情的大拥抱让国秀措手不及。

"不害臊，都当老师了还这样，你的学生笑话你呢。"国秀刮着尤若兰小巧的鼻子说。

"昨晚我做了个好梦，呵呵，原来是你要来啊，难怪呢。"尤若兰戏谑地说。

"这是我的发小阿娟，她可是你的铁杆粉丝哦！"国秀说着拉过娇小的阿娟。

"早就久仰你的大名了，今日一见果然名不虚传呀！"阿娟笑着说道，一头秀发映照在光亮里，给人唯美的感觉。

"我也早听国秀、扬子说过你了，你的名字如雷贯耳啊，见到你太高兴了！"尤若兰拍打着阿娟，把她们让进简陋的房子里。

尤若兰忙着倒水、让座，看到友人的笑脸，心中充满了激动，充满了喜悦。国秀生意做得那么忙，今天怎么会有时间来看自己，还带了发小阿娟，阿娟是闺蜜在一起总提起的人物，尤若兰虽然没见过，可阿娟的事情她都烂熟于心了！阿娟不是一直在外面闯荡的吗？今天她俩怎么会一起来学校？尤若兰心里纳闷着。

扬子曾不止一次地说过阿娟的生活经历，阿娟是一个追求完美的新女性，过早地读《红楼梦》，过早地涉足了爱情，单纯善良的她被情所伤，决定一辈子单身。尤若兰其实一直都很想走近她，想深入了解她的思想乃至灵魂，可一直都没有机会。

国秀结婚生子早，生意也做得早，从一家小小沙发店开始做起，白手起家，现在已经是一家汽车公司的代理商，她有总店，还有好多分店，生意做得风生水起，是同学们眼中的富婆。

看到尤若兰疑惑的表情，国秀说："你猜猜，我们为什么来看你？"

"为什么？没原因就不来看我了吗？"尤若兰伸出手拉了国秀一把，国秀笑着挣脱了。

"告诉你吧，扬子回家了，路上不小心崴了脚腕，让我们俩来接你，然后我们一起去天然氧吧吸氧！"

"哇，真的吗？太好了！"尤若兰拉着国秀的胳膊大喊起来。

"看把你得意的，那还有假，我们一起去吧，车子在校门口停着呢。"

国秀说着就要拉着若兰走，还没等国秀背起包，尤若兰着急地喊道："不行，我一会儿还有课呢。"

"你知道，扬子回老家，咱们老同学都会来的，你还闺蜜呢，你的工作就这么忙，我们走了你可别哭鼻子哦！"国秀笑着说道，她让尤若兰快些准备。

"国秀，你告诉扬子，我现在真的不能去，你们就谅解一下，好吗？"尤若兰几乎祈求着说道。

国秀愣住了，她打量着尤若兰，不就一节课吗，至于耽搁了和同学们聚会的机会吗？国秀盯着尤若兰，心里一遍遍地说道，可嘴里却没说出来。她知道尤若兰坚守在大山深处的学校这么多年，一心扑在教学工作上，虽然同学们都有自己各自的事业，在经济上都比相对清贫的尤若兰好一些。但尤若兰一直痴爱自己的事业，同学们暗地里说她傻，可表面上都很尊重尤若兰，也尊重她所从事的职业。

"走吧，扬子这次回来是和我们告别的，她就要到美国去了，护照都办妥了！"阿娟也跟着说。

扬子要到美国去进修了，这是真的吗？前天聊 QQ 时，扬子不是说尽管现在是最后一次机会，可为了正在上初三的儿子，还有年迈的老公公不是要考虑一下的吗？当时尤若兰一直鼓励扬子一定要争取这次机会，别给自己的人生留遗憾，没想到这么快就定下来了，而且扬子已经回来和朋友们告别了，真佩服她啊！尤若兰心里感叹着，扬子终于美梦成真了，她的心同时也猛地抖了一下，扬子就要远渡重洋了，一刹那她的眼泪都要流出来了，只是她努力抑制住不让溢出眼眶，她心里酸酸的，好久说不出话来。

"走吧，放下你的课，我们痛痛快快地玩一次，给扬子好好饯行吧！"国秀说道。

"不行！我不能请假。"尤若兰脱口而出，说完了又不好意思地看着国秀和阿娟。

其实尤若兰怎么可能不想去见扬子呢？青葱岁月和扬子相识、相知，直到成为灵魂相通的友人，一路走来，她彼此见证了相互成长的过程，之所以有今天的尤若兰、今天的扬子，都是彼此支持和鼓励的结果啊！扬子就要到美国访问学习了，时空和距离相隔，什么时候才能再相聚啊？可美女搭档请假了，下午必须得给学生上课，再说晚上还要评课呢。

"告诉扬子，下午放学后我一定赶上来，你们可要等我啊！"尤若兰对国秀说。

"才不等你呢，就坚守你的工作岗位吧，别眼馋我们就好！"国秀说着就拉起阿娟踏出门外，她俩坐上车，朝若兰挥挥手。目送着崭新的北京现代飞奔而去，尤若兰此刻心里很平静，她仿佛看见扬子那双笑眯眯的眼睛正赞许地望着自己：做得对，下午见吧。

课外活动，尤若兰带着孩子们玩老鹰捉小鸡，孩子们无论怎样都能抓住尤若兰这只老鹰，其实尤若兰知道她心里想着闺蜜们，她盼望着和扬子见面呢，这会和孩子们玩耍真的是心不在焉。

第三十四章

　　好不容易盼到下午放学，护送完学生，尤若兰直接拦了一辆大客车，坐在车上，她给国秀打电话，扬子在那边喊着："亲爱的尤老师，别着急，我们都在夏云的休闲会所等你呢，上来就好，不急。"挂断电话，尤若兰心里美滋滋的。

　　尤若兰刚下车，扬子灿烂、明媚的笑脸就出现了，像一束烈焰，尤若兰感觉自己的心被点燃了，她变得快乐而充满激情，一群人开起三辆车子又一次赶往子午岭林区。

　　初冬时节的陇东黄土高原，天气乍寒还暖，阴沉的天空飘起了零零星星的雪花，车子向东行进，进入林区，一路都是"之"字行弯道，两边笔直高大的白杨树已经落尽叶子，只剩下光秃秃的枝丫直伸天空。放眼望去，夕阳钻出云层，云层林海与天际相接，天空中飘飘洒洒的雪花飞舞着、旋转着落下来，像一只只银色的蝴蝶。"又下雪了！"若兰一声喊，扬子伸出手去接满天的小精灵，她笑啊唱啊，国秀也难得地大喊大叫着，后面车子的同学们也呼应起来。车子行驶了好久，才来到密林深处那座专供游人观赏的瞭望台，踏着木台阶拾级而上，几个人站在瞭望台上，远处林海层云，玉树琼枝，雾凇冰挂，松涛阵阵，子午岭像一幅油画呈现在他们面前。

　　他们尽情地呼吸着新鲜的空气，听着耳旁由远到近，忽隐忽现的鸟鸣声，倏忽还有一两只野兔一闪而过，一只华丽的野鸡悠闲地步入了国秀的视野。

"快看，野鸡！"国秀喊了一声，十几双眼睛顿时齐刷刷地看过去，人到中年却依旧保持身材的班长江春茂立即蹿下台阶，向野鸡奔去。野鸡发现情况不妙，折转身子，向远处的密林奔去，春茂紧追不舍，同学们跑向空旷的雪地里。年过四十的昔日同窗，居然在落了雪的水泥地上你追我赶，索性打开了一场雪仗，雪球翻飞，笑声震落了树枝上的积雪，雪末子随风飘扬。

时光仿佛回到了从前，风华正茂的时候，他们就这样追逐、嬉闹，忘乎所以，而今已年近不惑的他们还能尽兴玩耍。这群被生活撕裂的中年人能这样放开世间所有纷扰繁杂，在这么一个空旷静寂的天地展示真实的自我，真是太难得了，扬子感慨着。

冬天夜晚来得早，同学们疯玩结束，踏上冬夜的寒月往回返。一路上都是积雪。车子走得很慢，直到灯火辉煌的县城出现在大家面前，同学们这才在县城周边的一个农家乐停下车子，要了许多农家特产，放开肚皮，海吃了一顿，凌晨两点了扬子随尤若兰回到广场跟前的家。

自从尤若兰在县城买了三室一厅房子之后，她就奔波在这条东西走向的国家级公路上。儿子考上距县城一百多里路的市级高中，也不太回家，宽敞、整洁的家总是很安静。

尤若兰不喜欢逛街，她总觉得如果把大量的时间花在逛街甚至梳妆打扮上，就感觉心慌得厉害，她感觉自己生来就不是一个寻常的女人。柴米油盐、收拾家务她不在行，但她有点时间就阅读书籍，满纸涂鸦，能信手拈来自己喜欢的文字，就算读不懂其中的意思，心里也充满了慰藉。

尤若兰特意把中卧室留出来，装修之后作为客房。扬子回老家之后，一眼就喜欢上充满温馨、充满浪漫情调的屋子，以后回家总住在这间屋子。两个心灵相通却互不干涉的闺蜜，就这样甜蜜而悠闲地住着，谁都不打扰谁。

想想其实也挺好的，两个灵魂相通却各自独立的人，不在乎咫尺天涯，只要心在一起，人生路上相互欣赏、相互鼓励、彼此温暖，谁还在乎每时每刻要黏在一起呢？今夜扬子要住在这间屋子里，尤若兰心里好激动、好高兴。

第二天下午，同学们提议到夏云的心扉休闲会所去坐坐。踏进咖啡厅的玻璃门，一身休闲运动装的扬子惊呼起来："这不是夏云同学吗？你怎么会在这里呢？"

"哈哈，你说呢？"

顺着扬子的声音望去，只见人群中一张娴静、温柔的脸，让尤若兰觉得仿佛是在很久以前某个时刻邂逅过，但这个人却有些陌生。

"尤若兰，你这个大人物才到，表现可是不好哦！"

还知道我的名字，尤若兰心里纳闷，她望望笑眯眯的国秀，又看看正在开怀大笑的扬子，她们俩都不理会尤若兰，尤若兰只好定定地望着这张美丽、明朗的脸，在记忆中搜寻她的影子。

"我叫夏云，和扬子、国秀、春茂、娟子同在一个班，后来转走了，我也是听她们俩天天念叨你，才记住你的名字的，呵呵，我听得耳朵都长茧子啦，今天才难得见到你，不过曾经我对你还是有一点印象的！"

"真的吗？看来我的知名度相当高的喽，认识你真高兴！我们现在是朋友啦！"尤若兰伸出双手，夏云也赶紧伸出白皙的双手。

"她是这家心扉休闲会所的美女老板呢。"一位男同学打趣道。

环顾四周，富丽堂皇的装修中透露出一丝舒心，再看看夏云恬静的笑容，尤若兰心里想，难怪这家会所与众不同啊！

"快，快上去吧，别在门口站着了。"年轻漂亮的服务员赶出来说道。

一大群中年人说笑着来到一个很大的包间。落座之后，服务生端上来各种口味的奶茶，还有咖啡，高脚玻璃杯子盛满了殷红的美酒，还有一个很大的水果拼盘。上了好多道菜肴之后，同学们都端起了杯子，举杯推盏之间，看着眼前这些莹润、丰腴的中年同学，还有事业有成的闺蜜们，尤若兰心里忽然间很感慨，她内心深处波涛汹涌，当年顽劣、懵懂的小毛孩，经过几十年岁月的打磨，如今都成为沉稳的中年人，岁月何曾饶过谁呢？

扬子潜心钻研，如今已是兽医科研界的领军者，还要到美国当访问学者去了；国秀沉浮商海，总算在小县城站稳了一席之地；夏云除了这家休闲会所，还有一家干洗店；江春茂如今也是财政局长；别的男同学要么是什么局的局长，要么就是拥有自己的公司。但不管什么身份、什么地位，同学们聚在一起就开心地笑啊、闹啊，肆无忌惮、毫不顾忌形象地大吃特吃。在这里每个人都卸下面具回归到真实的自己，没有伪装，没有阿谀奉承，没有平日的钩心斗角，此刻大家都是真正的自己。

戴着眼镜，看起来成熟、稳重的江春茂端起红酒说："祝扬子学成归来，为国家增光！一路顺风！"

"在陌生的国度里，你要多保重！"阿娟接着说道。

"学成归来，一定要更好地为祖国和人民做贡献！"国秀一脸笑容，慢腾腾地说道。

"不要被西方国家收买，要记得回到祖国，我们都等着你归来呢！"尤若兰和夏云说道。

"是啊，可别说美国的月亮比中国圆哦！"大家齐声说道。

"放心啦，明年这时候我就回来了，到时候再回来看大家吧！"扬子端起酒杯笑着说道。

"干杯！一路顺风！"

高脚玻璃杯碰撞在一起，大家脸上都洋溢着最纯真、最美丽的笑容，心里漾出最真最诚的祝福！

扬子、国秀、阿娟和江春茂是小学、初中、高中的同学，是名副其实的发小。望着阿娟戴着眼镜的圆脸，尤若兰就情不自禁地想起了扬子讲给她的关于阿娟在红尘中的许多过往之事，如大雾散尽的山峦，全部清晰起来。

第三十五章

阿娟是七十年代小县城的高干子女，父亲是县委大院一把手，母亲是文化局局长，哥哥考上大学之后到美国留学。

她是爸妈的掌上明珠，但童年却在孤寂中长大。幸亏家里有整柜的藏书，阿娟从小与书为伴，花季年龄囫囵吞枣地读了一遍《红楼梦》，再读时就一发不可收拾地喜欢上这本书了。她还把《红楼梦》介绍给同桌江春茂读，她自诩自己就是那个读懂风花雪月的林黛玉，而江春茂就是那个痴心多情的贾宝玉。

读初二时，江春茂是学习委员，一直劝阿娟要努力学习，阿娟觉得这个"贾宝玉"狗拿耗子多管闲事，对自己的一片痴心不闻不问，却拼命地催促自己学习。老师的批评，父母的催促，学习好讨厌啊，什么时候才能不再学习呢？阿娟心里埋怨着。她爱好打篮球，每到下课，第一个冲到操场，就和一群人在球场上展开激烈角逐，她有一个很符合性格特点的外号——"假小子"

有一次打篮球，她注意到高中部有一个阳光、帅气的男同学，三步上栏投进了球，她心里暗暗惊叹。这个高年级的男生不经意间也瞥了清纯的阿娟一眼，没想到阿娟正深情地望着自己。

于是阿娟和那个叫沐子的高个子男生看对眼了，他们开始偷偷摸摸谈恋爱。

偷写纸条，约定见面地方，互倾真心话，每天课外活动都在篮球场上见面，没过多久，这件事就被全校同学传开了。

面对"神奇而美好"的初恋，阿娟变得甚至连自己都不可理解，她那颗单纯而美好的心，装进了一个挥之不去的身影，她渴望每分每秒都能看到那个身影、那张笑脸。她试图挣扎着变回从前嘻嘻哈哈的自己，她也幻想着让江春茂来救救自己，可曾经那个风风火火的假小子仿佛失踪了，现在自己居然就变成了被那张笑脸控制的林黛玉了。

阿娟更希望有一双有力的手把她拉出泥沼，她知道这个人非江春茂不可！而江春茂已经做了最大的努力，从发现这件事开始，他就怕阿娟受到伤害，毕竟他把阿娟当成自己最亲的妹妹。他不止一次地约阿娟出来，给她说早恋的种种害处，可是每次都被阿娟一顿大骂，后来阿娟的眼泪让江春茂惶恐、无奈，他开始逃避阿娟，扬子和国秀也都帮忙去劝说，当然是无果而终。

阿娟从小就接触小县城各种有头有脸的名人，老师也对她另眼相看，沐子却是一个偏远山区的农村孩子，他的祖祖辈辈都是老实巴交的农民，母亲一直靠药物维持生命。父母省吃俭用要供他考上大学，以改变祖辈们多少年的贫困落后面貌，可是阿娟的出现让情窦初开的沐子忘记了自己，也忘记重任，他开始注重打扮，常常在镜子前流连忘返。

为了阿娟，他开始逃课，向老师撒谎，和阿娟到学校后面的那个小山沟里约会。他们爬山比赛，到对面的羊肠小道上去摘山里红，还到沟底下的那片小树林摘野果。阿娟从家里拿出来许多钱买好吃的，她还给男孩买了包当时盛行的"山丹花"牌香烟，沐子也是从那时候开始，学会了潇洒地抽烟。

眼看就要高考了，父亲送来了干粮却找不到沐子，年迈的老父亲放心不下儿子，就追着同学一个一个问，同学们都摇摇头，到了周末想问老师，却一个老师也找不到。同学们明明知道是怎么回事，却都不敢向老人说出真相。扬子、国秀商议好要给老人说，结果看到老人一身破旧的衣服和布满皱纹的脸，也没有勇气说了，她俩搪塞着老人，直到他离开。

扬子、国秀决定和娟子好好谈一次了，她俩到那个小山沟里找阿娟。

山路蜿蜒，山坡上长满了各种树木，盛夏的太阳火辣辣地晒在身上，穿着薄开衫的国秀感觉到脊背热烘烘的，扬子脱掉了外套，她们俩蹦跳着，喊着阿娟的名字。山谷回音，扬子的声音被拖得好长好长。

快到沟底了，还是不见阿娟的影子，扬子一屁股坐在长满青草的土台上，国秀也坐下来直喘粗气。

"景色不错嘛，难怪阿娟不归，这些天作业太多了，老师讲的立体几何我一点都搞不懂，太难了，我真受不了！"国秀一脸沮丧地说。

"不怎么难，我感觉学起来可有趣了，今天啃出来一道难题，别提我多有成就感了。"扬子一脸得意地笑着说道。

"我想退学。"国秀忽然拽了一下扬子的胳膊，满脸忧伤地说。

"你想退学？"扬子一下子跳起来，拉着国秀大喊。

"看把你急的，我只是感觉课程太难了，考大学也无望，不如早早回家，还能替父母分忧呢。"

"谁说你考不上大学，你没试怎么知道，何况不是还有我的吗？我可以给你辅导的呀！"扬子拉着国秀的手说，眼泪都要流出来了。

"好了，我只是说说而已，夏云要转学是真的，我还没想好呢，别着急嘛！"

夏云要转学了？夏云从没说过自己要转学的呀，再说都高二了，明年不是就要高考了吗？夏云要转到哪里去上学？扬子望着国秀那张小巧的嘴巴和那双布满忧郁的眼睛追问道。

没找到阿娟，扬子和国秀回到学校还迟到了，班主任狠狠地批评了她们俩，警告她们俩以后不许和阿娟一起玩，马上就要升入高三了，备战在即，谁也不能掉以轻心。

国秀说服家人，她决定退学了，这其中的原因很多，学不明白立体几何这都不要紧，最主要的还是国秀姊妹多，父母都上了年纪，自己又是家里的老大。没读过几天书的大弟娶媳妇了，并且有了一个孩子，弟媳妇只读过小学，她思想保守，心眼多，总在丈夫面前说国秀吃闲饭，甚至给婆婆找碴。国秀看在眼里，她知道即使自己考上大学，家里还要供上几年，到时候弟媳妇肯定要和父母闹分家，年幼的弟弟妹妹谁去养活呢。自己还是不要上学，尽早找个归宿，才能给父母减轻生活的重压。

父母同意国秀退学，国秀却突然间舍不得离开学校，舍不得离开朝夕相处的同学和老师，她更舍不得扬子、阿娟，还有江春茂他们，连着几个晚上，她彻夜失眠了。

国秀选择了一个周末，悄悄地背起书包，离开了学校，她在小县城的工地上找到临时活，开始了落寞、孤寂的打工生涯。

周一到校，扬子看到国秀空着的座位，心想难道国秀真退学了？她问其他同学，大家都一头雾水，国秀不可能退学，也许她今天病了或者是家里有事才不能到校。扬子胡思乱想，好不容易熬到下课，便叫上春茂去问班主任，班主任说很遗憾国秀退学了。

这个消息真的让他们震惊了，怎么会退学呢，明年不是就要高考了吗？十年寒窗，等的、盼的不就是这一天吗？

曾经在那棵歪脖子柳树下，阿娟、夏云都是拉过勾勾的，他们中谁都不许掉队，他们相约一起考上大学，一起参加工作，甚至一起成家立业，谁都不许违背诺言。尽管当时和他们一起玩的还有最小的"辫子"妹林华因为缺席，没有能和他们一起盟誓，林华还为此生了好长时间的气呢。

刚一放学，扬子和春茂就直奔国秀家，踏上那条熟悉的小路，来到那扇油漆剥落的木门跟前，只见一把硕大冰冷的铁锁静默着，告诉她们主人此刻不在家，几个青春年少的孩子就这样静静地伫立着，扬子的眼泪扑簌簌地往下掉。

国秀退学不久，夏云也转学了，原来夏云的父母调往外县工作，她理所应当地跟着父母到别的县读高中了。送别之际，扬子、春茂虽然不舍，毕竟夏云转学是为了追寻父母，但阿秀的辍学却深深地刺痛了扬子他们的心。

第三十六章

阿娟和沐子的恋情走过了最炽烈时光，现在基本趋于理性，老师同学以及双方家长也都无可奈何，任由两个毛孩子去折腾，他们想只要明年的高考还能参加，也许他们俩还真的能够都金榜题名呢，外界对他们俩的关注也变少了。

这两个被早恋冲昏头脑的年轻人现在也能理智地看待爱情了，因为他们渐渐地相信，爱情毕竟是要建立在物质基础上，正如辩证唯物主义中说的物质第一，意识第二。沐子自省后，发奋学习，他想只要能考上大学，拥有自己的事业，才能真正给予阿娟幸福。阿娟也明白只要能跟上沐子的步伐，爱情也才有托付，她开始收心学习了，这让扬子、春茂他们喜出望外。

春天来了，黄土大塬的沟沟壑壑都披上苍黄的衣裳，阿娟和沐子常约会的小山沟也染上了春意。树叶绿了，草儿赶趟似的一夜之间就钻出裸露了一个冬天的黄土地。

阿娟的心仿佛也漾满了春意，她约沐子一起去踏青，沐子也早有此意，于是俩人一起奔向校门后的北沟。

阿娟扎着马尾，一身洗得发白却很干净的酒红色运动衣，勾勒出少女错落有致的身材，水润、白皙的鹅蛋脸上，一双漆黑明亮的眼睛满含着幸福和笑意，她的笑容就像初春的阳光般明媚、温暖。沐子陶醉在阿娟的笑容里，他们手挽着手只顾说笑，这时路边突然冲过来一辆黑色小轿车，还没等阿娟反应过来，沐子就狠狠地推了阿娟一把，阿娟摔在路旁的一棵白杨树下。那辆车子冲倒了沐子，沐子倒在车轮下，一摊鲜红的血淹没了阿娟的眼睛。

阿娟歇斯底里大喊一声，一下子扑到沐子身边，她喊着、叫着，可沐子紧闭双眼，头上的血往出涌，看到鲜红的血，阿娟眼前一黑。等到清醒过来的时候发现自己躺在医院的病床上，她拔掉输液管，冲出病房，要去找心爱的男孩，家里人没有劝阻，把阿娟带到太平间，只见雪白的布盖住沐子高大的身躯，阿娟买给他的运动鞋露在外面。

阿娟浑身发软，双腿打战，她心里明白发生了什么，难道沐子就这样离她而去了吗？

天哪，不可能，绝对不可能，你不是要和我一起考上大学的吗？我们不是还要携手走完人生路的吗？你怎么就抛下我独自一个人走了啊？你怎么这么狠心啊……

阿娟瘫在地上，一步一步爬到沐子跟前，猛地扯掉那张阴森森的白布，伸出颤抖的双手，沐子静静地紧闭双眼，苍白英俊的脸上没有一丝表情。阿娟静静地看着，用手抚摸着，她的泪水一滴一滴滚落在沐子安详的脸上……

时间仿佛凝固了，就这样整整坐了一个下午，没有人去惊扰他们，直到男孩的家人呼天抢地赶来，阿娟才被家人强行拉走，这是今生他们最后一次见面，从此以后天人永诀，阴阳相隔，阿娟也因此远走他乡。

阿娟走过许多城市，她不和家里人联系，也不和朋友们联系，独自一人慢慢地疗伤，无论身处何处，她都放不下沐子，忘不掉沐子临终时那张苍白平静的脸，她把自己的伤痛层层包裹起来，带着一副冷漠孤傲的面具生活。

她干过许多活，也用尖酸、刻薄的语言伤害过许多人，表面上是女汉子的形象，可每当闲暇或者夜深人静的时候，她就释放出所有的悲伤，对沐子的思念和愧疚使她失声痛哭。擦干眼泪之后，她又陷入自我嘲笑，这样反反复复地跟自己做斗争，最终还是走不出去。

多少年了，她不想回家，更不想和曾经的同学朋友联系，她害怕听到任何关于他们一丁点消息。直到三十岁的时候，她终于忍不住对双亲的思念，悄悄地回了一次家。

父亲退休，母亲多病，哥哥定居美国，独守空巢的父母为她哭干了眼泪。看到漂泊多年，仍然单身却为情所伤的最心爱的女儿归来，两位老人喜极而泣，伸出颤抖的双手，抚摸着只能在梦里见到的女儿，抱头痛哭。

"娟啊，老大不小了，放下过去，成个家吧，就算我和你妈求你了！"老父亲颤着声音说道。

"丫头啊，你爸说得对，你有个家，妈走了也安心啊！"

"爸、妈，我的事你们二老就不要操心了，我已经决定了，这辈子不结婚！"

"孩子，你在说气话呢，人死不能复生，你的路才开始，怎么就不结婚了呢？"

"我决定了的事，绝不更改！你们就别操心了！"

父母哭了，阿娟只是定定地望着远处，望着晴空中漂移过的一片白云，白云变换着各种形状，让她很容易联想到沐子那张英俊而平静的脸。

阿娟选择了一个落寞的黄昏，背起行装，没有惊扰父母，又一次踏上远方的路，这次她选择南下广州，准备在这个城市找出自己的一席之地。

阿娟找到了一家外企，当起了白领，接着买了一部小灵通电话。她变得成熟沉稳，又多了几份干练，成为销售部门的总经理之后，追她的小伙很多，有大学生还有研究生，可阿娟从不去理会他们。她努力上班，下班之余健身进美容院，甚至参加一些知识讲座，都是独来独往，谁也走不进这个冷面美人的内心世界。

尤若兰不止一次地听扬子讲述这些生命中的过往，她对于娟子一直有一种了解的渴望，没想到竟然今天就见到娟子了。今夜她要和扬子、娟子同室而居，尤若兰对娟子有一丝同情，还有诸多好奇。

冬天的夜晚漫长而寒冷，一轮皓月挂在清冷的天宇，丝丝白云缠绕其中，三个人坐在阳台的藤椅上，一边喝着红酒，一边欣赏着如水的月光，古筝《春江花月夜》的旋律在夜色中流淌。没有人说一句话，她们都静静地坐着，红色葡萄酒在月光下泛着青光。

"我想回老家了。"

冷不丁娟子的话在暗夜里溅起一地水花，尤若兰忽然间感觉心里暖暖的，娟子要回老家了，多好啊！

"回来好！"好久了，扬子静静地说道。

"漂泊太久，你该回家了，年迈的双亲需要你！"扬子仿佛是自言自语地接着说。

"就这么说定了，我准备参加考试！"阿娟接着说道。

那个夜晚，三个人聊到凌晨 2 点才躺到床上，5 点半尤若兰悄悄起床，洗漱结束，匆匆驱车赶往学校，扬子在阿娟、国秀等闺蜜的送行中踏上回滨海的路。

阿娟参加考试，没想到以笔试成绩位居全县第一，面试成绩就更不用说了。阿娟被分配到尤若兰所在的乡镇政府工作，而且成了罗山村的代理支书。老支书年龄大了，还得了慢性胃炎，正好阿娟接替他的工作。阿娟说自己和尤若兰是好朋友时，老支书对阿娟倍感亲切，在老支书的帮助下，阿娟投入到崭新的工作之中，她响应"建设美丽新农村"的号召，带领罗山村村民共同致富，共同奔小康。

第三十七章

早晨起床，白灵灵习惯性地把食送到皮皮跟前，金银花下怎么听不见皮皮一点动静呢？白灵灵禁不住喊出声来，仔细一看，皮皮不在家呀，连忙赶到操场后面，发现皮皮也不在！

"尤老师，皮皮不见了！"白灵灵大声喊着。

尤若兰刚送走儿子，准备批阅作业，听到白灵灵的喊声，扔下作业直奔出去，晨曦微露的校园此刻很安静，她俩照着手电筒寻找皮皮，高一声、低一声地呼唤着皮皮，可空旷的校园里没有一点声音，直到学生陆续到校，朝霞铺满东方的天空，皮皮还是不见踪影。若兰心里很失落，她想着观摩教学那天，还给了撒欢的皮皮一脚，想到皮皮那双惊恐、委屈的眼睛，她心里更不是滋味。白灵灵已经掉眼泪了，白皙、美丽的脸上一滴泪珠滚落下来。若兰安慰她，她什么也不说，拿起书本，擦干眼泪上，跟早读去了。

一连几天皮皮都没有回来，白灵灵到处寻找，闲暇之余，还到学校对面的山沟里去找，依旧不见皮皮的踪影。

"灵灵，别找了，皮皮可能找到新家了，就让它走吧！这里也不是长久之地。"尤若兰拍着白灵灵的肩膀安慰道。

"不，皮皮一定会回来的！皮皮怎么可能不回来呢？"白灵灵执拗地说道，她的眼睛里充满了焦灼和期待，尤若兰只好沉默了。

自从皮皮离家出走，白灵灵除了上课下课，其余时间就把自己闷在屋子里，除了跟尤若兰交流，她跟谁都不愿意说话。

周一全体师生举行升旗仪式，白灵灵班的护旗手都到了，却不见路成成的影子，莫非他又要开始逃学了？白灵灵心里一惊，拿出手机就要给路成成的母亲打电话，这时一声尖利的哭嚷声传过来，全体师生不约而同地转过头去，只见路成成的母亲死拉硬拽，拖着路成成来到校门口。母亲的劝说声、孩子的哭声很远就传过来，路成成拽住铁门，扭动着身子，死活不回校门。唉，还真的是又逃学了，白灵灵暗暗叹息道。

她赶过去，苦口婆心劝说，拉住路成成的胳膊，但路成成哭喊着直往后退，何校长上前厉声呵斥，结果路成成哭得更凶了。他命令门卫老头抱住路成成，母亲趁机脱身后，路成成总算回到教室，坐在自己的座位上，不过路成成居然表现得很正常，仿佛刚才什么事都没发生过。

尤若兰上数学课，他总是第一个举手回答问题，作业也完成得很好，尤若兰和白灵灵长舒了一口气。

路成成坚持上学到周五，母亲抚摸着他的头欣慰地笑了。可是吃过中午饭，他又不去学习了，母亲好说歹说，拉着路成成往学校赶，好不容易走到学校路口，路成成却挣脱母亲的手，转身就往家里跑去。正好白灵灵在街道买东西回来，看到这个情景，她一把拽住路成成，可他弓着腰不肯走，想伺机逃跑，路成成的母亲也拉扯着儿子。正在这时候，一辆白色面包车迎面驶来，眼看就要撞上人了，白灵灵用尽力气猛地推开了路成成，自己却被车挂倒了，头重重地摔倒在地上，路成成的头也擦破了皮，血流了出来。尤若兰和同事闻讯赶来，可这时原本就有心脏病的白灵灵已经不省人事。教导主任开车，把白灵灵火速送往医院，何校长立即通知了白灵灵的家人，白灵灵的父母听到消息，急忙赶到小县城医院。他们看到伤势严重的灵灵，马上把心爱的女儿转到西安第四军医大学医院治疗，这也是白灵灵爸妈工作的医院。

白灵灵被送进重症监护室，经过一天一夜抢救，终于醒过来了，看着周围的一切，白灵灵想起可怕的一幕，她焦急地喊着："路成成呢？他没事吧？"

看到宝贝女儿醒过来了，妈妈这才哭出声来，爸爸也伸出颤抖的双手，抚摸着白灵灵的秀发，泪水溢出眼眶。

"孩子啊，你吓死爸爸妈妈了！"

望着守护在自己身边的父母，白灵灵替妈妈擦去泪水，她心里酸酸的，眼泪也流了出来，白灵灵想知道路成成到底怎么样了？她伸出双手，对着父母又一次问道："路成成没事吧？"

"路成成是谁呀？"爸爸、妈妈疑惑地望着女儿苍白的脸，周围的大夫护士也一脸茫然，不知道路成成到底是谁。

"他没事，你把他推开了，他只是擦破了一点皮，你就放心吧！"尤若兰挤到白灵灵跟前，拉住她的手说。

"路成成是我们的学生，白灵灵是他的班主任，我是他的数学老师，路成成这些时间总是逃学，昨天他又逃学了，白老师去劝他，一辆面包车飞奔而来，白老师推了他一把，自己却被车撞了。"尤若兰说着，声音哽咽了，白灵灵的母亲已泣不成声，她拉着女儿的手，喃喃地说："傻孩子，当初瞒着我们去支教，我和你爸一宿一宿睡不着觉！让你回来，你偏不回来，在那样艰苦的条件下生活了这么久就不说了，这次为了你的学生还差点……"

母亲说不下去了，站起来抹着眼泪跑出去了。看着父母这样为自己操心，白灵灵的黑眸子里也溢出了晶莹的泪水。白灵灵的身体渐渐康复了，父母坚决不让她再回学校了，休养一段时间后，父母在西安交大附属小学给她找到了岗位，白灵灵便离开了乡村。

尤若兰知道，皮皮的走失，何校长的固执，艰苦的生活条件都是摧残她梦想的狂风骤雨，在一潭死水的氛围中教书育人，尤若兰都想逃了，更不要说充满激情和憧憬的白灵灵了。白灵灵回去也好，两年多时间的磨砺和锻造，相信白灵灵是一名优秀老师了。

白灵灵勇敢救学生的事迹被媒体第一时间报道，人们都被她舍己救人的精神所感动，她也成了人们学习的楷模。

主管教育的刘县长、教体局局长一行人来到学校调研，每位老师都被传话了。何校长鞍前马后地招呼领导喝水、吃饭，他那张没有任何表情的脸，此刻充满了小心翼翼而又毕恭毕敬的笑容，他用洪亮的声音招呼领导喝水，弓着平时挺直的腰身，给领导让座。若兰诧异极了，他一直以为何校长生来就不会笑，他冷漠的面容仿佛就是大理石雕刻出来的。

听说曾经的教导主任实在看不惯何校长的固执、专横，就找了一个漂亮的借口，让一直在家操劳的老婆，来学校大闹了一场。在同事们偷着乐的尴尬场面中，何校长第一次露出笑脸，连哄带骗弄走了老婆，那个教导主任也因此调离了这所被称为"风水宝地"的学校。尤若兰也才重新审视起眼前这位何校长了。

这次调研结束没多久，何校长就体面地调离了向阳小学，年轻的教导主任马海担任副校长职位。听到这些振奋人心的消息时，已进入了开学季。

梅冉靠一个有势力的远房亲戚，花了好几万块钱，调入县城设施最好、教学资源最丰富的小学当老师了，罗莉调到一个乡镇新建的幼儿园去当院长了。尤若兰知道这个消息，心中有说不出的失落、酸楚。

其实每年开学季都有朝夕相处的同事调走，他们中最多的都是调往县城，这些人中大多数是新分配来的女大学生。开始有许多人提亲，许多年轻小伙子来追，到后来看谁家官高位重，谁有能耐谁就先调入县城小学，或者幼儿园，还有调入初中的，也有人调往市级学校或转行的，当然这都是凤毛麟角。

尤若兰在罗山小学任教时，有一个叫窦贝贝的女孩子，高挑的身材，白皙的皮肤，长着一双黑珍珠似的眼睛，一双柳叶眉，说话如清泉流淌，做事果敢、有魄力。

她一踏进校门，就有大批的追求者纷至沓来，但窦贝贝有一个从高中谈到大学的男朋友，所以对任何人都不上心。她的男朋友给市长当秘书，人们羡慕嫉妒恨，为什么上天对她那么青睐，所有的好事都被她占了呢？工作不到一学期，窦贝贝就调往市政府机关了，她也因此成了罗山小学永远的神话。那时候尤若兰心里没有一点反应，她坦然地上课、下课，直到窦贝贝搬走行李，随着接她的车子消失在山路的尽头，尤若兰也只是叹息了一声。"该走的就让她走吧！"她没有埋怨肖雄，更没有抱怨这个社会的不公。可如今这是怎么了，心里除了失落、酸楚，还有一丝愤恨，就连梅冉这样的人居然都能调到县城小学去当老师。她严肃、刻板、不苟言笑，还变相体罚学生，谁不知道啊。何况她的嫉妒心那么强烈，这样的人距离优秀老师还差那么远，却也能调往县城小学，尤若兰的心仿佛被钢针刺了一样疼！

尤若兰还没有从失落中走出来，一纸调令下来，她居然也被调离这所学校，到非常偏僻的琅琊洼小学接任校长！

听到这个消息，尤若兰吃了一惊，让她去当校长，怎么可能呢？校长这么重的担子她能挑得动吗？尤若兰心里慌慌的，她不敢相信这个事实，可黑字白纸的红头文件醒目地写着：尤若兰同志调离向阳中心小学，担任琅琊洼小学校长。

同事们都来贺喜，尤若兰却不知道有什么喜可贺，眼前的路布满荆棘、曲折！当一个小学校长谈何容易啊！当一个引领学校的优秀校长更是难上加难的事情啊！尤若兰打电话告诉肖雄这个消息，肖雄笑着直夸爱人能干，尤若兰哭笑不得，她知道隔行如隔山，长期在职场打拼的肖雄，哪里知道当一个校长所要承担的责任。尤若兰明白只要拥有一个有梦想、有见识、有担当的校长就是一所好学校，校长的理念影响的可是无数个孩子和无数个家庭啊！

坐在办公桌前，望着眼前熟悉的一切，尤若兰再次陷入沉思。该给扬子说一声了，好几天都没有联系了，扬子应该是这几天启程的吧？点开扬子充满阳光笑脸的头像，她问扬子此刻在哪里。熟悉的提示音过后，扬子说她正在赶往首都国际机场，登机不到一个小时了，登机前才准备告诉尤若兰一声呢！扬子要去美国了，尤若兰心里一颤，自从那次别离，一眨眼半年时间就这样过去了，好快啊！饯行时扬子说到美国之前，要安排好儿子读书问题，老公公的生活起居问题等，现在终于可以自由地飞翔了，尤若兰为扬子高兴。平常她们俩也很少在上班时间或闲暇之余聊天，但浏览朋友圈时，只要看到彼此的状态或一段文字，就知道彼此都在忙着什么，心里也就格外地宁静，这种默契和相通只有她们俩人拥有。现在扬子要离开亲爱的祖国、离开故乡、离开亲人和闺蜜们，远渡重洋，到美国去研究她的课题，实现人生的又一次飞跃。尤若兰的心里充满了不舍，可更多的是期待再次相聚。

信步走出办公室，只见东边天空太阳落下去的地方还散发着红光，西边的天空镰刀似的月牙已经隐约可见，周围有很多闪烁着眼睛的星星，它们全都悄无声息，却呈现出热闹的景象，中间的天空澄澈、湛蓝，一丝丝游云自在地飘着。尤若兰被这美好而宁静的景色陶醉了，仰望天空，她想扬子就要乘坐飞机，飞上这广袤无垠的蓝天，迎着满天星子和半弯月牙到大洋彼岸去了，她仿佛听到飞机轰隆隆的声响，她望着天空一时出了神。从没有坐过飞机的尤若兰，真不知道登上飞机，遨游浩瀚的太空是怎样的一种心情。她甚至为扬子担心，从滨海到北京，从北京到美国堪萨斯州的曼哈顿，三十多个小时的飞行，这庞大的飞行物会不会有事？望着高不可测的天空，尤若兰为扬子的安全担心。

曾经为了看一眼大海，大三时，尤若兰和扬子，还有肖雄、扬子的男友姚远相约一同去青岛看海。几个人好不容易腾出各自的时间准备出发时，肖雄公司因为有急事被直接拦下来了，扬子也因为毕业论文答辩，姚远要陪她，都不能去看海了，就剩下若兰了。

尤若兰背上背包独自来到火车站，却被肖雄连哄带骗带回学校，从此看海的愿望就成了泡影。

一年之后，扬子只身一人前往青岛，她写信告诉若兰在青岛滨海步行道、栈桥、海底世界看到的奇妙景象，尤其是海上日出，那种宁静壮美让尤若兰神往了好久，看海的愿望却成了尤若兰心中挥之不去的梦想。

尤若兰引领孩子们阅读关于海的文字时，她感觉到自己其实就是一个贫穷的乞丐，给孩子们苍白地描述着关于大海的种种想象。这么多年，各种综合原因，尤若兰至今都没有实现看海的愿望。

飞向大洋彼岸的扬子去追寻她的另一个人生目标了，尤若兰也要到琅琊洼小学去上任了。儿子几天前就开学报到了，肖雄的工作更忙，几天都不见一个电话。

安排妥当一切事情，临行之前，尤若兰给肖雄打电话，不由自主地商量起两地分居的事情。是啊，16年过去了，他们俩始终劳燕分飞，过着聚少离多的日子，儿子一直跟着妈妈，性格都有些柔弱，甚至有些怯懦，缺少阳刚之气，这也是孩子缺少父爱的另一种表现。如今儿子都读高二了，再这样下去，儿子的性格就定型了，何况人生能有多少个16年呀。肖雄经过慎重考虑，他忽然间想回到农村生活，当他把这个消息尤若兰有的时候，两个人居然异口同声地说：回到农村能干什么工作？谈到这个近乎残酷的话题，两个人都沉默了。

没有商量出结果，尤若兰只身一人到琅琊洼小学去报到了。

第三十八章

离开罗山小学，好久都没走这样的山路了，也没看到连绵起伏的群山。驱车行驶在这熟悉而让人怀念的山路上，感受着当年的泥土路面。随着水泥路面村村通政策的实施，如今都变成坚硬、平直的水泥路面。十几年时间，家乡发生了天翻地覆的变化，真感谢党的富民政策！

车子慢慢行驶，看着窗外熟悉的景色，所有的记忆都复活了，尤若兰的心变得温热而宁静。她想起一句诗：为什么我的眼里满是热泪，因为我对这片土地爱得深沉！

当年她到罗山小学报道，是父亲亲自送去的。蜿蜒的山路，走了大半天时间，那时候父亲走路脚底利索，浑身充满力量，尤若兰也是二十多岁的青春少女，走到学校时父子俩都精疲力尽。

如今多少年过去了，父亲日渐苍老，走路都有些蹒跚了，父亲不能为自己送行，自己也人到中年，想到这里尤若兰不由得感叹岁月的无情！

是啊，多少年过去了，曾经的人和事渐行渐远，随着脱贫攻坚战的不断胜利，父老乡亲们已经摆脱了贫困，日子越过越红火。山路变宽了，也变平坦了，狭长的川道里一条笔直的水泥马路横穿东西两侧。琅琊洼小学就坐落在水泥路面的南面，脚下是一条流淌不息的河，远远望去，像一条闪着银光的飘带伸向远方，这条河就是滋养着万物生灵的四女河。

学校被一排排整齐、高大的松柏环绕着，崭新的铁大门，一排排各种色彩的教室排列整齐，大门两侧的墙壁上，写着醒目的红油漆大字：博学多思、团结奋进。

停好车子，打开大铁门，踏上砖块铺成的校园，望着三排崭新的红砖瓦房教室，门前一人高的松柏，还有圆形花园里开得绚丽的粉红色月季花，尤若兰此刻的心情很坦然。恍惚间似乎回到了十几年前初踏讲台的罗山小学，想起了王校长的治校有方以及严谨的工作态度，耳濡目染的她应该能胜任组织交给她的这份重任，她有信心当好校长。

琅琊洼小学因为地理位置偏僻，师资力量一直短缺。最初建校是村子里一位姓李的老师，高考落榜，他看到同村孩子读书要跑几公里山路，才能在小镇子上的一所学校读书。有些孩子干脆辍学在家，大一点的女娃早早结婚生子，继续父辈们面朝黄土背朝天的生活，男娃娃们也过早成家，担负起生活的重担。村子里的人普遍文化水平低下，对大山外面的世界一无所知。李老师萌生了要办一所学校的想法，他开始思索校址应该选择在哪里，自己家里人支持还是反对，办学校所需的经费从哪里来等问题，虽然面临的这些实际问题很复杂，但李老师办学的愿望却越来越强烈。

他腾出自家一只窑洞，瞒着父亲卖掉家里仅有的几只羊，置办回来几张桌子还有板凳，准备好教学用品，在乡镇教委领导的大力支持下，办起了一所简易的乡村学校。

没有学生，他就一家一户上门动员，学生人数由几个人增加到十几个人，直到第二年已经有了50多名学生。李老师找村委会，找乡镇、县上领导，重新选择了校址，用一个暑假盖起了这所琅琊洼小学。坚守了30多年的李老师因为肺癌去世，他的儿子接任了他的工作，成了琅琊洼小学最年轻的坚守者。小李校长，再加上之前招聘的两位代课教师，三人共同撑起了一所学校。随着二胎政策放开，学校的生源也扩展到100多名学生，虽然每年都有调来的老师，可每年都会托关系调走，师资力量到现在依然很薄弱。小李老师也退休了，尤若兰被调到这里当校长，不过令人高兴的是，同时调来的还有两名年轻的大学生，加上之前的五名教师，一共八名教师，师资力量一下子壮大了许多。

现在是开学前一天，尤若兰驱车前往学校，原本只是想熟悉一下学校的环境，没想到刚踏进校门，本村的两位老师就赶过来了。村支书听说新校长上任，也赶来了，退休在家的小李校长最后一个来到学校。尤若兰把他们让进办公室，擦干净桌子的灰尘，就和他们谈起心来。

目前学校急需解决的就是饮水问题，之前那口井，2008年汶川地震时塌陷了，现在吃水要到四女河对面的山脚下去拉。那里有一眼清澈的泉水，冬暖夏凉、甘甜可口，学校周围的农户也在那里拉水吃。

学校配备了拉水的三轮摩托车，几位男老师轮着去拉水，供师生们饮用，男老师要上课还要拉水，很辛苦。如果遇上雨雪天气，山路就变得崎岖湿滑，之前就因为路面湿滑泥泞出现过一次车翻人受伤的事情，所以师生的饮水无疑成了一个难题。小李校长说，塬面上的老师如果开车来上班，每人都会带一大桶纯净水，供师生勉强饮用，冬天如果大雪封路，没水喝就成了家常便饭。

学校没有集体灶就更不用说了，尤若兰听了很震惊，感觉心口隐隐作痛，原来这所学校条件如此艰苦，这就是师资缺乏的根源。也难怪大家都往条件好、生源好、距离县城近的学校挤。在如此偏僻、交通不便的地方教书育人，只有甘于寂寞、忍受清贫的老师才能坚守，何况没水喝、没饭吃，谁还愿意安心教学生呢？

尤若兰想首先要解决缺水这个难题，同时还要向上级申请给教师开大灶的问题，只有这两样基本的生活要求得到保障，老师们也才能安下心来工作。她和大家商议，决定先打一口井。在哪里打？怎么打？资金问题怎么解决？她想应该先向教体局申请一下的，于是她连夜起草方案，不久教体局的答复就下来了，他们争取到了资金，让尤若兰先打井。

解决了资金问题，剩下的就是劳动力的问题，村支书说包在他身上。尤若兰想在水利局找一个工程师，让他们先来勘探一下，等定好位置，再商议开工事宜。

说干就干，尤若兰立刻开车返回县城时已经是中午11点多了，为了赶在下班之前找到人，她停好车就连忙向水利局奔去。

尤若兰走进水利局办公室时，已经累得气喘吁吁。几个工作人员同时抬起头，用诧异的眼睛望着尤若兰，尤若兰不好意思地捋了捋额前的秀发，顺便擦了擦脸上的汗珠，说明来意。

"尤老师是你呀！"一声惊喜的问候过后，尤若兰看到一张白皙、青春靓丽的脸，一双做过美瞳线的大眼睛正含笑地望着自己。尤若兰努力在记忆中搜寻着这张熟悉而陌生的脸，这个女孩子是谁，她一下子想不起来了，只是她潜意识里觉得这个姑娘一定是自己的学生，她愣愣地望着眼前这位漂亮的姑娘。

"尤老师，我是您的学生石丽丽呀，同学们都叫我包子的，我和大果是同桌。"

"原来是丽丽啊，难怪这么眼熟！想起来了，想起来了！"尤若兰恍然大悟，连忙喊道："原来是我的亲弟子呀，哈哈，真是女大十八变，越变越好看啊！不是你认出老师，老师无论如何也认不出你喽！"

"尤老师一点都没老，还是那么漂亮、有气质，我一直都惦念着您呢。我大学毕业，参加了省级公务员考试，没想到考到这里了，上班已经快两年了，我还想着有空，约同学来看您的，正好再问问大果的近况。"

"大果研究生该毕业了吧？听说刘军拥有了自己的电脑公司，别的同学也不知道都在干啥呢？"石丽丽一连串的问题，让其他几个同事都笑了起来。师生相见那种亲热，让石丽丽的同事既羡慕又兴奋。师徒二人说了好久的话，石丽丽这才忙着问尤老师的来意。尤若兰说想给琅琊洼小学打口井，石丽丽就哈哈地笑起来，尤若兰疑惑地望着自己的学生。

"尤老师，您真还就找对人了，我是主管这方面工作的，现在我就跟您到学校去！"说着石丽丽招呼了两个人就向琅琊洼小学奔去。

"昔日的丫头片子，如今已经是水利局助理工程师了，真让人刮目相看啊！"尤若兰一边开车一边回想起罗山小学第一届学生，大果研究生毕业，在北京肿瘤医院工作，刘军在金城有了自己的电脑公司，梅子当了老师，二丫留校，狗蛋都军校毕业留在部队上了，尤若兰为自己多少年的坚守和默默付出感到欣慰。

石丽丽和他的同事勘测得很仔细，最终确定在学校的北墙角可以打一口井，正好这里还有一棵两人都合抱不过来的老槐树，像一把巨伞张开来，让井水在阴凉处安身，也为打水人遮挡太阳，多好啊！

村支书带领着几个年轻力壮的小伙子，在机器轰鸣声中劳作了不到三天时间，就打出了一口水井，一下子解决了琅琊洼小学师生吃水难的问题。有水吃了，现在最要紧的是要找一个做饭的阿姨，把集体灶办起来，正好也可以商量着把学生的营养餐改成中餐。吃过饭学生可以集体午休，下午放学再回家，这样学生既可以避免在路上奔波，也可以减轻家长的负担，还能减少安全事故，真是一石三鸟的好事情啊！老师们说有的学生上学，跋山涉水走几个小时才能到校，而这些学生当中一部分是留守儿童，还有一些学生中午回家，家长忙着地里的活儿，不给孩子们做饭，他们只能吃留在锅里的冷饭菜，这样也不利于孩子的身体发育啊！

尤若兰在教师会上提出这个建议的时候，大部分老师表示支持。但年龄大些的老师表示反对，他们说如果这样，做饭就得两个人，学校经费少，做饭阿姨的工资从哪里来，另外如果这样做的话，无疑加大了老师的工作量，再说给学生吃饭，需要老师亲自监管，午休也需要老师。尤若兰想第二个问题好解决，老师辛苦点就可以了。可做饭的人难找不说，工资该从哪里来呀？向上级反映？可人家不是给你经费了嘛，经费按学生人头算，琅琊洼小学一共才一百五十多名学生啊，但学校硬件设施不到位，用钱的地方多啊！让老师筹资，想想自己就那点工资，刚够一家老小花销呢，儿子读高中也开始花钱了，肖雄的公司在重组中，他的工资也越来越少，哪里还有余钱？年龄大的老师背负着生活的重担，能在这里坚守就已经够好的了，而年轻的老师工资低，花钱的地方多，也就别指望了，到底怎么办呢？尤若兰想，还是去找村支书吧，也许他们能想办法呢。

下午放学后，尤若兰去新建的村委会，她要找村支书商量开师生灶的事。

　　一路走来，尤若兰看到盖起来的新农村，都是一律二层小洋楼，门前用彩色砖砌出来的小花园里开满了各色的花朵，一棵棵法国梧桐整齐排列，像英俊的士兵守护着美丽的家园。

　　远远望去，"乡村舞台"四个金光大字出现在夕阳的余晖里，红底金字分外耀眼，高高挺起的是用水泥铸成的舞台，舞台正中几面彩旗迎风飘扬。宽阔的水泥广场上，几位打扮时尚的农村女人正在跳着广场舞，她们面对舞台随着熟悉的曲子《你是我的小苹果》舞得正起劲。西边的健身器材上，几位精神矍铄的老人正悠闲地蹬腿摇胳膊，广场边的柳树上，几只鸟儿正在追逐打闹。一群孩子穿着旱冰鞋，也在不远处的乡村水泥路面上比赛滑冰，那敏捷、矫健的身姿在微风里穿梭。多少年过去了，如今农村的变化太大了，难怪曾经让人羡慕不已的城里人，也开始向往农村宁静、自在的生活。这里每年有大批城里来的人，体验返璞归真的农村生活。村子里有温泉泡澡，还有农家乐等旅游景点，只是尤若兰初来乍到，还没来得及去领略一下呢。

　　推开村部办公室的铁门，尤若兰看见村支书正坐在黄色的皮沙发里品茶，看到尤校长亲自登门，他赶紧起身，满脸微笑地让座、倒水、嘘寒问暖，这很容易让尤兰想到当年东山头村的老支书那张布满皱纹却慈祥的脸。她向乡村支书说明来意，村支书朗声笑着说道："好事，好事啊！我代表琅琊洼村民感谢尤校长，你们想得真周到，娃娃们的午饭有着落了，家长就解决了难肠事啊！"

　　"老支书，现在还没有找到炊事员，再说炊事员的工资我们也负担不起，我来就是找你商量这事的。"

　　"尤校长，这件事说难办，其实也好办着哩，明天我就召集村干部会，商议一下解决这个事情的办法吧，有消息我第一时间告诉你！"

　　"好，您忙着，我回去等消息哦。"说着尤若兰起身告辞，老支书把她送出门外。夜幕已经降临了，广场上跳舞的女人还没有散去，音乐已经换成了《我和草原有个约定》，那粗犷、豪放的乐曲在静寂的村子里传得很远很远。

第三十九章

扬子被单位公费推荐到美国堪萨斯州立大学疫病诊断实验室，进行为期一年的访问学习。她安顿好家里所有事情后，辗转三十多个小时，终于飞到美国堪萨斯州曼哈顿。

朋友早已安排好了食宿，刚到住处，吃饭、洗漱不久，充满好奇心的扬子，就背上双肩包跑出去溜达了。

忘却了时差，忘却了出国前的种种顾虑，这里是一个天蓝、树绿，到处开满美丽鲜花的地方，扬子一下子就爱上了这个地方。

扬子到处拍照，第一时间给尤若兰发过去，尤若兰打电话过来，大洋彼岸的扬子听到若兰的声音格外惊喜、格外亲切，她怀念祖国，怀念所有的亲人。

除去查资料、听各种报告，剩下的时间她就泡在实验室里。下班之余忙着做饭、拍照、练习英语口语、提高英语听力，时间安排得紧张有序。每当躺在床上，扬子就思念遥远的祖国、思念亲人、思念闺蜜们，尤其牵挂调任到偏远山区、当小学校长的尤若兰。不知道她工作中有没有困难？调往更艰苦的学校，能不能胜任工作？好在网络发展迅猛，不管你在哪里，只要发个微信视频，就能看到对方，和对方在视频中问长问短，这是多么令人惬意的事啊！

扬子只是接到过若兰的一次电话，这些时间发出去的微信却杳无回音，难道村子没有无线网？扬子心里疑惑着，可她忙得像陀螺一样，也只能想想罢了。

扬子的想法确实是正确的，尤若兰所在的琅琊洼小学没有无线网，村子里大多数人过着几乎与世隔绝的生活。这些日子忙忙碌碌，尤若兰总想着用流量给扬子发图片，结果也发不出去，流量限制了，没人给她缴费，她只能等周末回县城，到营业厅亲自去缴了。

村支书召开村民大会，讲清楚给学生吃中饭的想法，全体村民一致赞成这个能带来诸多好处的举措，愿意每户捐钱给炊事员发工资。老支书听到这话，高兴得嘴都合不拢了，当即找来两个四十多岁的女人给学校做饭。

水井打成了，琅琊洼小学吃水问题终于解决了，舀上一勺清冽、甘甜的井水，大家轮流着品尝。喝上一大口，哇！那份清凉直渗入五脏六腑。

"好甜的水啊！"尤若兰禁不住喊出声来，她情不自禁地哼着，"又是九月九……"同事们也跟着唱起来，一派热闹的景象。

两个做饭的女人忙着烧水，准备饭菜，看到老师们高兴的样子，她们也情不自禁地跟着哼起来，脸上洋溢着幸福的笑容。

中午放学的时候，学校操场北边的灶房里飘出了馋人的饭香味，这是琅琊洼小学建校以来第一次冒起的炊烟，在田地里干活的农人们从没见过这个景象，一个个伫立田间地头，脸上露出会心的微笑。

孩子自觉地排好队，在班主任老师的带领下，到各班门前的两张餐桌上吃饭。

两个老师抬两只大铁桶，一只桶盛着热气腾腾的面条，一只桶盛着散发着香味的牛肉炒青椒。打到饭的孩子围在桌子旁边吃起来，其余孩子等着打饭，最后一名学生的饭菜也盛上了，两位陪餐老师这才给自己盛饭，坐在孩子们身旁边吃。

尤若兰不由得感慨：党的惠民政策多好啊！如今的孩子太幸福了，免费读书，免费吃饭。想想自己读高中时，每当吃饭时间，大家就抢着到大灶上去打水，好不容易挤上水，那一搪瓷缸子的水都是混浊的，泡上发霉或者冻成冰坨的馒头，还吃得津津有味，想到这里尤若兰的眼睛湿润了。

吃完饭，孩子们排着队自己去洗碗，秩序井然，没有一个人大声喧哗。

午休之前各班主任组织学生用半小时的时间进行集体诵读经典。从《三字经》《百家姓》开始，后来就背有些难度的《弟子规》《唐诗》《宋词》，没过多久，学生基本上都会背诵了。

六年级同学在全县"经典诵读"活动中还拿回了一等奖，这个不起眼的琅琊洼小学第一次走进全县教育界的视野，全体师生为之自豪。尤若兰虽然也很高兴，但她知道后面的工作任重而道远，需要付出更多的心血和艰辛。

学校工作已经走上正常轨道，每天迎着晨曦，习惯性早起的尤若兰，吃住全在学校，她带四年级的数学课，无论有多忙，她都不耽搁给学生上课。坚持没多久，就遇到多得像牛毛一样的事情，往往这件事情还没有处理完，另一件事情就接踵而来。为了不耽搁孩子，尤若兰忍痛割爱把数学课让给其他老师，自己带孩子们的音乐和美术课。她始终觉得，只要给孩子们带课，走进孩子中间，这才是一个真正的老师，这个老师在学生心中才有分量。

学校没有无线网，当然也就没有多媒体教室了，尤若兰想给学校拉无线网，这些天好不容易有点空闲时间，她就用流量给远

178

在美国的扬子发微信，可好久也没发出去，她有些纳闷，流量用起来不是挺快的吗？为什么消息总是发不出去，新来的大学生老师红豆指着校门外的一个土梁说："尤校长，你站在那里去发吧，保准能发出去呢。"尤若兰疑惑地望着红豆，红豆顽皮地笑了，朝尤若兰做了一个鬼脸说："那儿高，可以蹭村部的信号呀。"

站在土梁上，四周的山川、田野、房屋、树木，近处的窑洞尽收眼底，四女河绕着山脚，从东向西流淌，河面不是很宽阔，水流缓慢，像一条银色的飘带缠绕到远处。正对着校门口的那段河面架起了一座石桥，桥面上偶尔有农人走过，挑着水桶的、拉着架子车的，四女河畔的田地里，农人们正在忙着地里的农活。望着乡村美丽的景象，拍了几张照片，尤若兰试着发给扬子，也给肖雄发了几张，居然蹭上村部的网了，还真发出去了。

如今网络已经遍布世界的每一个角落了，人们称自己同是地球村人。可在这个偏僻的小山村，科技文明的成果却还没有分享到这里，看着新修建的文化广场，广场上跳舞的几位老人，现在尤若兰迫切地要给琅琊洼小学拉光纤，接通互联网，她要给孩子们打开一扇通往外面世界的窗子。

副校长兼教导主任的卢强老师，找尤若兰汇报工作，尤若兰就和他谈起拉网的事，年轻的卢强老师一下子来了精神。他说为了给学校拉网线，去年他就找学区领导，当时小李校长临近退休，对这件事情也没放在心上，工作得不到支持也就不了了之。现在这件事确实是当务之急，学生的信息课从来就没上过，至于多媒体教室，更是想都别想了，学校接不到上级工作通知，他要骑摩托车跑山路才能领会会议精神，给学校工作带来许多不便。尤若兰决定尽快拉光纤、建多媒体教室，改变传统的教学模式，让孩子们了解外面的世界，让老师和世界接轨，老师的眼界开阔，学生的眼界才能开阔啊。

吃过午饭，尤若兰正准备驱车去县城，解决拉光纤这件事，车子还没启动，卢强就风风火火地赶过来，年轻英俊的脸涨得通红，额头渗出了细密的汗珠。

"尤校长，学区干事打来电话说刘县长、教体局局长一行人来咱们学校检查工作，都已经在路上了！"

"刘县长、教体局局长要来检查工作？"没听错吧？尤若兰望着卢强，卢强使劲点点头。

在这个偏远的乡村小学，听学校老师说，一年到头都不来检查的，就是来检查也是走马观花，听不了一袋烟的工夫就撤了。曾经在罗山小学，不是一年也来不了几次检查的吗？十几年都是这样，可那所乡镇中心小学就不一样了，几乎每天都检查的，县上的、市上的、省上调研的，检查教学，尤其是安全工作。尤若兰刚调到向阳小学还很紧张、恐惧，后来都习以为常了，检查就检查呗，反正教学上的事没有一点纰漏，怕什么呢，可今天居然是县长亲自带领队来检查，他们来检查什么呢？尤若兰的心变得忐忑不安，她走下车子，招呼班子成员开会，大家分头行动。首先搞好环境卫生，再嘱咐各班主任老师管好自己班，上课铃响了，该上课什么课就上什么课，老师告诉学生，见到检查人员要问好，见到老师也要有礼貌。

马上就要上课了，尤若兰吩咐值周老师锁好大门，等领导到来时再开门也不迟，年龄大的老师说要到外面恭候，尤若兰笑笑说："该上课就去上课，不要做表面工作！"老师们各执其事，尤若兰也背起手风琴，走进三年级教室，给孩子们上音乐课了。

这些年由于学校不安全事故频发，县局要求各学校都采取封闭式管理，只要上课时间一到，大门就锁起来了。开始实行这个政策时，尤若兰和同事感觉大铁门一锁，学校这方净土就与外面的世界完全隔绝了，学校简直变成了一座孤岛。尤若兰感觉自己的心仿佛都被冰冷的铁锁给锁起来了，当然出入也不方便，不管做什么都要找值周老师，如果不小心迟到一次，就只能在外面等着值周老师开门。后来大门锁习惯了，如果大门不锁，大家还没有安全感了。人啊！真是难以捉摸的动物，站在规矩面前，久而久之，心中也就有了无形的规矩，凡事都要坚持，才能百炼成钢。

尤若兰拉着手风琴，孩子们跟着唱歌，那熟悉、悠扬的声音传出校门飞得很远。

几辆小轿车鱼贯而入，车子停在校门外，车门打开，走下来一个人，接着一群人就出现在铁门外，值周老师打开门热情迎接。

尤若兰、卢强副校长、政教主任一行人迎了出来，握手、问候、让座之后，学区主任笑容可掬地指着一个高个子、穿戴整洁的中年男人对尤若兰说："这就是咱们主管教育的刘县长！"

"刘县长，欢迎你们来琅琊洼小学检查、督促工作，辛苦了！"尤若兰连忙说道。

学区主任不失时机地说道："这就是琅琊洼小学今年新提拔的年轻校长尤若兰。"

刘县长笑着说："还是年轻好啊！"

忽然尤若兰发现人群中有一张熟悉的面孔，戴着金丝镶边的眼镜，一副文质彬彬的样子，只见她正抿着嘴笑呢。

这不是阿娟吗？怎么会是阿娟呢？尤若兰好久才回过神来，她用疑惑的目光注视着阿娟，什么时候阿娟调进政府部门了，而且还跟在县长后面了？阿娟望着尤若兰，深情地笑着，扶了扶眼镜框。

"忘了给你就介绍，她叫陈阿娟，是刘县长的秘书。"学区主任看到若兰一脸疑惑，补充解释说。闺蜜的朋友阿娟，还要你介绍吗？尤若兰悄悄地向阿娟竖起了大拇指，回赠她一个热烈的笑容。

刘县长一行人查看了各教室，重点察看了北墙角大槐树下新挖的井，检查了师生灶房、学生营养餐，表扬了尤若兰，转身对教体局局长说："以后要多提拔一些这样的年轻人当校长，他们工作有激情，肯干实事，有责任心、有担当，碰到困难自己想办法解决，还有创新精神！如果多让这样的人当乡村校长，不愁咱们县的教育事业走不到全市、全省前列嘛！"

教体局局长赔笑着说："是，是！"他向若兰投来赞许的目光。

"小尤同志，学校还有什么困难，现在可以提出来嘛，我们能解决的就帮你们解决。"尤若兰本来想说学校没有无线网，没有多媒体教室，学生图书匮乏，但话到嘴边又停住了，她想这些小问题还是自己想办法解决吧，实在不行再向组织开口也不迟啊。想到这里，她看了一眼威严却透着慈祥的刘县长说："谢谢刘县长的关心，目前学校正常运行，没什么需要帮忙的了！"

"好啊，年轻人好好干吧，乡村小学承载的可是祖国的未来啊，千万不能掉以轻心！"刘县长语重心长地说道。阿娟偷偷地向尤若兰伸出大拇指，嘴上带着笑，眼睛里全是赞许。

送走这一行人，尤若兰长长地舒了一口气，她刚想着，只能明天上县城找移动公司或者电信公司说拉无线网的事了。这时电话铃声骤然响起，是康儿的班主任打过来的，他说康儿病了，明天务必来一趟学校。

尤若兰心里一惊，宝贝儿子病了，而且还要她亲自去一趟学校，看来病得不轻啊。她的心惶恐的厉害，孩子今年才16岁，一个人却在百里之外的城市求学，爸爸、妈妈都不在身边，不知道儿子是怎么洗衣服、料理自己生活的，开学都好几周了，为了学校的事情，他把儿子早都忘在一边了，偶尔想想觉得应该没问题，学校不是有老师的吗，宿舍管理也很严，再说儿子从小懂事，学习认真，她可没操过心，现在儿子长大了，更应该不用操心了！可眼下儿子病了，老师都打电话过来了，现在应该立刻去学校看儿子。抬腕看表，时间刚好五点，正是放学时间，送走学生，尤若兰给卢强安排好明天的工作，履行完请假手续，就驱车往儿子所在的城市奔去了。

第四十章

没来得及喝一口水，车子奔驰在宽阔的柏油马路上，尤若兰此刻心中只有对儿子的担忧，不知道儿子在干什么，病得重不重。

夜幕降临的时候，尤若兰终于赶到这座灯火辉煌的城市。直奔儿子学校，好不容易才找到宿舍，宿管阿姨说孩子们还没有下自习，尤若兰赶紧给儿子的班主任打电话，班主任让她来集体办公室。

敲开门，班主任老师迎上来，看到尤若兰，惊讶地说："这么急就赶过来了，明天来完全可以的呀！"

她说康儿参与了一次打架斗殴事件，虽然受伤但不是很严重，鉴于性质恶劣，还是让家长亲自来一趟，疏导一下孩子的心理。不是生病了吗？尤若兰疑惑地望着老师。

"对不起，给你说打架怕你受不了，只能说生病了。"班主任老师很诚恳地道歉。

尤若兰不太相信老师说的话，她想儿子从小乖巧、懂事，礼貌待人，从不惹是生非，还有一颗善良的心，小时候只要看到穿

着破烂的老人，非要给老人买好吃的，还要念叨好久呢。2008 年
汶川大地震，儿子把自己所有的零花钱都捐出来，是尤若兰专门
陪儿子到县城找募捐箱。当时有记者要报道儿子，儿子拉着自己
就逃走了。如今儿子读高二了，为什么还会和别人打架呢？而且
还是群殴，坐在老师的办公桌前，尤若兰陷入沉思之中。

康儿来了，踏进办公室，看到妈妈坐在那里，惊讶地后退了
好几步。妈妈怎么会在这里？一百多里路，妈妈是开着车还是坐
着客车车来的？妈妈不是在学校忙着的吗？一定是老师告的状！
他看看老师，再看看妈妈，眼里充满了惊讶、恐惧。

望着儿子，尤若兰既心疼又恼怒，她忍住心中的火气，轻轻
抚摸着儿子受伤的脸，右脸庞有点红肿，其余地方完好，尤若兰
放心了。给班主任老师请了假，今夜她要带儿子到去外面住，正
好和孩子谈谈心。

母子俩就在华灯璀璨的路上驱车前行，此刻她不想问儿子为
什么要参与打群架，儿子也沉默着，街灯照耀着他阴郁、俊朗
的脸。

车子停在一家宾馆门口，尤若兰订好了房子，给儿子买了一
些零食，让儿子洗了一个热水澡，把换下来的衣服用袋子装起
来，准备带回家洗。

"妈妈对不起，让你跑这么远的路来看我，还为我担心！这
次打架我是实在看不下去江楠受欺负！现在想想挺后悔的，后悔
当初怎么不告诉老师。"康儿对妈妈自责地说。

"我说你怎么会打群架？"尤若兰长长地舒了一口气。

江楠是康儿初中三年的同学，两人一直是同桌。江楠父母双
亡，是奶奶一手带大的。她黑漆漆的大眼睛充满聪颖，美丽得像
一只充满朝气的小鹿。英语是她的强项，康儿却最不喜欢学英
语，自从他们俩当同桌，江楠就逼着康儿学英语，每天都给康儿
布置英语任务，还要检查。初升高考试，康儿的英语几乎考到满

分，江楠的化学成绩在康儿的帮助下也没拖后腿，他们顺利考入市级重点高中，分在一个班。

开学不久，一个富家子弟总跟在她后面套近乎，班长也对她献殷勤，可江楠对谁都不冷不热，她只和康儿说话，讨论学习中碰到的难题。

富家子弟和班长就对康儿怀恨在心，一天下午放学，看到康儿和江楠在操场边说话，故意招惹江楠，还辱骂康儿，不一会就动起手来。班上跟康儿关系好的几个同学帮忙，于是在学校操场后面发生了群殴事件，幸亏江楠和别的女同学及时报告老师，才避免了一场劫难。这件事引起学校领导的高度重视，康儿等同学被勒令叫来家长，反省之后才能继续上学。

康儿还在叙述当时打架的情景，尤若兰悬着的心早已放下了，她明白儿子打群架的原因了，她一下子感觉到儿子长大了，变成一个能伸张正义的男子汉，她从心底为儿子高兴。抚摸着儿子的头，语重心长地说："孩子，你侠肝义胆值得赞扬，但方式、方法都不对，往后做事情可要动动脑子呀。"康儿点了点头，脸上的表情变得温和了，她问儿子接下来该怎么做，康儿说：写检讨书，主动向班主任及学校领导认错，但还是要保护江楠，不让她受委屈。他们俩说好要在学习上互相鼓励、互相帮助，将来同时考入理想的大学。

尤若兰真为儿子高兴，他安顿儿子先睡，自己洗漱完了，就躺在另一张床上，听着儿子香甜均匀的鼾声，一股幸福的暖流包围了她的全身。好久没有嗅到儿子的气息了，她忙完工作，有多少次想儿子，想他能不能照顾好自己，学习能不能跟上。

儿子从小到大都是自己一手带着，上了高中就把他一把推开，想想够残忍的，可儿子终究是要长大成人的啊。所谓母子，其实就是一场渐行渐远的修行。肖雄长期不在孩子身边，缺少父爱的孩子，为了保护比他更柔弱的女同学，奋不顾身和一群同学打架，虽然危险但也证明儿子长大了。现在儿子正处于青春叛逆期，两个最亲的人都不在他身边，不知道后面还会发生什么事，要是肖雄能陪在儿子身边多好啊！

有父亲的陪伴，儿子就会更安心地学习。现在生活条件越来越好了，肖雄如果找不到工作，就让他先陪儿子，再慢慢找工作也好啊！想到这里尤若兰的心变得激动而兴奋起来，她决定打电话告诉肖雄自己的想法，看他怎么想，为了儿子，为了结束两地分居的苦行僧生活，肖雄应该会答应的。

尤若兰习惯早醒，从没有赖床习惯的她，立马起床，洗漱结束，这才翻开手机看到肖雄发来的视频，那时候自己早都进入梦乡了。语音留言说前天他到上海出差了，估计得两个月才能回公司，还发了几张培训中的照片，明天就不能发任何消息啦！这么保密呀，尤若兰的美梦落空了，她心里有一丝失落，只是多少年了，她已经习惯了一个人承受生活中的种种困难。

扬子从美国发来照片了，尤若兰心中一亮，仔细端详着扬子发来的每张照片，她终于买到一辆红色的爱车。车子停放在空旷的马路边一大片花丛旁，她穿着一身干练的牛仔衣，戴一副茶色墨镜，正陶醉在蓝天白云下的绿草红花丛中，那张红艳性感的嘴唇满含笑意，扬子还发了一篇随笔《美国印象记》。

优美、流畅的语言把尤若兰带到大洋彼岸的大学校、公园、超市、公交车上游览了一番，她心驰神往，好想飞到扬子身边。这时一条短信跳到尤若兰面前，阿娟约她中午吃个便饭，顺便有事要商量一下，尤若兰心里暖暖的，她感觉这个初冬的早晨是那样美好，她的心情明快而舒坦。

安顿好儿子，尤若兰驱车赶回县城。踏进县城那家最为豪华的"大唐明月"酒店，迎面就看到阿娟那张笑脸，她俩来了一个小拥抱，然后一同走进拱形圆门的餐厅，只见圆桌边同时站起来的还有闺蜜国秀、夏云。江春茂迎了出来，尤若兰和这个文质彬彬的发小握了握手，本来见面应该是先打他一拳的，可现在他已经财政局局长了，有了身份不说，大家都人到中年了，应该矜持一些的。这不江春茂伸出双手，尤若兰也就礼貌性地握了握他温热的手，其余几个人都笑了，而且给他让上座，国秀戏谑地说："今天就让尤校长坐上座，大家就是为她能当校长贺喜的，你们说是不是？"

大家嬉笑着把若兰让到邻窗子的座位上。尤若兰说："你们一个个多有出息，国秀、夏云在商场混得风生水起，江春茂已经是财政局局长了，阿娟也是刘县长的秘书了，我一个乡村小学的校长算什么官呢？"大家都笑了。

饭菜上桌了，尤若兰抓起筷子就开始大吃，朋友们看着她的吃相都开心地笑了。

江春茂说他们单位要帮扶一所乡村小学，投资图书室，还要建教学楼，尤若兰连忙说："你们帮扶琅琊洼小学吧！孩子没有操场，没有体育器材，图书少得可怜，我正想着解决这些问题呢！"

"呵呵，看把你急得，我们帮扶的就是琅琊洼小学，只不过才知道你居然就是校长！"江春茂扶了扶眼镜，笑眯眯地说道。

"太好啦，太好啦！来，我先敬你一杯！"尤若兰给江春茂满上茶，再给几个闺蜜也满上，双手举起茶杯，几个杯子撞在一起，尤若兰一口气喝干了，接着又连敬两杯，她还是按捺不住内心的喜悦，像个孩子一样，手舞足蹈。

"幸亏倒的是茶水，否则还真就酒驾了。"国秀笑着说道。

"以茶代酒心更诚嘛。"尤若兰接着说道。大家都笑了，笑得前俯后仰，到底是一群一起走过风、走过雨，一起见证过青春芳华的友人，聚在一起就能笑得最开心，这样的气氛让人羡慕，更让人难忘。

另一个消息更振奋人心，阿娟告诉尤若兰，政府决定根据上级指示精神，要在农村发展合作社，主要是扶持农民发展种植、养殖业，是不是该考虑让肖雄回来，在广大农村施展手脚，大干一番事业呢？尤若兰今天早晨还想着给肖雄打电话，想让他回来陪儿子，结果人家出差去了，她就一路奔回县城，赶到饭店和朋友们相聚，没想到有这个好消息奔扑而来，真让人高兴。

尤若兰想让肖雄回来，肖雄也非常想回来，替妻子担起生活的重担，可苦于找不到合适的工作，就这样拖着。阿娟的话让尤若兰高兴极了，她想着让肖雄发展合作社，就在琅琊洼村，简直是天意。因为这个村子群山连绵，土地呈梯田状分布，是种植花椒的最佳选择。村子有人说过这件事，她的一个老同事还说他儿子从上海打工回来，就在琅琊洼的山坡地上种植花椒树，说花椒中的"大红袍"品种最适宜在山梁、沟壑种植。当时尤若兰也没在意，现在让肖雄回来组建一个种植花椒合作社，还能得到政府的支持，该多好啊！

告别友人，尤若兰接着就去电信公司拉网，她急需要把拉无线网这件事办妥了。打电话告诉肖雄这个好消息，给他一个惊喜，肖雄接电话了，听到这个消息，他比若兰还激动。

尤若兰来到移动公司，几个身穿蓝色西服，白衬衫打着蝴蝶结的漂亮姑娘给她介绍各种套餐，还联系工作人员尽快到琅琊洼小学去架网线。办理好各种手续后，尤若兰走出大厅，坐在车上，又给她心爱的老公打电话，那头电话一直在响却无人接听，亲爱的这会又在忙什么呢？我的电话都敢不接！算了，还是回学校再打给他吧。尤若兰发动车子，肖雄电话打过来了，尤若兰立刻向老公讲述了怎么种植大红袍事宜，肖雄说："看把你高兴的，我这就准备辞职吧！"

琅琊洼小学终于拉上了覆盖整个校园的无线网，就连校门口的那家小卖部也能蹭上网，红豆高兴得简直就像个天真的孩子，建了博客，把孩子们的举手投足、活泼可爱、努力学习的模样拍下来，还写了文章发出去，引起了许多人关注。琅琊洼小学渐渐地走进人们的视野，蒲公英志愿者送来了图书，还给孩子们送来了羽绒服。捐赠仪式那天，全体村民都参加了，老支书连声说："好，太好了！感谢这些爱心人士对孩子们的关爱。"

尤若兰喜欢读书，更喜欢写作，只要有闲暇时间，她就会创作出许多作品，在报刊、杂志上发表，最近她被拉进一个读书群，群主居然是初踏讲台时就读过她文字、在陇原大地响当当的教育杂志社主编，她是一个有思想、有见解的教育人，更是一位散文家。她的文笔清丽，笔锋温婉有力，被圈内人称为大先生。她率先发起读书会，走到哪里就把阅读净化生命的火种带到哪里。尤若兰忽然间就有个想法，她想请大先生在琅琊洼小学做一次读书活动，当她把这个想法告诉群主的时候，大先生当即拍板，读书活动就定在下周三！尤若兰把这个喜讯告诉全体师生，大家就用实际行动期待着这场读书盛宴。

琅琊洼小学的读书活动如期举行，并圆满结束。尤若兰见到大先生的刹那，她感觉生命中这个人的出现，一点都不意外。这场点燃梦想、别具一格的读书会，带给所有师生及琅琊洼村一草一木的，都是从未见过的新鲜世界。

夜深人静，尤若兰在朋友圈看到大先生的一段话。琅琊洼小学读书会感想：今天在琅琊洼小学做读书活动，为了让孩子们喜欢读书，我算是把十八般兵器、七十二变都用上了，包里背着我的桦树皮宝盒，里面装着魔法物件——我的手作器物朽木随形雕，大青石石雕出场，为了支撑"读书可以保持我们的想象力"；在子午岭里捡的阴干的孢子菌和树灵芝出场，为了告诉孩子们"读书可以让我们对世界保有惊奇心"；桦树皮食盒出场，为了印证"读书可以让我们保有完整的情感，懂得爱，愿意给予爱"；民间老艺人的微型小筐子出场，为了让孩子们从老人一辈辈的生活准则"要知道自己是个干什么的，做啥就要像啥"中领悟自己当下应做的就是"做好学生（学习的人）"……

强哥一如既往地给孩子们带去朗诵作品，并与孩子们做了"童诗里的古诗"互动猜诗，孩子们乐得什么似的！强哥与我一样，是山沟沟里长大的娃，对这些偏远之地的孩子抱有由衷的爱护、期待，所以，我们为孩子们做这些读书指导时，会更用心……

尤若兰校长说，她都没想到孩子们今天会表现得那么好，放得那么开。我想，我们用心，孩子们自然会给力啊！快结束时，有一个小男孩说得特别好，当我问孩子们，我们今天给你们带来的是什么时，大多数孩子异口同声地说"书"，但那个小男生说："你给我们带来了一个世界！"感动、感谢一路有你们！

第四十一章

光阴如水般静静流淌，时间的车轮从没停歇过。大果研究生毕业，在北京一家肿瘤医院当了一名医生，刘军已经拥有好几家电脑公司，把生意做到国外去了，梅子也当了一名乡村教师，其余同学都有了自己喜欢的职业。

尤若兰和大果、刘军他们虽然没有见面，但他们有一个默契的约定，那就是写纸质信，只是现在大家都太忙了，好几年没能坚持写下去。

先有了QQ，后有了微信，尤若兰想和他们联系，却没有联系方式。

　　梅子师范毕业后，在一所乡村小学当老师，看望尤老师后加上微信，第一时间把尤老师微信推荐给二丫，二丫和大果有联系，大果迫不及待地加上尤老师微信。

　　有人打视频过来，尤若兰接通一看，一位白皮肤、大眼睛，架着黑框眼镜的美少女出现在眼前，正用灿烂的笑容望着自己，很熟悉却一下子想不起来是谁，是大果吗？这么青春靓丽的女孩子，就是大果。

　　"尤老师，我是大果啊！老师您还是我日思夜想的样子，一点都没变！"

　　"孩子！你是大果？"尤若兰失声叫着，好久都说不出话来。

　　"老师，我是您最心爱的学生大果啊！我已读完研究生了，在北京一家肿瘤医院上班，今天休息正好有时间，二丫推荐你的微信，您知道我有多激动吗？老师，我一直申请加您，终于加上了。"说着大果泣不成声。

　　"你读完研究生都上班了，真好，真好啊！"尤若兰声音哽咽着说道。

　　"老师，过些时间我要坐刘军的车回来看您。多年过去了，我做梦都想见到您啊！"

　　"老师也想你啊！可以说是魂牵梦萦……"

　　"老师，您知道吗？多少次我梦见拉着皮箱徘徊在车站，多少次回到故乡，多少次在梦里和您相见，醒来却泪湿枕头啊！以前养父母总嫌我年龄小，不让我一个人独自出门，现在我长大了，终于可以回来看您，看亲人们了……"

　　这些年老师早已镌刻在她心里了，她无时无刻不挂念着老师，牵念着家乡。她总想回来看望老师，之所以没回来，是因为养父母身体不好，她一边读大学一边照顾，弟弟才考上大学，妹妹在北京打工两年多了，自己也实习期满，已经正式成为肿瘤医院的一名大夫了。

她还告诉老师一个好消息：刘军在北京有几家电脑公司，他的电脑公司为许多残疾朋友解决了工作。刘军靠一条腿跨出国门了，还受到各级领导的关怀和鼓励呢。听着大果滔滔不绝地说话，尤若兰心里暖暖的，泪水却一直往下流，她为自己多少年的坚守感到欣慰。

扬子，你看到了吗？我曾经坚持的梦想之花结果啦，刚才居然见到大果了，刘军他们也都有出息了。笑笑、老班长，你们不是劝我离开讲台到外面去发展的吗？你们不是说用不了几年，我就会和社会完全脱节了吗？如今你们怎么能体会到收获之后的充实和成就感呢？肖雄就不用说了，这么多年过去了，他也开始羡慕我的成就感了，他马上就要回农村了。想到肖雄，尤若兰心里甜滋滋的。

大果把刘军的微信推荐给尤老师，大果笑着对老师说，她收集到好多同学的微信，准备建一个群，把老师拉进来，到时候心爱的老师就能和每一位同学保持联系了。

刘军在新加坡签完合同，登机回国，这时一位昵称为"一生坚守的人"加自己，居然是尤老师。他激动地站起来，加上尤老师，马上打开视频，还没接通就对着手机大喊："尤老师，尤老师！"刘军一连串的大喊，秘书惊得眼珠子差点掉下来，她回过头看激动的刘总，心里惊叹着，尤老师不就是一个老师吗？至于让平时这么威风的老总这样"失态"吗？年轻的女秘书对这个尤老师充满了好奇。

和尤老师说完话，刘军就回到早已停在跟前的宝马小轿车上，刘军的车子驶进豪华、高档的公司大门，在一行人的簇拥下，西装革履、领带、墨镜，英俊的脸上，还带着见到老师的喜悦的刘军走在前面，他的腿在北京一家有名的骨科医院已经基本治愈了。虽然走起路来那条腿还不带劲，走路姿势稍微有点不完美，但这丝毫不影响他的风流倜傥、干练、洒脱。

司机小钱停下车子，刘军马上安排公司高层主管开会，小钱鞍前马后照顾刘军，忙活完了，这才坐下来参加会议。刘军向他们汇报了签合同的事情，制订了今后的工作方案，会议结束时，他向全体参会人员宣布了一个重大决定，过些时间他要给西北贫困地区一家乡村小学送去100台电脑，顺便再给孩子们买送些学习用品和衣物，愿意前往的同志可以提前准备一下。

"科技兴国，教育兴国，乡村学校是祖国教育的主力军，我们这样做，同样也是在为国家做贡献的嘛！"完了刘军补充说道。

人们交头接耳、议论纷纷，小钱知道刘总是在为一个姓尤的老师所在的学校去献爱心，当时在车上他就很好奇，这个能让刘总如此激动的尤老师，是怎样一个神奇的人呢？现在正好有机会目睹一下她的真面目，小钱心里充满向往，他第一个举手表示赞成，并且大声说自己要去！其余高管都纷纷表示，这是一种高尚的壮举，虽然路途遥远，他们都愿意献爱心，但公司有好多事情，没有人能一同前往。

"小钱当然要去了，你是司机嘛！"

"对，对，我不去，您怎么回去呢？"

大家都笑了，笑得很开心。

刘军现在少说也有十年没有回家了，记得那次回家时，自己还很落魄，没有挣到钱，腿走路一瘸一拐的，当时家里的光景全靠母亲一个人支撑。尤老师还在罗山小学任教，见到尤老师后，尤若兰把刘军的情况写信告诉了扬子，扬子在金城找到一家电脑公司，让刘军当学徒。

去金城那天，天空还飘着零星的雪花，刘军背着行囊，瘸着一条腿，孤身一人踏上西去的列车，从扬子阿姨找的电脑公司做起，几年之后当了北漂。他白手起家，住过大街，甚至靠乞讨生活，但最终挺了过来，后来在大果及朋友们的帮助下，才有了这家电脑公司。

记得那时刘军的电脑公司遇到瓶颈期，资金周转困难。他想到退缩，甚至想到逃避，但这样做又有什么用呢？刘军想能不能让尤老师帮忙呢，可尤老师生活很清贫，每月就那么点工资，还要维持一家人的生活，手头肯定没有余钱。要不就找找父亲，想到父亲，刘军的心就像刀割一样难受，他当年抛弃了母亲和刘军兄妹，好久都不曾联系了，不知道现在他过得怎么样？要不找他问问，也许他还能救自己呢。想到这里，刘军就提笔给父亲写了唯一的一封信，信还没有发出去，老家来的同学就告诉刘军，他的父亲得了急性肺炎，外地女人卷走了父亲的全部财产。他回到老家，母亲看在刘军爷爷奶奶年事已高，苦苦哀求自己的份上，宽容地接纳了刘军父亲……

最后一线希望破灭了，他准备回老家，也许老家的那几分薄地还能养活自己，离开北京前和大果做最后一次告别。大果当即告诉养父母刘军的情况，养父母拿出一部分积蓄给刘军，没想到刘军迈过这个坎之后，他的事业蒸蒸日上，直到今天生意已经做大做强。刘军始终有个心结，他要为母校做点什么，要为敬爱的尤老师做点什么，正好听老师说家乡的孩子还没有见过电脑，多媒体教室就不用说了，刘军决定捐赠电脑。

第四十二章

一个天气晴朗的清晨，穿了一身银灰色西装，配上酒红色领带的刘军，站在镜子前仔细打量了一遍自己，满意地转过身子，走出门就钻进黑色的宝马小轿车，摸摸帅气的发型，心里想这样的打扮应该能入大果的法眼吧。大果是我的发小，我怎么会在乎她对我的看法？这可是从来没有过的感觉呀……年近三十的刘军自嘲地笑了，他狠狠地掐了一下自己的腿，好疼。

蓦然回首，穿着一条细碎格子连衣裙的大果从后面走来，一脸灿烂的笑容，像春天的暖阳，刘军连忙下车，给大果打开车门。

踏上回家的路了，大果的心情犹如潮水，久久不能平静，看着窗外一晃而过的高楼大厦，等到车子驶出郊区，乡村景象渐渐映入眼帘时，她的心情更加激动。

是啊！一晃离开家乡已经十几个年头了，当年那个备受磨难的小丫头片子，现在已经出落成一个亭亭玉立的美少女了。

岁月流逝、世事沧桑，十几年的光阴阻隔，大果的脚步终于踏上魂牵梦萦的黄土地，她真想一下子就飞到日思夜想的故乡，飞到尤老师身边，飞到亲人身边啊！

一路奔波，吃中午饭的时候，刘军的车子停在六盘山下的一家餐馆面前，他们在餐馆要了好多家乡风味的面食，大果吃得香极了，刘军也吃得津津有味。可是南方人小钱却觉得饭菜一点也不可口，刘总他们居然吃得这么香！

刘军和大果风尘仆仆赶回家乡的小县城时，太阳已经西沉了，黄昏的小县城笼罩在静谧、安详之中。

高楼林立，有的楼顶已闪烁着色彩绚丽的霓虹灯，紧挨着的好多宾馆红色字样的广告牌发出耀眼的光芒，平直、宽阔的马路上车辆行人稀少，没有城市的喧嚣，刘军探出头看着眼前的景象，不由得感叹着：变化真是太大了！

小钱把车子停在预定好的宾馆门前，石丽丽早在宾馆门口等候，大果还没下车，石丽丽就直奔过来，两个发小紧紧地拥在一起。刘军看得眼睛都湿润了，他感叹时间溜走得太快，两个人拥抱结束，刘军才伸出手和石丽丽正式握手，三个人相拥着走进宾馆。

安排好住宿，刘军和两个发小一同上街，他们在小县城的街道上追逐、打闹，就像读高中时的样子，仿佛时间根本就没流逝过，他们还是那群数星星的孩子。

吃过家乡特色饭菜，三个人不顾旅途劳累，又嬉笑着跑到小县城高中操场去看月亮，虽然他们仨不在一个班，但这里都是他们梦想开始的地方，眼前的景象勾起他们许多美好的过往。

月亮很圆很亮，穿过薄纱似的云层，在澄澈湛蓝的天空慢慢移动，月亮的清辉笼罩着整个操场，他们三个人坐在操场边单杠下的草坪上，背靠着背，望着天空中那轮金黄的圆月陷入沉思。月光洒在他们身上，初秋的凉意浸染了他们单薄的衣服，但谁也不说话，就这样静静地坐着。

"刘军，当年你是怎么离开家乡、到外面去闯荡的？"忽然大果幽幽地问了一句。

"是啊，当年我考上大学走了，你大学没上成，还到外面去闯，这一闯也没了音讯。你到底经历了些什么事？"石丽丽接着说道。

撕开了伤疤，刘军的心隐隐作痛，但被发小撕开，还是要勇敢地去面对，沉默了一会，刘军向两位发小讲起那段不堪的过往。

刘军考入县城高中那年，正是家里最艰难的时候，他本想辍学回家，帮母亲撑起这个家，可是母亲说什么都不同意刘军辍学，于是刘军就瘸着一条腿继续上学。

他学会了骑自行车，每周回家，除帮母亲下地干活，总挤时间学习。

周末下午就背上干粮，骑着那辆破旧的自行车赶往学校，碰上雨雪天气，就只能艰难地走向学校，他学习成绩优异，同学们都很敬佩他。

读高二时，老师给他安排了一个女同桌，女同桌很漂亮也很霸道，家里经济条件相当不错，在刘军眼里，她就是一朵带刺的玫瑰，而自己就像丑小鸭。

一学期还没结束，同桌忽然间辍学了，望着空荡荡的座位，刘军就做各种设想，同桌怎么就不来上学了呢？没有同桌的横行霸道，刘军很不习惯，他甚至担心同桌，他的心空落落的。

刘军去问班主任老师，老师告诉他，同桌的母亲去世了，家庭遭遇变故，所以暂时请假了，刘军决定去同桌家看看。

穿一身破旧中山装的刘军，出现在同桌气派的大门前时，刘军打量了一下灰头土脸的自己，拉起那条残腿想立即跑掉。他第一次感觉到自卑，难怪同桌总带着霸气，原来她就是传说中的富二代。

"刘军——"

转过头去，只见同桌站在门口，用惊讶地眼睛正望着自己呢。

"你怎么来了？"同桌问道。

"这是谁呀？媛媛。"

细声细气的声音夹杂着些许的傲慢从远处传来。

一个穿着时尚的女人浓妆艳抹，正疑惑地往外走，是同桌的姐姐吗？不像！她是谁呢？刘军很纳闷，同桌拉起刘军就朝院子走去，她什么话也不说，也不理那个女人。

"哎哟，到底是谁呀？"女人嘟囔着说道，她扭着浑圆的屁股，摇摆着走出大门。

媛媛招呼刘军坐下，给他倒水，拿好吃的，两人面对面坐着，刘军第一次看到同桌其实是一个温柔、可亲的女孩。

刘军问同桌什么时候来学校，同桌沉思了一会儿说："我都想退学了。"

"为什么呀？阿姨走了，你应该化悲痛为力量，更应该继续上学的呀！"刘军坦率地说道。

"可悲！我妈妈尸骨未寒，小三就正式进我家门了！这还不算，这个狐狸精现在还想接管我爸的生意！"媛媛气愤地说道。

"就刚才那个？！"刘军问道。

"不然呢？"媛媛狠狠地说，她横眉怒视，泪水溢出眼眶。

"我爸爸也是有点钱的人，可他抛弃了我们一家，也和一个外地女人走了，想想就心痛啊！"

"你爸爸也是？"

媛媛诧异极了，刘军和自己的遭遇一样，这样的父亲怎么都让我们碰上了？媛媛觉得自己和刘军居然同病相怜，她不由得多看了同桌几眼，觉得他好可怜！

媛媛开始上学了，只是她变得温顺、沉默了，也不再凶刘军，偶尔刘军的桌兜里还有早餐或者零食之类的。刘军的数理化是强项，媛媛的英语是强项，相反这些都是她的弱项，课余时间，他们就一起探讨，互相取长补短，俩人的学习成绩都进步很快。

刘军考完英语，拖着残腿站在校园的操场边等媛媛。

好久媛媛垂头丧气地走过来了，看到她闷闷不乐的样子，刘军笑着说："媛媛，考完了，结果好坏都成定局了，不去管它了，趁成绩没出来先高兴一下嘛，别闷闷不乐了，好吗？"

刘军咧开嘴笑了，其实现在他心里也惴惴不安，刚才的英语好难啊，好多题都读不懂，选项全是凭感觉写上去的，只是刘军天生就是乐天派，凡事都能绕过去的。这不摔断腿，留下的后遗症，他都能客观、勇敢地正视自己，更不要说狠心得父亲抛弃全家，在最困难的时候，还能坚持读完高中，刘军鼓励媛媛一定要充满信心。

"英语是我唯一的希望，考砸了！这下肯定考不上大学了，我爸的工厂已经倒闭了，那个女人也离家出走了，奶奶说考不上大学就让我嫁个好人家！"说着同桌就呜呜地哭起来。

"你奶奶胡说！"

刘军吃惊地望着同桌那张秀美、忧郁的脸，嘴巴张得很大。

"奶奶还说家里经济困难，正好还能卖些彩礼！"

"那如果考上的话，怎么办？"刘军愤愤地说。

"奶奶说那就让几个姑姑接济，让我读大学。"

凤凰落架不如鸡，刘军在心里感叹着，他用热烈而略带同情的目光重新审视起自己的同桌，同桌那双明亮的大眼睛里噙满泪水，一张清秀的脸上布满委屈。媛媛看到刘军的眼神，她的眼睛里立即布满了渴望，多好的男孩子呀，高三一年时间，风趣、真诚的他，给予了自己多少呵护和关爱啊，媛媛的心里涌起了千丝万缕的情愫。

媛媛因一分之差落榜了，刘军因体检不过关也没能上成大学，刘军很痛苦，他捶打着那条不争气的腿，在自家的土炕上躺了几天。母亲急得直掉眼泪，她捶打着儿子："你倒是说句话呀，这条路断了，咱们就再走一条嘛，留得青山在不愁没柴烧！"

刘军站起来了，他想起同桌，想到同桌说的话，他告诉母亲，他要把同桌娶回家。

母亲立即找来刘军的三叔父，商议之后觉得刘军也老大不小了，刘军的腿不行，有个好苗子就得抓紧时间，只要人家女娃同意，咱们就烧高香了。媛媛老家距离刘军家不远，三叔去提亲了，刘军像热锅上的蚂蚁坐立不安，他在焦急地等待着三叔的消息。

黄昏时分，三叔怒气冲冲地回家了，他猛地推开刘军家大门，把自行车一脚踹倒在墙角，直接冲回屋子，连声说："简直太丢人了，气死我了！"刘军和母亲迎上去，望着生气的三叔，都不敢开口问，三叔告诉刘军说，人家姑娘就要结婚了，真是癞蛤蟆想吃天鹅肉，一条腿还想高攀人家女子，害得做长辈的出尽洋相……

三叔后面的话刘军一句都没听到，他不知道三叔是什么时候离开家的，躺在土炕上眼前一片漆黑，刘军想到了死。人总是要死的，自己的一条腿残了，跛行在人生路上，看到的往往是冷眼或同情的目光。每当这个时候，男子汉的自尊心就要受到践踏，更重要的是十年寒窗，最终却因为这条腿被拒之大学校门，让所有的追求和梦想都灰飞烟灭，心爱的姑娘也是因为这条腿，即将嫁作他人妇，活着还有什么劲啊！但无论如何得总得见媛媛一面啊！刘军在心里一遍一遍对自己说。

一夜无眠，刘军试图说服自己承担起长子的责任，替含辛茹苦的母亲分担一些生活的重担，但无数个声音淹没了这个想法，他感觉好累。他想起了尤老师，想到大果所遭受的各种磨难，这时候尤老师的声音穿越黑暗，响在他的耳边："刘军，人生没有过不去的坎！你还很年轻，怎么会有这样的想法呢？你是一个顶天立地的男子汉啊！"是啊，怎么会有这样的想法？尤老师仿佛是一束炙烤灵魂的光亮，让刘军起死回生，他想明天再去争取一趟，如果改变不了现实，他就要远走他乡，到外面去闯荡，天地之大，不可能没有他的立足之地？

天还没有完全亮，刘军简单洗漱之后，就融入茫茫山野，蹒跚在崎岖的山路上。直到正午时分，又累又渴的刘军出现在媛媛的三间瓦舍前，推开木门，一位精神矍铄的老人抬起头来，打量着眼前的小伙子。

"你找谁？"一个小男孩凑上来，顽皮地对着刘军喊：

"奶奶，这人谁呀？哈哈，还是个瘸子呀！"

媛媛赶出来了，推了男孩子一把，那个调皮的小孩子一溜烟跑了。

"刘军，你可来了！赶快进屋呀。"媛媛说着，眼泪已经掉下来了。

走进破旧的屋子，媛媛让刘军坐下来，给他倒了一杯水，她忽然抓住奶奶的双手，给奶奶说："奶奶，这就是我给您说的刘军，我们当了一年同桌，他关心我，喜欢我，我也喜欢他，求您退掉那门亲，让我们结婚吧！"

"奶奶，我会一辈子对媛媛好的，您就成全我们吧！"刘军赶紧对老人说道。

"住口！这里没你说话的份，我孙女怎么会嫁给你，你也不撒泡尿照照自己，你有什么能力养活她？给她想要的生活？再说你能拿出来几万块钱的彩礼？"

刘军扑通一声跪在老人面前，抓住她的衣服，连声说："我一定会好好待媛媛，孝敬您老人家的！您就成全我们俩吧！求求您了！"

"哼！想得美，已经跟人家订婚了，现在退婚说得轻巧，谁能丢得起这个人，再说了你拿了人家五万块钱，钱给你弟弟娶媳妇用，你让他拿来十万块钱，你就跟他走，我绝不阻拦！"

奶奶挣脱刘军，怒视着媛媛说道，接着摔门而去。

天哪，十万块钱，这不是一个天文数字吗？刘军站起来，媛媛哭着对他说："刘军，这就是我的命，你走吧！谢谢你来看我，还说出了真心话，我知足了，走吧！"

刘军跌跌撞撞地走了，他跛着一条腿，蹒跚在山路上，夕阳把他的影子拖得好长好长，他让媛媛等着自己，等着凑够十万块钱就来娶走心爱的姑娘。

刘军想尽一切办法凑钱，一个月时间过去了，他才凑了不到五万块钱，刘军再次来到媛媛家，正好媛媛不在，奶奶冷笑着说："我就知道你穷，拿不出钱，你就死心吧！媛媛的婚期定在下个月初，你愿意就来送她一程吧！"

痛苦万分的刘军想等到媛媛，可是等到月上树梢头，还是不见媛媛，小弟弟偷偷地告诉他，姐姐已经出嫁了，她和那个有钱姐夫到南方去了，奶奶是骗他的。

万念俱灰的刘军瘸着一条腿，在外面流浪了好久才回到家，他神情恍惚，完全像变了一个人。刘军的奶奶找到尤若兰诉说了刘军的情况，尤若兰记不清来了多少次刘军家，直到刘军渐渐恢复正常。

尤若兰告诉扬子刘军的遭遇，扬子就给刘军在金城找工作，刘军来到金城，进了电脑公司，经过几年打拼，在北京有了自己的电脑公司。他没有放下这段往事，如今挣到钱了，心爱的姑娘却在五年前就因为不堪重负，过早去世了，听到这个消息，刘军还在北漂，他痛苦了好久。如今还是他心中隐藏的一道伤疤，只有和大果、石丽丽在一起，才重新被揭开来。

月亮已经西沉了，大果和石丽丽都沉浸在刘军凄惨的故事中，冰凉的泪水滑过脸颊，咸咸的，她俩佩服刘军，没想到看起来成功、光鲜的他有这么沉重的过往。大果想尤老师了，她恨不得一下子就飞到亲爱的老师跟前，倾诉一肚子的思念。

第四十三章

沿着蜿蜒的山路，快要到琅琊洼小学时，大果一眼看到了迎风飘扬的五星红旗，十几年都没有踏上这熟悉而令人魂牵梦萦的土地了，眼前的情景那么熟悉，多么亲切啊！就要见到日思夜想的尤老师了，大果的心狂跳起来，刘军也心潮澎湃、激动万分，他想有红旗飘扬的地方，就会充满希望，无论这个地方怎么落后，怎么贫瘠，唯有许多像尤老师一样坚守的老师，孩子们才会遇到最美的自己。

车子停在校门口，打开车门的刹那，大果和刘军迫不及待地走下车，只见前面操场上，全体学生正在做课间操。

尤老师穿着一件藏蓝色风衣，配上牛仔裤、白色运动鞋，正专心致志地做操，早晨金色的阳光披了她一身。十几年的光阴阻隔，尤老师没有变老，相反更加成熟、优雅，一切仿佛都是从前，只是这群孩子中再也找不到自己和昔日小伙伴的身影了。

尤若兰转身的刹那，看到了心爱的学生大果，尽管已经是亭亭玉立的美少女了，但尤若兰还是一下子就认出来，这就是她朝思暮想的大果啊！再看看一脸帅气的刘军，尤若兰的眼睛里已经盈满了激动的泪水，三个人拥抱在一起，全体师生都被这一幕感染了，定定地望着眼前这暖暖的画面……

小钱招呼那辆拉电脑的大卡车开进校园，客人们被簇拥着走进集体办公室，尤若兰让卢强立即召集全校师生大会，同时打开

"多媒体教室"和"留守儿童室"门，让电脑直接入驻。刘军招呼小钱接通网线，他要让孩子们通过电脑打开那扇通往外面世界的大门，尤若兰感激地望着刘军忙碌的身影。

尤若兰开会告诉全体老师，她尽可能地提供老师学习成长的平台，因为她知道每一位老师要影响一批孩子，而一个校长则要引领一批教师，只要老师有眼界，学生才会更有眼界。

几个留守孩子隔着屏幕，看到现在记忆中有些模糊的爸爸、妈妈了。五年级单亲留守女孩曹颖好几年没见过妈妈了，当妈妈穿着蓝色工作服出现在屏幕中时，曹颖失声地喊着"妈妈"。妈妈也看到屏幕中长得清纯、秀气的女儿，泪眼蒙眬中的她不太相信自己的眼睛，女儿在什么地方上网，是网吧？不，不会！女儿品学兼优，怎么可能在网吧？她喊着女儿泣不成声。

"妈妈，别哭！我们学校有电脑了，是城里的叔叔阿姨送的，老师说每周我们就可以见一次面啦！"

"真好，真好啊！妈妈以后就能见到你了，妈妈不哭！别忘了谢谢叔叔阿姨啊！"曹颖的妈妈破涕为笑，尤若兰心里酸酸的，刘军和大果看着这一幕，好久说不出一句话来。

大果回到阔别十几年的家，伯父已经年过六旬，孩子们都长大了，伯父终日侍弄着那几亩田地，但身体还算硬朗，看到长大成人的大果，他喜极而泣，自责当年没能留住大果。

大果对过去的岁月早都释然了，她要给奶奶和爸爸上坟，这是埋葬了亲人之后第三次来看爸爸和奶奶，她忘不了奶奶和爸爸棺材入土的那个场景，更忘不了养父母接自己离开时，长跪在两位亲人坟前的决绝和泪水……

一步步挪到绿草覆盖着的坟茔前，大果禁不住又一次失声痛哭，她跪下来，不停地烧着纸钱，直到伯父拽她，才一步三回头地离开了奶奶和爸爸的墓地。

刘军也回到久别的家，苍老的父亲瘫痪在床，全靠满头白发的母亲伺候，妹妹都已出嫁，弟弟大学毕业在成都打拼，很少回家，幸亏母亲的身体还比较硬朗。刘军让父母跟自己去北京，母亲坚决不去，他只好给父母买了新农村的房子，让堂哥给他们收拾好，到时候父母搬过去，生活就方便多了。

安顿好一切，刘军和大果在"大唐明月"酒店宴请尤老师，他们吃饭话别，即将踏上归途的时候，大果紧抱着尤老师久久不愿放开，但天下没有不散的筵席，他们俩带着无限眷恋离开故乡，离开最亲爱的尤老师，回到各自的工作岗位上去了。

第四十四章

肖雄递上辞职报告，董事长神情凝重地说："肖雄，你已经是公司的顶梁柱了，就这样走了，你不觉得这个决定很草率吗？"

"董事长，谢谢您这么器重我，我真的该回去了，家乡更需要我！"

踏出公司大门，肖雄长长地舒了一口气，打点好行李，踏上开往家乡客车的那一刻，心里有说不出来的快感。是啊！他现在要彻底回到家乡，和心爱的妻子、可爱的儿子长相厮守，再也不分开了！他还要为年迈多病的父母尽一份迟到的儿子应该尽的责任。他以前也曾无数次往返于这趟列车，可今天的心情就像久旱的土地得到甘霖的滋润，畅快极了。他即将开启新的人生之路，虽然可能要面临诸多艰辛，但想到妻子和儿子，肖雄有足够的决心和勇气去面对。

回到熟悉的小县城，太阳已经西斜了，车站上长短途客车，接人的、送人的、坐车的、下车的，人们各忙各的事，肖雄向人群中张望，不见妻子的影子。

"肖雄，肖雄——"

转过身子，妻子就站在身后，四目相对的刹那，肖雄读懂了妻子眼睛里的娇羞和期盼，他仔细打量着亲爱的人儿，只见她一头秀发剪短了，前卫的衣服搭配一双休闲运动鞋显得干练、阳光。他把妻子紧紧地拥入怀抱，幸福的人儿就忘记了周围的一切，甚至忘了这个世界，他们终于不再分开了，谢天谢地！

穿过人声嘈杂的车站，他们来到停车场，把车开到客车跟前，装上所有行李，回到县城南面的家。望着妻子娴熟的开车技术，肖雄心里既佩服又怜惜，都是自己不在家，妻子才被逼成了"女汉子"的啊！只是从现在开始，崭新的生活就向他们俩招手了。风儿，为我们歌唱吧；云儿，为我们舞蹈吧！

收拾好家里的一切，肖雄心情愉快而轻松，尤若兰急着要去学校，她把阿娟的电话给肖雄，让他们俩谈一下办农村合作社的具体事宜。

肖雄打电话时，阿娟刚陪刘县长一行人视察工作回来，没来得及洗涮一路风尘，就匆匆忙忙赶到肖雄订好的餐厅见面。两人见面，没有客套，没有寒暄，感觉就是多年的友人见个面，他俩边吃边谈事。

阿娟非常支持肖雄在琅琊洼发展种植花椒树，并且要求成立花椒种植合作社，首先就是要从琅琊洼村民手中把地全部承包过来，愿意加入合作社的就按股份制投资。另外还要集资，县上正好还有扶持发展合作社的无息贷款，作为发展资金。

说干就干，阿娟带着肖雄跑手续、签合同，肖雄自己在工商局注册登记，办妥事情已经是一月过后的一个下午。

肖雄来到琅琊洼村部办公室，村支书正在等他，两个人一见如故，就办花椒合作社事宜起草合同。

琅琊洼村精明强壮的男人几乎都外出打工挣钱了，剩下的村民加入了花椒种植合作社，有钱的出钱，没钱的出力。等到一车车"大红袍"花椒苗运往琅琊洼村部广场的时候，村支书笑了，肖雄也笑了，他仿佛看见漫山遍野都长满了红色的花椒。

负责栽完"大红袍"椒树，周末肖雄和妻子驱车回到县城，路过一家烧烤店时，忽然一个人拦住车使劲招手，肖雄停下车子。眼前这个看起来很面熟的男人，穿着一身蓝西服，白衬衫上打着宝蓝色领带，脚踩一双擦得锃亮的黑皮鞋。

"肖雄，多年不见了，你总算回来了。"男人说着伸出热情的双手。

握住他的大手，肖雄在记忆的海洋中搜寻着这张有些熟悉的面孔，终于想起来了，这不是高中同学苗凯文吗？

"老同学，毕业快二十年了吧？你待在城里，咱们老同学每次聚会都念叨你呢！"说着拥起肖雄，三人一起走进刚装修起来的一家KTV。

苗凯文打电话约来了好几个高中同学，昔日的纯真少年如今都人到中年，大家感慨着、回忆着曾经的美好时光。酒足饭饱之后，肖雄在尤若兰的护送下回家，今晚他太兴奋了，这么多年都是他一个人在外面打拼，没有家庭的温馨，没有朋友聚在一起的开心，他每天都在表面看似平静实则暗流涌动的职场周旋，看惯了外表热情内心狡诈的虚情假意。如今这一切都结束了，他处在时时让他感动，甚至有些心潮澎湃的环境中，他心里充满了力量。

第二天，苗凯文给肖雄打电话，邀请他入职中国人寿保险公司，他对妻子说，原来老同学请他们是有目的。可尤若兰却不这么认为，她知道肖雄有职场工作经验，身为县级保险公司经理挖掘一个人才，这是正常的。何况中国人寿是世界五百强企业，只要有业绩就能挣到钱，肖雄的合作社才初具规模，效益还是很慢的，至少需要两三年才能有效益，所以肖雄现在迫切需要再找一份职业，两头兼顾。

正如尤若兰分析的，肖雄入职保险公司不到两个月，他就为自己建立了团队，成了业务经理，当然他还要忙花椒合作社的事，忙得好多天都不见人影。

尤若兰的工作更忙，她建立了"留守儿童之家"，县妇联给孩子们捐赠书籍、文具，蒲公英志愿者还给孩子们送来羽绒服、书包等生活用品。

尤若兰第一个当爱心妈妈，其余女老师也参与其中，每周五下午课外活动时，各班留守孩子轮流上网，和远在全国各地打工的爸爸妈妈视频。隔着屏幕孩子就能感受到爸爸妈妈对自己的爱，孩子们也才能见到梦中出现的爸爸妈妈，有爱的阳光雨露，孩子们才能健康快乐地成长。

冬日又红又大的夕阳马上就要被群山吞噬了，空气中流动着暖暖的气流，尤若兰站在校园，正在接听阿娟的电话。

"这个周五你提前来，咱们先和国秀她们聚聚，江春茂也来！"

"不是周日才结婚的吗？你已经安顿好了，我周六来吧，周五放学还有事，我来不了。"尤若兰抱歉地说道。

"你是校长，你说了算，周五下午我们等你！"说完阿娟挂断了电话。

阿娟要结婚了，这是很值得朋友们高兴的事。时间能抚平人心，更能安排最美的相遇，想到阿娟居然要和老同学张世新结婚了，尤若兰不由得感叹着命运的奇妙。

张世新曾经是尤若兰的同桌，在尤若兰的记忆中，张世新擅长学习数学，个子矮，皮肤黝黑，一张厚嘴唇，小眼睛中透露着机灵，班里同学给他起了个外号"黑人乔丹"，还说他是非洲人，为此尤若兰还为他抱打不平。

张世新初中毕业考入本市的一所师范院校，尤若兰考入高中，再后来张世新通过公务员考试，进入县委宣传部工作。经人介绍，和一个家庭条件优越的女孩子谈恋爱，他们结婚了，但最终却因为家庭种种矛盾离婚了。女儿跟了妈妈，张世新净身出户，他把所有的伤痛压在心底，一门心思扑在工作中。

教师节到了，张世新公私兼顾，到学校看望多年不见的老同桌，还给她写了一篇专题报道。知道老同学目前的处境，尤若兰为张世新揪心，她想着如果有合适的对象，她一定给老同桌再介绍一个。多优秀的人呀，不就是家在山区，父母常年有病，弟弟外出打工，两位多病的老人全靠张世新照顾的嘛。可话反回来说，谁家没有老人，谁都有老的时候，她想到了贫富差距、想到了农村养老问题、农村空巢老人等许多社会问题。

日子总是在忙碌中飞奔流逝，冲淡了尤若兰对老同学的担心，张世新终于要和阿娟结婚了，一个是闺蜜，一个是老同桌，想起来还真有些神奇！毕竟他们都是遭受生活打击邂逅在一起的人，且彼此欣赏，成为天造地设的一对，不管怎么说都是一件可喜可贺的事情，感谢上天的安排。尽管算不上是最美的遇见，但历经风雨之后的遇见，更值得让人珍惜。

周末一定要参加阿娟和张世新的婚礼，尤若兰这样想着，她的心情忽然就变得美好起来。

"出去走走吧！"尤若兰心里想着，她抬头看天，湛蓝的天空中，夕阳已经剩下半边脸了，群山被红晕暮霭包围着，多壮美啊！她信步走出校门，沿着校门前的土坡走了下去。

"尤老师——"甜美的声音透过暖洋洋的黄昏传过来，尤若兰扭头一看，只见红豆和一位中年妇女站在校门口，尤若兰走了回来。

"尤校长，我是路成成的妈妈，今天专门来找你，我想把孩子转到你们学校！"

尤若兰惊讶地望着眼前这个身材高大、皮肤黧黑的农村女人，只见她瘦削的脸上，那双眼睛充满着期待，红豆也在一旁定定地站着，用那双美丽而聪慧的眼睛望着自己。

路成成逃学，还有那场车祸，白灵灵青春的笑脸一齐涌现在尤若兰眼前，要不是那场车祸，白灵灵也许还回不到城市……白灵灵现在怎么样，她过得好不好？自从白灵灵走了，她就和白灵灵没有任何联系，虽然现在网络这么发达，可依然无法联系，但若兰坚信，总有一天她们还会再见面的。

"尤校长，成成舅舅家就在这里，距学校不远，瞧！就在学校对面呢。"路成成的妈妈指着山脚下说道。

"是的，成成的舅舅家和我姐姐家还是邻居呢。"红豆也笑着说。

难怪红豆领着，尤若兰心里说道。

"尤校长你是知道的，成成的爸爸走了，留下我们孤儿寡母，他哥哥才读大二，成成还是逃学，休学两年之后，他想重新读六年级，我想给他换个环境，让她外婆带着，正好我还能出去打工，供兄弟俩读书，转学手续我已经开好了。"说着成成妈妈递过来一张纸，尤若兰接过来，她们回到办公室，尤若兰给成成办理了接收手续，成成的妈妈千恩万谢地走了。她笑得像风中盛开的菊花，尤若兰长舒了一口气。

进入琅琊洼小学，路成成个子最高，在六年级学生中鹤立鸡群，尤若兰叮嘱六年级班主任老师，要她多给成成一些关爱，单亲留守还逃学的成成本来应该要读高中了，但因为逃学转到这里，他需要阳光，更需要精心培育。

尤若兰推荐成成当了校园广播站的小主持人，每当成成标准流利的普通话在校园响起，尤若兰就不由自主地想起白灵灵。忽然尤若兰想到美女千千，找到千千不就联系到白灵灵了吗？真笨，她俩可是好朋友啊，这么多年她们一定保持着联系。

尤若兰立刻给千千发了微信，当提示音响起，白灵灵的电话映入眼帘，尤若兰心里涌过一阵暖流，可那一刹那她也情不自禁地想起"皮皮"，想起皮皮那双大而黑的眼睛，想起它围在自己脚边使劲摇尾巴的憨样，她当然也想起那场人狗大战，还有白灵灵伤心的眼泪。她想还是等一下，等想好了要说什么再打电话也不迟啊！无边的暮色包围了尤若兰，她坐在黑暗中陷入了沉思。

第四十五章

尤若兰提前来到阿娟家，她和闺蜜们忙前忙后，她们要把阿娟打扮得漂漂亮亮，步入婚姻的殿堂。

婚礼在县城最豪华的酒店举行，宾客坐满了整个大厅，尤若兰、国秀、夏云、林华还有江春茂坐在一个大圆桌上，他们专心致志地听着主持人宣读结婚誓词，忽然一声尖厉的声音传过来："哼！牛逼啥呀，不就是给县长当个小秘书嘛，不就是个狐狸精吗？给人当小三儿，还神气什么呀？"

朝人群望去，只见一位四十岁左右的高个子女人，手里牵着七八岁的小女孩，边往台上冲边大声嚷着，小女孩哭着拽住妈妈的手，婚礼主持人继续宣读新婚誓词。张世新惊愕地望着迎面冲来的女人，新娘阿娟背对着尤若兰她们，也惊讶地转过脸来，望着下面的人群。

这人是谁？张世新的前妻？对，一定是她，带着女儿来闹婚礼了，尤若兰倒吸一口冷气，国秀也紧张起来。

"小思，快去呀！看你爸爸怎么养你？他居然养小狐狸精不养你！"

女人边骂边提起小女孩就往上冲，那阵势就像老鹰抓小鸡。国秀一个箭步离开座位，尤若兰也赶上去，江春茂从另一张桌子旁边奔过来，他拉住女人，把小女孩抱起来，对着女人说："有话好好说，小思如果你不想养，张世新说好要养的！今天是张世新大婚的日子，你要冷静啊！"

江春茂一边说，一边推着女人，尤若兰和国秀也拉住她，女人一边跺脚大骂，一边吐着唾沫，后来就放声大哭起来。但她终于被拽出酒店，江春茂把娘俩推上车，开着车子离开了。

婚礼继续进行，新郎充满歉意地望着新娘，阿娟悄悄地向他摆摆手。然后他们一同倒香槟酒，婚礼现场音乐声、口哨声、主持人富有磁性的声音混合成一片，汇成热闹欢快的海洋。尤若兰离开酒店，独自走向县城中心的人民广场，她的心情有说不出的忧伤。

当几个闺蜜还有江春茂重新聚在一起的时候，已经是阿娟新婚的第三天了，他们相约聚在夏云的休闲会所，几个人围坐在一个包间。尤若兰、国秀、夏云、江春茂，还有刚接生完新生命的不老女神林华，最后一个姗姗来迟的是阿娟，她笑容满脸，一手扶着眼镜，一手提着一大堆好吃的，后面跟着满面春风的张世新。

"让大伙久等啦，不好意思哦！"阿娟说着，把带来的好吃的分给大家，赶紧给大家斟满红酒。

"来，让我们举起酒杯，为美好的明天，更为我们的友谊干一杯！"

"咣当"，酒杯交织在一起，大家笑着一饮而尽，放下酒杯的时候，尤若兰瞅了一眼国秀，她猛然发现国秀白净、富态的脸上有一丝倦怠，国秀病了吗？尤若兰心里默默地说道。

"给扬子发视频吧！"阿娟说着就打开微信，可熟悉的音乐响了好久也没人接应。

"扬子这会儿正在上课呢，就别打扰她了吧！"尤若兰笑着说道。

"怎么可能呢，都这么晚了还在上课？"国秀和阿娟齐声说道。

"时差！人家这会儿可是白天，正好中午9点。"尤若兰笑着说道。

"对呀，时差，我怎么把这茬给忘了！"

阿娟恍然大悟，笑得前俯后仰。

"我们干杯，就让扬子教授羡慕去吧！"夏云站起来对大家说道。

喝完酒，几个人在冷清的街道上走着，夏云带头唱起了歌，江春茂还有另外两个男同学喝得有些多，他们也加入唱歌的行列。尤若兰感觉头晕乎乎的，但她仿佛回到了青春飞扬的年代，禁不住感叹道："难忘啊，我们的芳华！"

回到家，打开大厅的水晶灯，尤若兰一下子清醒了许多。肖雄培训去了，康儿也没回家，一丝孤独袭击了尤若兰，她竭力使自己平静下来，冲了个热水澡，她感觉头脑少有地清醒，坐在书桌前，空旷、宽敞的房子里，她感觉到独处时的宁静。

岁月啊，你真是一位不留任何痕迹的雕塑师，不知从什么时候起，你居然悄无声息地凿去了我的棱棱角角，使我变得滑润起来，没有了昔日的浮躁和狂妄，就像大潮退去，太阳渐渐升上海面，平静的大海，金色的海滩一样深邃、安静。尤若兰享受着一个人独处的这份宁静，拿出手机，她想给大洋彼岸的扬子说些什么。

"亲爱的，在吗？"

"我在上班，你睡了？"接着发过来一个调皮的表情。

上班？快十一点了，扬子还在上班，尤若兰有些蒙，发了一个带问号的表情过去。

"时差！傻瓜。"

接着是一个哈哈大笑的表情娃娃，扭着身子走远了。

噢，又是时差，美国这会不正是中午呀，尤若兰无声地笑了。扬子发了一个再见的手势，尤若兰关掉手机，她上床准备休息了，只是习惯性地拿起枕边的一本书，是日本作家川端康成的小说，接着她从书签那里开始读起来。直到凌晨一点，她才恋恋不舍地放下书，明天是周一，还要早起到校呢，这才熄灯睡觉，尤若兰很快就进入梦乡了。

春光明媚的周一早晨，当庄严、雄壮的国歌声响起，身穿蓝白相间校服、胸前佩戴着红领巾的少先队员行着队礼，目送着鲜艳的五星红旗徐徐升上湛蓝如洗的碧空。一群银灰色的野鸽子从天空中掠过，消失在群山尽头。

太阳升起来了，金色的阳光下，一位少先队员站在国旗下对着话筒讲话，这是周一的升旗仪式。尤若兰站在马路正中注视着这一切，她的心照例也不能平静，她为自己能成为这所学校的掌舵人而庆幸，此刻肩负的重任也让尤若兰的心感觉到沉甸甸的。

各班主任进行晨检工作，尤若兰逐一查看之后，信步来到灶房，只见两个做饭的婆姨朝她笑笑，算是打过招呼了，接着忙着切菜，揉蒸馒头的面，饭厅、灶房都收拾得干干净净。外面水龙头旁边，几个小学生正等着接水，接满水的塑料桶，被两个二年级的小男孩抬走，晃悠悠的，水撒了一地，孩子们少接些水才好。尤若兰心里想着，就来到早饭前面的土操场边，坑坑洼洼的操场上到处长满了野草，几朵金黄色的蒲公英花开得很鲜艳，衬托在绿色的草地上，颜色显得更金黄。操场无论如何该硬化了，这个工作要作为这学期的重点工程，尤若兰想着就回自己的办公室。

办公桌上叠放了许多刚送来的报刊，还有一份红头文件，是市教育局下达的关于全域无垃圾的指示。全域无垃圾这项工作在全县掀起了高潮，琅琊洼小学的工作更是落到实处。几天时间，经过全校师生齐动手，教室内外窗明几净，学校的厕所没有一片纸屑，就更无垃圾的立足之地了。只是除了市局下达的文件外，他们还要抽样检查，更要明察暗访！若兰心里很坦然，检查就检查呗，怕什么。自党中央的八项规定出台，中纪委、省纪委到各地巡视，如今感觉什么都变了，办事不再看工作人员的脸色，尤若兰对这一点体会最深。以前到医院，她最怕医生、护士那张冷冰冰的脸，到银行办个业务，问人家好几声就是不吭声。还有同事包括和友人在一起，大家对自己的行为都有了约束，吃饭时有意无意就说到光盘行动，也不再谈论无聊的追剧或者八卦新闻了，相反人们开始热衷健身运动、崇尚大自然等活动了。

上课铃声骤然响起，尤若兰拿起课本，快步走进教室，自己规定提前两分钟在教室门前候课的，今早怎么脚步这么迟缓，下不为例，她对自己说。环顾别的班级，早都进入上课状态了，尤若兰歉意地对孩子们说："对不起，孩子们我来迟了！"孩子们用稚嫩的声音喊着："老师，没关系！"

忙到午休时分，尤若兰感觉到疲惫极了，她躺在木板床上，准备休息一会。刚想关掉手机，熟悉的微信提示音响起，她一看是大洋彼岸的扬子，这会不正是美国的午夜时分吗？扬子还没休息，尤若兰心里充满了疑惑。

"知道你这些时间忙，就没打扰你，现在是午休时间吧？"
"你怎么还不休息？夜猫子！"
"今晚加班迟了，洗漱结束毫无睡意哦。"
"亲爱的，适应美国的生活了吧？学习有没有进步呀？"

"一切都好，只是我想告诉你一件事！"

"怎么啦，亲爱的，快说！"

"国秀生病了，被确诊为乳腺癌初期，她昨天告诉我的，真替她担心啊！"

沉默了好久，扬子才发过来这些字，望着这些字，尤若兰感觉大脑一片木然，好久都反应不过来。她再仔细读了一遍这句话，"乳腺癌"三个字就这样定格在她大脑深处，"这怎么可能？一向都很健康的国秀患了乳腺癌，扬子一定搞错了吧？"

尤若兰一遍一遍地在心里呐喊着，这么陌生而遥远、熟悉而恐怖的字眼应该是在小说或者电视剧中看到的，怎么会落在闺蜜国秀的头上？尤若兰倒吸了一口冷气，下意识地打出三个字"乳腺癌"，发给此刻静默的扬子。

"是的，国秀患乳腺癌！我不在她身边，也不能为她分担痛苦，现在只能拜托你们了，你要及时鼓励她，让她充满战胜病魔的信心！相信通过我们的努力，她一定会迈过这个坎的！"

对，找人帮忙寻找专业医院，劝说国秀尽快到大医院去就诊，乳腺癌其实也不是想象的那么可怕！现在我们国家的医学多发达，医疗水平多高呀，有些癌症也能被攻克了，一定能治愈的！不要怕，当不幸降临在我们头上，我们要用理性、阳光、坚强乐观的心态去面对，没有什么可怕的，还是给国秀打电话吧！

拨通国秀的电话，是国秀的老公接的，他说国秀奔波一天再加上各种检查已经睡着了，她太累了，就让她安心地睡吧！尤若兰要他在外面房间再聊会儿，国秀的老公来到另一个卧室，他告诉若兰，国秀现在情绪基本稳定，刚开始的恐惧、悲伤在扬子的鼓励下已经走过来了，今天她能平静地接受治疗了。另外国秀只想告诉扬子和若兰，至于别的人，她都想瞒着，她不想影响大家的情绪。

躺在木板床上，尤若兰的心像被浸在冰凉的水中，充满了寒意，木板床格外硌身子，这是她从来没有过的体会啊！尤若兰闭上眼睛，数绵羊、数星星，她想象着自己是一片悠悠的白云，飘过山涧、飞过竹林……

国秀，你现在还好吗？记得读高中时，你可是最爱哭鼻子的小女生，当时中途辍学的你在一个建筑工地上搬砖头，我和扬子找到你时，你什么话也不说，眼泪就哗哗地流下来了。转眼工夫那张小巧而充满性感的嘴角又扬起笑意，梨花带雨的脸上出现了笑容，我和扬子都笑了，赶紧给你帮忙干活。那天你的活干得最多最快，我们几个还在那个已经遥远模糊的工地上追逐打闹呢。

听说你结婚了，我和扬子忙于复习，高考一结束我们就马不停蹄地来看你时，你和同样充满孩子气的新婚丈夫做起了生意。

记得那三间茅舍很拥挤，到处塞着破烂不堪的东西，后来知道那是你们自己做沙发，然后自己销售。那时候你很美丽，白皙的脸上全是忧郁，再后来你生儿育女，我们却因为求学各奔东西，等到你再次出现在我们的视野里，我们也有事业，也为人妻人母了。这么多年，你和老公在生意场上跌打滚爬，生意越做越红火，在我们小县城有了一个自己的高档宾馆，儿子当上了警察，女儿已经出阁，你也当起了我们闺蜜中第一个外婆。你终于可以松一口气过上舒心的日子了，如今你却患上了乳腺癌，当时你也是偶尔体检才知道病情的，不知道拿到诊断书的时候，你是怎样地恐惧、怎样地绝望？我不能想象多愁善感的你承受了怎样的煎熬啊。

可是不管怎么样，现在最重要的就是要找医院，要住院治疗啊！忽然尤若兰想到在北京肿瘤医院的大果，对呀，大果对这个病应该了如指掌，医生本来就是救死扶伤的天使，何况大果学的就是肿瘤方面的知识。想到这里，尤若兰有些激动，她知道国秀有救了。

开灯起床，尤若兰看看手机，此刻已经是凌晨 2 点钟了，大果肯定进入梦乡了，看来电话是不能打了，尤若兰就在微信上给大果留言，她向大果讲述了一切情况，发送出去，这才长长地舒了一口气。再次躺下来的时候，尤若兰真的困了，一下子就进入梦乡，梦中她看到的全是国秀和扬子的笑脸。

电话铃声骤然响起，尤若兰从睡梦中惊醒过来，接起电话，是大果打过来的。她告诉老师，国秀阿姨如果可以就尽快来北京，若兰说票还没有买好，再说家里人还得派一个人陪护，等她和国秀商量了再决定。大果说病情不能耽搁，尽快来北京治疗，越快越好！

今天周五，尤若兰立刻给国秀打电话，国秀说安排妥帖后就启程，赶周一就能到医院，尤若兰这才放下心来。

上完第二节课，教体局打来电话，让尤若兰尽快安排好学校工作，到北京师范大学培训学习半个月时间，明天就要和外乡镇的校长集结出发。尤若兰有些蒙，她不太相信，可转眼一想，这是天意啊！她连忙告诉国秀这个好消息，要国秀务必星期天出发，之后她们就能一同找大果，等国秀住院，她就能专心去培训，国秀高兴地答应着。

第四十六章

早上 7 点半，大果就被人流簇拥着踏入医院大门。她背着双肩包，一袭咖色长风衣勾勒出少女特有的身材，搭配一双白色平底鞋，瀑布似的秀发直泻下来，使化过淡妆的脸庞在晨光中更加精致。

一群飞鸟掠过楼顶，消失在远处金色的胡杨林尽头，北京的金秋真是迷人的季节啊。大果舒了一口气，朝霞般明净的脸庞上全是笑容，抬腕看表，她加快脚步穿过大门，来到电梯旁边。

电梯门打开了，潮水般的人差点把大果挤出门外，因为赶时间上班，她还是挤了回去。迎面碰上同科室的小胡医生，他俩是同一所大学不同年级的学长学妹，一同读的研究生，毕业后又同在一个科室上班，算得上有缘人。

小胡医生对大果一见钟情，从大学追到现在，大果却一直把他当作男闺蜜，小胡医生只好接受，但他坚信终有一天，一定能获得大果的芳心。

"从美国回来，也没见到你的影子。"小胡医生笑着说道，眼睛里全是爱意。

"不是现在就见到了吗？着什么急呢。"大果说着，就往办公室走去，快要踏入门了，她又折转身子对小胡医生说："今天下班，陪我去机场接个人。"

小胡医生受宠若惊，旋即举起手调皮地说："遵命！"

坐在办公桌前，小胡医生想，大果会去接谁呢？这个客人一定很重要，否则惜时如金的大果怎么会亲自去接呢？只是终于有表现的机会，小胡医生感到心花怒放。

大果今天要接的人就是她朝思暮想的尤老师，还有国秀阿姨。

几个小时之后就能见到亲爱的尤老师了，大果的心里充满了喜悦和激动。病人很多，她麻利地一一接诊，直到下班时间，她才看完最后两个病人，然后就和小胡医生驱车匆匆赶往火车站。

正值下班高峰，路上各种堵车，上班时忙着给病人看病，居然没顾上联系尤老师。她连忙打电话、发微信过去，可尤老师就是不接电话。

大果心急如焚，她真怕老师找不到地方，甚至害怕尤老师走丢。北京太大了，老师第一次来……大果真不敢往下想了！她着急得都要哭了。果然是大果常提起的尤老师，小胡医生也很着急，但他还是安慰大果不要着急，一定能接到尤老师的。

尤若兰昨天在北京师范大学报到之后，今天请假到火车站来接国秀两口子。接上国秀，随着人流往出走，国秀和老公做生意走南闯北，但北京还是第一次来，看着林立的高楼，车水马龙、人流拥挤，她禁不住感慨：北京好大啊！

国秀问若兰医院的事准备得怎么样了，尤若兰这才恍然大悟，她赶紧拿出手机给大果打电话，天哪！好多未接电话，还有微信语音，全是大果的，看看时间，大果下班也快半个小时了，这下可把大果急坏了吧？尤若兰赶紧拨通了大果的电话。

"老师，你在哪里？终于接到电话了！我在火车站了，刚停好车子，您在哪里？接上国秀阿姨了吗？"

"接上了，我们在火车站外面，正往马路上走呢，你在……"

"老师别动，我看到您了，我们马上过来！"

高挑身材，穿了休闲风衣，秀发在阳光下熠熠生辉，这不就是大果吗，身边还有一个很帅气，一脸阳光的男孩。

"大果，我们在这里——"

看到日思夜想的尤老师了，大果几乎冲过来，一下子拥抱住尤老师，小胡医生、国秀两口子愣愣地望着师徒二人，多么感人的相逢场面啊！小胡医生心里感叹着，他真想知道大果和老师之间发生的感人故事。

大果把尤老师和国秀接到医院，替国秀办好住院手续，然后和小胡医生带着老师和国秀阿姨来到一家西餐厅。小胡医生又有了一次表现的机会，他安排好饭，就招呼所有人吃好喝好，然后把若兰和国秀送到早己经安排好的宾馆。

国秀今天住宾馆，明天她将以病人的身份入住医院，大果全权负责她的治疗方案，尤若兰也要赶到北师大去学习，周末才能和国秀团聚。

大果今晚要和老师住宾馆，几年前回去，因为诸多事情没能和老师促膝谈心，更没能住上一晚，今天总算有一次谈心的机会，大果很高兴，尤若兰也求之不得。

谈起自己的成长经历，大果非常感激养父母，更感激老师当年的鼎力相助，她要老师向肖雄叔叔问好。尤若兰想起当年那对儒雅的教授夫妇，时光荏苒，不知道他们现在变成什么模样，她想利用闲暇时间拜访两位老人。大果欣然答应，并且给他们安排见面时间。

城市的夜晚真是灯火不夜天，到处灯光绚丽，闪烁不定。倚着落地阳台上的沙发床和大果聊天，尤若兰的心在红尘过往中沉浮，有心酸、有喜悦，大果的脸上也挂满泪花，旋即又充满幸福和笑意。她靠着老师的肩膀睡着了。抚摸着大果的满头秀发，尤若兰沉浸在柔情蜜意中，大果不是自己的女儿却胜似女儿，她想到了无数张稚嫩而充满朝气的脸，如今他们都在承担着建设祖国的重任，此刻她为自己的坚守感到幸福，更多的是骄傲！

尤若兰给大果轻轻地盖上被子，蹑手蹑脚走到国秀房间，疲惫不堪的国秀已经安然入睡，国秀的老公还在收拾东西，为国秀洗衣服。尤若兰把国秀露在外面的胳膊放在被子里面，她再次来到大果身边，悄悄地拉开落地窗帘，只见喧闹的马路清净了许多。抬头看天，意外地看到几颗闪着亮光的星星，她的心在一刹那变得轻松，而且充满希望，她坚信有大果在，国秀的病一定能彻底治愈的！她发微信给扬子，要扬子尽快给国秀写一封纸质信，大家一起陪国秀走过这段黑暗的日子。

国秀的治疗方案制定出来了，可以不用切除手术，但必须进行化疗、放疗等步骤进行保守治疗。听到这样的结果，国秀放下了悬着的心，毕竟国秀还年轻，她才步入不惑之年的门槛，有姣好的身材，那两座山峰也正是一个女人骄傲的资本，如果失去这份骄傲，国秀同样也会信心不足，也许就会变得残缺不全，真是万幸啊！感谢苍天开眼，只要不做手术，无论忍受多大的痛苦，国秀都可以坦然接受。

避开老公和大果，国秀一个人来到医院草坪上的红亭子里，有几个病人坐在那里。国秀走过去，背靠着红漆木柱子，深呼吸着清早的新鲜空气，阳光洒在她身上感觉暖暖的。

多少天了，国秀放松了紧张的心情，虽然闺蜜若兰、老公、家人还有大果尽心尽力地照顾着她，时时鼓励着她，但她的心一直处于巨大的惶恐和不安中，她想不明白，这个传说中距离遥远的病怎么偏偏就能落到自己头上呢？吃过那么多苦，过早辍学，和老公一同打拼，拉扯两个孩子长大，好不容易熬到今天，没想到却被病魔缠上。大果说这个病与心态有关系，想想自己本来性格柔弱，平时还操心多，也难怪啊！唉，失去健康，一切都是空谈，国秀开始大彻大悟，她还在胡思乱想，护士过来找她了。

今天要进行第一次化疗，大果说化疗之后头发就会往下落，甚至要落个光头，她鼓励国秀阿姨，头发落了还会长出新头发的。可国秀却在想如果变成光头，那该有多可怕呀，她的心不由一阵战栗。对面病床上的小姑娘戴着小兔子的绒线帽子，她拿着爸爸带来的玩具玩得很开心，国秀定定地望着小姑娘，她真想知道不戴小兔子帽会是什么样，自己如果变成光头会是什么样子。

国秀的化疗进行得很顺利，若兰没能陪她，扬子的加急信从大洋彼岸飞过来了，大果第一时间给她送过来。国秀经历了一次与死神的较量之后，她身心疲惫地躺在病床上，展开雪白的信笺，扬子那刚劲有力、娟秀洒脱的字呈现在国秀面前。

亲爱的阿秀：

你好！知道你得病的那一刻，大洋彼岸的我除了替你担心，最多的就是焦急！虽然我知道有老公百般呵护你，若兰在你身边陪着你，大果还在竭尽全力救治你，但是我还知道你是一个多愁善感、心理脆弱的女人，别看你在生意场上叱咤风云，但我最懂你强硬的外表下，那颗无比柔弱无比细腻的心。现在我要对你说说心里话：你患病了确实很不幸，但这是谁都左右不了的事。既然谁都改变不了事实，那就让我们笑对病魔吧！你变得强大了，病魔才能被你击碎，你也才能彻底战胜病魔，你说是不是？

其实你想想，如果你不去医院检查身体，就不会发现癌细胞已经在你体内开始繁衍！如果你不是早发现这些魔鬼在你体内肆意妄为，趁早把它们彻底消灭，也许你就要投降了。那么你该让我们怎么去接受这个可怕的结果？！现在一切刚好，我们要感谢上苍的垂怜！

亲爱的，想想你真是不幸中的万幸啊，在你不知情的时候去体检，结果最早发现了癌细胞，而且还不用做手术治疗。虽然我知道化疗、放疗很痛苦，可我相信你一定会变得坚强起来的，何况大果还是你的主治医生，若兰正好培训，我相信一切艰难你都能挺过去的！隔着千万里云和月，我时时刻刻都在为你祈祷！祝你早日康复！

你性格柔弱、忧郁，这是诱发癌症的主要原因，所以迈过这个坎，我希望你应该认真地思考一下，往后余生你要开开心心走过每一天，这个世界没有救世主，能拯救你的只有你自己，你说是不是？

最后我想说，阿秀赶紧好起来吧，我们每一个人都要有一个精彩的人生，生命除了厚度还要有广度，让我们争取一起活到90岁，那时候我们几个闺蜜抱团养老，过优雅有品质的生活，做快乐的中国老太，我们谁也不许先走，这是命令！

早日康复！

永远爱你的扬子

2017 年 8 月 20 日于美国

读完信，眼泪已经顺着国秀的脸颊流淌，她心里升腾起一种力量，一种战胜病魔的力量！她的心变得宁静、安详。是啊！自己是不幸的，但却是幸福的。

扬子空闲了就发微信视频过来，若兰正好能陪自己到北京，老公寸步不离地呵护自己，大果亲自制定治疗方案，一直都在嘘寒问暖，自己却这么脆弱！之前忧郁成结，被病魔缠上，从现在开始我要笑对生活，快乐走过每一天！我更要笑对病魔，要变得无比强大，让病魔无处藏身！

化疗之后接着放疗，若兰赶过来的时候，国秀的头发已经开始脱落，尽管大果一直劝慰她新头发不久就会长出来的，可若兰的心里却很难受。国秀倒是显得很平静，她安慰若兰不要难过，她发视频给扬子，三个人隔着屏幕说笑，全病房的人都羡慕她们。大果也被她们感染，感叹老师那个年代的人有理想、坚毅，更羡慕她们的友情就像溪水一样清澈，像蜡梅花一样纯洁，像松柏一样长青！

又一个周末，尤若兰急匆匆赶到医院时，国秀刚做完治疗睡着了。若兰带了许多好吃的，国秀老公擦干净桌子，把好吃的摆好，静静地等待国秀醒来。

若兰坐在国秀身边，望着国秀有些浮肿的脸，一脸焦急，望望国秀的老公，国秀老公轻声说："头发已经脱完了！"

若兰心一沉，她心里感叹着：该来的还是来了，不知道国秀内心经历了怎样的煎熬啊！这样想着眼睛里不觉盈满了泪水，她起身来到窗边，望着有些萧瑟的秋色陷入了沉思，培训马上就要结束了，学校的事情都等她处理，她已经归心似箭了。可国秀还需要住一段时间，等到康复之后再复查一次才能回家，大果已经给他们安排好了住处，此刻她从心底里感谢大果。想到这里，尤若兰心里有了安慰，这才转身回来，又一次坐在国秀身边。

国秀醒了，她望着若兰甜甜地笑着，国秀的头发已经落得差不多了，她等着若兰过来，然后把剩下的全部剃完，她想拍个光头照片给大洋彼岸的扬子发过去。若兰的心像撕扯般地难受，劝国秀别这样，但国秀非要剃完，于是国秀老公拿起推子，三下五除二国秀的头发就被全部被剃光了，国秀戏谑地说："这下变成尼姑了！"

若兰笑着说："这么漂亮的尼姑也不错的嘛！"

全病房的人都笑了，国秀洗了一遍脸，就对着镜子化了一个淡妆，若兰也稍微化了一下妆，大果给她们俩拍照。国秀全发给扬子，并且写了几句话，只是此刻扬子早都进入梦乡了，她们俩笑着猜想，扬子睁开眼睛看到她们，会做何感想呢。

第四十七章

大果约定好尤老师和养父母见面的时间，她搞卫生、买菜，两位老人开始准备饭菜，大果去接尤老师了。

尤若兰跟着大果来到 6 号楼，踏进电梯摁了 16 楼后，就来到大果家，两位头发花白、精神矍铄的老人打开门，连忙把若兰迎进宽敞的房子里。家里到处养着花草，一个蓝莹莹的长方体玻璃缸里，形状各异、色彩斑斓的金鱼自由自在地在石头山中游来游去，一股水浪冲击着假山石，涌起雪白的水花，让这个洁净舒适的家充满生命的活力。

阳光一览无余地洒进客厅落地窗，泼洒在在沙发、茶几上，温暖而明亮。

"孩子，快坐下啊！"两位老人忙不迭地招呼尤若兰，笑眯眯地对大果说，"果果，快给尤老师削苹果呐。"

尤若兰望着老人满脸优雅的笑容，她仿佛沐浴在春光里，尤若兰坐下来，老教授招呼完她，系上围裙上厨房了，大果也想去帮忙，老教授笑着说："闺女，你坐下陪尤老师说话，饭马上就好，不用你帮忙喽。"

尤若兰饿了，厨房里飘出的饭香味更勾起了她的食欲，大果知道老师饿了，她削好苹果让老师吃，若兰边吃边和阿姨聊天，阿姨问了她许多事情。

满满一桌子菜，色香味俱全，老教授解下围裙，招呼尤若兰吃饭，大果倒上红酒，当酒杯碰在一起的时候，大果眼里溢出了泪花，这个时刻她等待得太久了。

教授夫妇向若兰敬了第一杯酒，他们俩端起酒杯对尤若兰说："尤老师，十六年前是你和肖雄竭力帮助，我们才有了大果这个乖巧、懂事的丫头！这么多年我们一直把你们俩的大爱记在心里！从小到大，大果是我们俩的骄傲啊！谢谢你，请饮了这杯酒吧！"

尤若兰喝下了这杯酒，教授夫妇端起酒杯也一饮而尽，接着就拿出一个牛皮纸信封，信封口用胶纸粘着，老教授双手交到尤若兰手里。若兰不知道是什么，她推辞着不接，大果接过来硬塞进老师的手里，若兰感觉到沉甸甸的，肯定是钱，但这钱怎么能收呢？尤若兰双手捧着牛皮纸信封，把它恭恭敬敬地递到老教授手里说道："叔叔、阿姨，当年我们也是为了大果好啊，你们把大果含辛茹苦地养大成人，给她提供这么好的教育环境，她已经是国家的栋梁人才，能为国家、为人民做贡献了，我们应该感谢你们才对啊！你们不应该这样啊！"

"这是我们一家人的一点心意，这么多年了，大果时刻都惦记着你，我们俩又何尝不是呢？你们那个地方苦，我们一直想给你一点帮助，无奈事情多，大果也不让，正好你来了，再说你的朋友病了，不是也需要钱的嘛，你就别推辞，拿着吧，孩子！"

"不，我坚决不要！我现在工资高，再说因为党的富民政策，我们那里条件变好了，我朋友有钱看病，您二老留着吧！"

这时大果接过父亲手里的钱，对尤老师说："老师，虽然说大爱不言谢，但是国秀阿姨病了，你先给她用吧，如果您觉得不妥，就当是我们借给您的，以后还我们就是了！"

尤若兰愣住了，她望着大果虔诚的脸、期待的眼睛，只好把钱接过来，两位老人舒心地笑了，连声说道："孩子，就算我们借给你的，你就拿着吧！"

尤若兰接过钱，心里涌起了一股股暖流，她望着大果一家人，眼里又一次溢出了热泪。

正在这时，门铃响起，回来了一个男孩一个女孩，男孩显然比女孩小，女孩好像已经上班了，男孩好像还是学生的样子，是大果的弟弟妹妹？两个孩子看到有客人，也好奇地打量着尤若兰。

"俩孩子刚赶上吃饭，快去洗手吧！"两位老人慈祥地说道。

"这是尤老师，我们的贵人，有印象吗？"大果笑着问他们。

"尤老师吧？"女孩说着就过来拉尤老师的手。

"您就是大姐天天念叨的尤老师，总算又见到您真人了！"

男孩也笑着说道。

"老师，这是我的弟弟小强，在北京理工大学，读大三了。这个是给远房表叔的妹妹丫丫，表叔去世之后，表姨老虐待她，初中没读完就来北京了，现在在一家公司上班呢。"

"真好啊！你们姊妹几个团聚了，真好！"尤若兰感叹着说道，对老教授夫妇充满敬意。

临别之际，尤若兰悄悄地把牛皮纸袋装着的钱放在大果的枕头下，她知道大果一定会看见并且理解她的。

今天是最后一天培训，距离上课不到半小时了，尤若兰急匆匆吃过早餐，收拾好背包，冲出宾馆门就往学校赶。其实走过一站路就到学校门口了，再往前走就到了今天上完课要结业的教学楼。

一站路今天怎么这么长啊，好不容易冲入教学楼，她正准备进电梯，迎面和一个人撞了一个满怀，抬起头刚想说声"对不起"便看到了一张久违的面孔，是白灵灵。

"白灵灵——"尤若兰喊出声来。

"是你啊，尤老师！"白灵灵拉起尤若兰的手，两个人挤进电梯，一同往教室赶去，原来白灵灵也来培训了，她已经是副校长了。老天也真是捉弄人，两个多少年都没有见面的故人，刚见面就要分别了，白灵灵心里埋怨着。

挤着坐在一起，老师开始上课了，压抑着心头的激动和喜悦，她们俩相视而笑。

"好几年不见了，想你！"白灵灵伸过来一张纸条，接着若无其事地听课。

"我也想你！这些年你过得好吗？"

尤若兰悄悄递过纸条，白灵灵看罢，低头唰唰写字，纸条又伸过来了。

"我们的教学环境宽松、和谐，以前带毕业班，当副校长之后带数学了，你呢？"

"我调到琅琊洼小学当校长了。"

"祝贺你！尤老师。"

"你结婚了吗？有孩子了吧？"

"呵呵，当然结了，他是一位航天人，我姑娘糖糖快三岁啦！"

"恭喜恭喜啊！"

"康儿应该读高中了吧？"

"今年上高二，明年就要高考啦！"

"成成还在逃学吗？"白灵灵期待地望着尤若兰。

"你受伤之后调回城里，他休学在家好几年，后来我们上门做工作，还是不行，不过现在转到我们学校六年级了，再没有逃学，像换了一个人似的。"

"太好了！成成终于不再逃学了，我放心啦！"

"只是时间过得好快，我常常怀念那所学校，常常想念你们啊！"白灵灵接着写道，她美丽的睫毛上闪动着泪花，尤若兰心里也酸酸的。

最后白灵灵终于问道："皮皮回来过没有？"尤若兰轻轻地摇了摇头。

白灵灵一脸悲戚，沉默了。

好不容易下课了，白灵灵拉着尤若兰的手，她们俩走出教室，坐在院子里的木椅子上迫不及待地聊天，直到结业典礼开始才重新返回教室。

培训结束，尤若兰就要踏上回家的路，白灵灵却提前回去了，因为她还要赶学校的一个重大活动，来不及告别，忙乱之中她们互加了微信，这样即使再到天涯海角也走不散了，尤若兰心里也得到安慰。

国秀的治疗正在进行，尤若兰安顿好国秀，大果把她送到火车站，在大果恋恋不舍的送别中，踏上了西去的列车，回到小县城又马不停蹄地赶往琅琊洼小学。

此刻正是大课间，尤若兰把车子停放在校门外，打开锁着的大门，静静地站在中马路上，各班学生正在做第八套广播体操，班主任跟在后面认真地做着，没有人注意到她的归来。随着广播传出的洪亮声音，大家都做得专注而卖力，阳光轻轻地泻在他们身上，泻在校园的一草一木上，宁静而美好！

尤若兰转身走到办公室，门大开着，办公室收拾得干干净净。尤若兰心里暖暖的，她知道这肯定是政教主任红豆收拾的，自从提拔了几个年轻人成为中层领导班子，自己就省心多了，红豆主管的纪律、卫生、安全工作，每项工作都做得井井有条。主管教学的张亚担任教导主任以来，每次统考，琅琊洼小学由之前的倒数第一一跃而出，居然排名快要超越中心小学了，为此尤若兰受到上级领导的多次表扬。

尤若兰利用每天下午放学时间，把自己的学习经验传达给每一位教师，给两个教研组安排了任务，她除了上课之外，就带领教导主任张亚和政教主任红豆推门听课。她有时也一个人推门听课，还专门整理好笔记，提出改进的办法，每个老师的教学能力都有所提高。她推广的经典诵读进校园、德育实践活动，英语学习角、社团活动等特色教学，受到各个兄弟学校的借鉴。主管教学的刘县长还准备调研一次，尤若兰想我该怎么干就怎么干，你想来调研我欢迎就是了。

第四十八章

在大果的精心照料下，国秀终于康复出院了，她第一时间告诉若兰和扬子，之后就和老公踏上回家的路。

国秀回到家乡的第一件事就是亲自去见若兰，她想给若兰一个意想不到的惊喜。

除了见到若兰，国秀还有一个别人都不知道的想法，她想亲自看看琅琊洼村的那一眼泉水。

国秀在家里休整了两天，晌午时分驱车来到琅琊洼小学，正是吃中午饭的时间，两个闺蜜相见，那份亲热就自不用说了。

踏着冬阳，她俩来到琅琊洼村的四女河边，找到了那眼泉水，捧起清凌凌的泉水，一股沁人心脾的凉爽，渗透浑身的每一个细胞。

让甘洌、纯净的水白花花地流淌了多少年，多可惜啊！国秀想开发这股泉水，尤若兰诧异地望着国秀，当即又表示同意，并且支持国秀采水样，赶紧找有关部门化验，如果在琅琊洼村办一个净水厂，能为多少人带来洁净的水资源，还能缓解小县城自来水供应的压力，那该多好啊！

扬子的美国访学快要结束了，她的实验也接近尾声，她制订了旅游计划，她想在回国前游览完大半个美国。

她想利用暑假时间先是美东七日游，再是圣诞节长假乘坐游轮，利用半个月时间游览加勒比海及墨西哥湾。同在美国访学的朋友想趁假期自驾游美国西部，正好扬子还有积攒的假期，她就毫不犹豫地加入其中。

扬子做好各种准备后，就开始了一次难忘而美丽的西行漫游记：

美国西行总行程20天，总路程7000多英里（约1万公里）。扬子和同伴走过美国12个州，去了美国有名的黄石公园、大峡谷、拱门、圣芭芭拉等多地旅游景点。经过了拉斯维加斯、加州、华盛顿、西雅图等地，这让扬子想起最近很火的一部电影《北京遇上西雅图》。

走过这么多地方，扬子尽情领略着美国壮美的自然风光，又感悟到美国的风土人情、文化积淀。途中扬子他们刻意去了好几个州的州政府，感受到美国透明、公开的办公环境和氛围，她也感觉到中西方文化的巨大差异。

在丹佛文化广场，扬子逗留了较长时间，观赏了好多雕塑壁画。那里到处彰显出美国人的自由、浪漫、张扬的个性特点，但是每一幅雕塑所蕴藏的历史故事，扬子还是琢磨不透。

扬子完成了这个西部旅游愿望，现在终于平安归来，她为自己又实现了一个梦想而兴奋。

出行二十多天，回来后友人们安排了一个月光聚会，为她们接风洗尘。干杯之后，友人们喝酒猜拳，扬子一个人就在绿色的草坪上躺下来，她仰望着星空，看着繁密的星星一闪一闪地围在一起，显得静谧而喧嚣。她想若兰、想国秀等闺蜜们，她更想国内的先生和儿子，这会儿先生是不是还在公司忙着，自立的儿子已经读高二了，这会儿还在上晚自习吧？

旅游结束，她就给父子俩报了平安，一切安好！儿子向他做了一个青春飞扬的手势，洒脱地背起书包上学了。

家里有远房亲戚桂姨打理，扬子更放心。扬子很小的时候，常常到舅舅家去玩，她见到了风华正茂的桂姨。那时候桂姨很美，扬子也很乖巧，桂姨特别喜欢扬子，扬子也喜欢桂姨。后来桂姨失去老公，接着两个孩子也相继离去，她成了一个孤独的老人，平时靠捡破烂为生，扬子回到家时，正好碰到她，她给桂姨买来衣服，领着她洗澡，叮嘱她要保重身体。

扬子离开家时，桂姨却要求跟扬子走，扬子毫不犹豫把桂姨接到家里，没想到勤快、能干的桂姨坚决要帮助扬子料理家务，扬子既心疼又高兴，她把桂姨当娘亲一样看待。每次回家，扬子看到桂姨把家收拾得井井有条，端上来热腾腾的饭菜，就觉得像是慈爱的娘亲在身边，这次访学，她更感激桂姨替自己照管家，照管这一老一少。

生命的精彩，说到底是不断地与懦弱的自我挑战，使自己逐步变得强大无比。每一个梦想的实现，也使我们不断走向理想的境界，我们之所以不断地努力，就是为了能够自由自在地行走在这广袤无垠的大地上，过自己想要的生活。

一路走来，经历了四季更迭，看到了大自然的鬼斧神工，感悟了生命的真正含义，尤其是美国自驾西行，是人到中年的扬子最无所畏惧的一次抉择，想到这里，她自豪地笑了。

夜深了，友人们各自散去，扬子回到宿舍，却怎么也睡不着，看看时间，国内不正好是正午时间吗？于是扬子就给尤若兰、国秀等友人发照片，还把自己的旅行日记发给若兰，她知道若兰是文字的追随者，只有若兰才能懂她的内心世界。想到灵魂相通的若兰，她打算写封纸质信，好久都不写纸质信了，扬子拿起笔就洋洋洒洒写起来，她相信若兰也会写纸质信给自己的。随着网络的飞速发展，为了简捷方便，人们似乎早都不写纸质信了，但扬子要的是写纸质信的那种感觉，若兰何尝不是呢。

第四十九章

  国秀送去的泉水，经过有关部门化验，水质全部合格，而且微量元素硒含量丰富，准予开发。这个令人振奋的消息让国秀高兴了许久，她告诉若兰和友人们，若兰更高兴，她盼着国秀早一天动工。国秀也急着处理好手头的事情，择好良辰吉日，准备破土动工。

  周五早晨，清泉开发典礼仪式就要开始了，国秀驾驶着自己的爱车，沐浴着阳光，向琅琊洼出发了。

  国秀老公提前到琅琊洼村，此刻正和老支书勘察地形。国秀建议厂房就修建在清泉附近，连接清泉与村部的那段土路也要规划成水泥路面，老公同意，但也要征得老支书同意。

  国秀一路走，一路设想着开工后的种种准备，阿娟也带着夏云、林华奔赴在盘山公路上。肖雄赶到现场，尤若兰安排好学校的工作，也准备出发，这时电话铃声骤然响起。

  "若兰，我在青兰高速，回来肯定赶不上国秀的动土仪式了，天黑之前就到咱们县城，仪式结束你们都来县城哦。"

  扬子清脆的笑声从电话那头传来，若兰简直不敢相信自己的耳朵，远在大洋彼岸的扬子可从来没说她要回来的呀？再说扬子不是还要赶做实验的吗？怎么可能会回来呢？可看到电话号码归属地，若兰不得不相信扬子已经归来。不过回头想想，扬子总是给人出其不意的惊喜，她来去自由，从不按常理出牌，这次突然回来，可能也是临时决定，这就是独特的扬子。想到扬子归来，若兰禁不住大喊起来："亲爱的，你总给人出其不意的惊喜啊！欢迎归来，典礼结束，我们一同回县城给你接风洗尘！"

扬子笑着挂断电话，若兰却陷入扬子归来的喜悦中，她也不打算告诉闺蜜们，今晚就给她们一个惊喜吧。

路过琅琊洼小学，还没到清泉跟前，国秀远远看见肖雄正在丈量土地，几个人在挖土。那条坑坑洼洼的土路两旁，翻出来的泥土堆放在两侧，停好车子，国秀刚下车，尤若兰就走到国秀身旁了，两个人相视一笑。这时两辆车停在了路边，阿娟、夏云、林华从一辆白色的小汽车上走下来，那是阿娟刚买的新车，江春茂打开车门走下来，他扶了扶眼镜，笑眯眯地向老同学打招呼，国秀和若兰迎过去，几只手紧紧地握在一起。

人群中出现了一张年轻帅气的脸，一身蓝色笔挺的西服，使他高大结实的身子显得更加魁梧、英俊，隐隐透出一丝威严，他快步走到江春茂身边，伸出双手。

"江局长好，辛苦了！"

"刘镇长好，不辛苦，不辛苦！"

江春茂连忙伸出双手，刘镇长是土生土长的琅琊洼村人，读完农大直接回到家乡，他为家乡做了很多好事，去年破格被上级提拔为镇长，江春茂早就听说他的大名，今天才见到真人。

最后到达现场的是县政府主管农业的杭县长，还有跟随他的工作人员。杭县长刚下车，刘书记一个箭步冲上去，双手握住杭县长的手，连忙说道："欢迎领导莅临指导工作！领导辛苦了！"

杭县长环顾四周，再看看四女河旁边那口碗口粗的清泉水，正冲击着水花，清冽的水直直地闯入四女河中，溅起一人多高的水花，随着河水向西流走。

杭县长沉默了好久，他看了看人群说道："多少年了，这么清澈的水资源就这么白白流走，可惜啊！"

"是啊，是啊！这股泉水从我记事起就这样流淌，那时候我们村子所有的人都在这儿挑水吃，现在没人再来挑水了！"

"你是这个村子的？"杭县长有些诧异的地问道。

"我们刘书记家就在不远处的山梁上。"随行属下接着说道。这时杭县长在人群中扫视了一遍，刘书记赶紧示意国秀往前走。

"开发这股泉水的人有眼光，这么清澈、甘甜的水，应该供应给我们饮用。大家知道吗？我们县城的水供应已经出现告急，尽管污水厂日夜不停地处理，但还是供不应求。水资源非常宝贵啊！"

大家都屏息静气地听着杭县长的话，禁不住感叹。尤若兰也不由想起学校最近搞的一次节约用水演讲，五年级一名学生的演讲题目是《最后一滴水将是你的眼泪》，当时令全校师生震撼。现在她为国秀感到自豪，暗暗向国秀竖起大拇指。

"杭县长，您说得太对了！开发这股泉水我自认为做对了，您这么一说，我更感觉做对了啊！感谢党和政府的大力支持！"

国秀落落大方地对杭县长说道。

"你是咱们县的女企业家，开发水资源，造福人民，我们更应该感谢你才对！"

国秀富有魅力的脸上全是笑意，她那对调皮的小虎牙，更增添了她的端正、妩媚。按下快门，这一神圣时刻就这样被记录下来，小县城电视台第一条新闻肯定就要播报，正好迟到的扬子可以一饱眼福。

剪彩开始了，杭县长剪断红绸子，拿起铁锹铲下第一锹土，噼噼啪啪……鞭炮声震醒了沉寂多年的琅琊洼村，沿着鞭炮声，村民从四面八方赶来了，他们站在高处观看第一家民营企业在偏僻古老的村子里落地生根，全都笑得合不拢嘴。

肖雄向远处张望，他栽的大红袍椒林沐浴在阳光下，显得富有生机，虽然椒树苗子还很小，但他从心底里笑出声来。栽得梧桐树，何愁引不来金凤凰呢？仿佛那漫山遍野的大红袍花椒树上已经结满了一串串红艳艳的花椒果实，他想着再建一个花椒加工厂，互联网可以让大红袍花椒漂洋过海。

他还梦想着扩建若兰的学校，因为富裕之后的琅琊洼村，一定会有外出务工的农民工返回来，更多的孩子也会回到这所学校，留守孩子有爸爸妈妈陪伴，心爱的妻子和她的同事就不会再倾注太多的心血了！肖雄还想着如果富裕了，一定不能忘记乡亲们，只有全村子的人都摆脱贫困，那才是真正意义上的富裕啊！如果能在山清水秀的地方建起旅游度假村或者组织城里孩子来这里进行暑假夏令营，闻不到泥土芬芳的城里孩子，不是都能找缺失的童年了吗？想到这里肖雄笑了，若兰发现肖雄笑了，也朝他甜甜地笑了。

杭县长要走了，刘书记、江春茂、国秀、若兰等人和他一一握手，接着杭县长笑容可掬地钻入小汽车，小汽车一溜烟驶向远方，身后扬起一股黄土，久久才散去。

刘书记转过身来，准备告别，他叮嘱国秀尽快开工，碰到难事尽管开口，他和随行人员一同钻进车子，扬起的黄土让国秀迷了眼，若兰替她揉眼睛，国秀像个孩子乖乖地任若兰揉搓。

"国秀别太激动了，接下来的事情该怎么做，你要有个规划，尽快制订出一份合同吧！"阿娟说道。

国秀揉揉发酸的眼睛，笑着伸开一只手，若兰把手心搭在上面，阿娟、夏云也伸出手来，林华赶过来伸出手，虽然笑眯眯地望着大家，但心里却有些酸楚，不久她要到遥远的地方去扶贫了，红头文件已经下达，只是她没告诉闺蜜们。江春茂伸出一只大手，搭在最上面，肖雄最后赶过来，大家齐声喊着："为开发清泉水，我们一起加油！"

当友人的手紧紧攥在一起，共同喊出口号的时候，他们心中充满了对未来生活的期待，他们相信这个贫穷、闭塞的村子，不久的将来，就会因为他们几个的到来改变容貌，这个平静的小村庄也会改变命运，他们开发的纯净水也一定会遍布陇东大地的每个角落。

安排好工地上的事情，准备回县城了，阿娟提议要到尤若兰的学校去看看，尤若兰夫妇正好也有此意，于是一行人来到琅琊洼小学。

师生都已经放学回家了，整洁、空寂的校园里，月季花已经衰败，火红的石榴花开出几朵，夹在绿叶中间格外耀眼，几只鸟雀落在电线上叽叽喳喳地叫着，夕阳的余晖把校园映照得金灿灿的，整个校园洁净而美好。

"好舒适的校园啊！"林华惊呼起来，她第一次来若兰的学校，忍不住发出感叹。林华东走走、西瞧瞧，仿佛时光把她带进童年的美好时光。

江春茂要看图书室，尤若兰打开图书室简陋的门，孩子们阅读过的痕迹还在，几本童话故事书散落在桌子上，看着少得可怜的图书，江春茂扶了扶眼镜说："上次争取的书不少，可惜分了好几所学校，看来还需要给孩子们再买新书了！"

若兰轻轻地拍了拍江春茂的肩膀，笑着说道："局长大人，接到教体局文件，县政府准备给孩子们免费送一批新书，最迟下周就会送到！"

江春茂笑了，若兰也笑了。林华要看美术室，打开美术室的门，只见干净、整洁的美术室里，除了几排桌凳，还有好多木头做的画架，墙壁上到处张贴着学生的画作，色彩鲜明却显得稚嫩极了。

几幅静物写生惟妙惟肖，走到每一处，林华都要仔细端详，恍惚间她似乎走进纯真、无邪的童年时代，那时候她最喜欢画画，看到无论是什么东西，都想画下来。记得为了画一只老母鸡,她蹲在地上注视着那只刨食的老母鸡,用树枝在地上画了一下午,妈妈发现了,还以为她病了,那副诚惶诚恐的样子,让林华又好气又好笑。妈妈平时可不怎么关心林华,任凭她和弟弟妹妹们去闹,林华的举动还是让母亲吃了一惊,后来看到女儿是为了画那只老母鸡,这才长长地舒了一口气。

上小学时,美术课是林华的最爱。尽管美术老师什么都画不出来,但老师可以让他们想象着自由画,林华的画总能得到老师和同学们的赞赏。读初中、读高中,爸爸妈妈都劝她别再浪费时间了,应该把心思全放在学习上,老师更是严厉批评她,于是林华就把对美术的痴爱深深压在心里。直到考上医学院,当了一名妇产科医生,每当迎接一个鲜活的小生命,她就想画下那个小模样,有时候她情不自禁地想把产妇的表情、动作都画下来,尤其是抱着婴儿的神态,可上班的时间紧张,好多灵感只能烟消云散,这份爱好也就被搁浅了。

"林华,想什么呢?"阿娟问道。

林华从沉思中抬起头来,朝大家笑笑。

"若兰,你们有专业的美术老师吗?"

"哪里有啊?我们本来师资力量就严重缺乏,专业的美术、音乐、体育老师根本就没有,平时只要能保证语数外三门主课开齐都已经不错了!"

大家都沉默了,若兰心开始变得很沉重,专业教师缺乏,师资力量薄弱,图书匮乏,硬件设施不到位,学生的兴趣爱好得不到发挥,这是她目前面临的最大困境。

第五十章

　　若兰催大伙回赶紧回县城，一行人从学校出发赶回县城。国秀要大伙到宾馆，若兰却偏要到自己家，回到若兰家，肖雄招呼大家喝茶，他出去买菜了。

　　门铃响起，若兰知道是扬子回来了，她笑着让国秀去开门，门开了，国秀惊讶地喊起来："扬子，怎么会是你？"

　　大伙都赶过来看，真的是远在美国的扬子回家了。

　　"若兰，原来你早知道扬子今天回来呀？"国秀恍然大悟，她追打着若兰。

　　"扬子，快救我呀！"若兰跑到扬子身旁，夏云、娟子、林华也不依不饶，大家笑作一团。

　　肖雄买回来好多菜，一大堆零食，两瓶红酒，招呼大家吃，然后就去做饭了。

　　扬子洗澡，国秀躺在沙发上休息，今天她太累了，其余人边聊天边看电视、吃瓜子，若兰悄悄走进厨房，给肖雄当帮手。

　　一桌丰盛的饭菜摆上桌子了。肖雄打开红酒，给每个人都满上，大家都站起来，扬子说："让我们一起为国秀同学身体康复干杯！"

　　"干杯！"

　　高脚玻璃杯碰在一起，大家一饮而尽。

　　"再为远渡重洋，风尘仆仆归来的扬子同学干杯！"若兰接着说道。

"为国秀、阿娟的纯净水开发干杯！"大家齐声喊道。

"大家给纯净水公司起个名吧！"国秀笑着对大伙说。

"就叫神龙泉水公司吧。"尤若兰不假思索地说道。

大家一致同意，酒杯又碰了一杯酒。

"吃菜、吃菜！"肖雄招呼大伙，扬子端起一杯酒，敬给肖雄，还和肖雄合了一张影。

这时柔弱、贤淑的林华站起来，她给每一个人都斟满酒，端起酒杯对大家说："来，这杯酒我敬大家！明天我就要随省医疗队去沙漠地带对口支援了，你们记着发微信或者打电话给我，不许把我忘了哦！"说完一饮而尽，一双明亮的眼睛望着大家，鸭蛋脸上全是笑意。

大家面面相觑，似乎没有听明白林华的话，尤若兰想林华可从没说过要到贫苦地区去的呀，再说林华是县城第一人民医院响当当的妇产科医生，迎接新生命从来都是零失误，她还是妇产科主任，她走了妇产科怎么办？

"多长时间？"扬子问道。

"一年。"林华回答道。

"一年时间多快呀，我到美国也快一年了，我还真想多学知识呢，可惜就快要回国了。"扬子有些惋惜地说。

"那个地方很艰苦吗？"国秀急切地问道。

"在毛乌素沙漠边缘，条件确实艰苦，只是那里更需要我！"林华说。

"来，我们为林华的远行干杯！"大家齐声说道，端起酒杯一饮而尽。

扬子向大家宣布此行目的，一则是想看望生病的国秀，另外她和国内的几个朋友发起了"阳光志愿者活动"，趁此机会给琅琊洼小学申请到课外读物，还给每个孩子捐赠一件羽绒服，一身校服，之后又返回美国，继续她的访学活动。

尤若兰很感动，她仿佛看到孩子们如花的笑脸，沐浴在大爱的阳光雨露中，正在向着太阳奋力成长。

挥手总是意味着告别，当林华缓缓地抬起手，随同医院的专车消失在山路转弯处，大家才依依不舍地坐上扬子的车，向琅琊洼小学驶去。

尤若兰给老支书、教导主任打电话，让他们事先安排好孩子们，他们已经在路上了。

国秀联系推土机等事宜，阿娟联系工地上所用材料，找盖厂房的师傅，只有扬子悠闲自在地欣赏沿途风光。

快到琅琊洼村了，远远地看见几个头戴橘黄色帽子，身穿橘黄色衣服的人，正举着一条红底白字的横幅，上面写着"阳光志愿者行动"，尤若兰疑惑地望着扬子，扬子笑呵呵地说："他们几个是我的志愿者朋友呀，发起人苟鹏就在琅琊洼村子附近的另一个村子里，昨天我们一起回来，他带那几个朋友先到自己家，这不正在等我们呐。"

车子停下来，几个人同扬子的闺蜜握手，尤若兰感激地说道："为了孩子们，你们辛苦了！"

他们一同向琅琊洼小学奔去，孩子们正站着整整齐齐的队伍等着爱心人士的到来，他们充满朝气的脸上露出灿烂的笑容，家长也来了好多，站在另一侧，期待着捐赠仪式开始。

尤若兰代表学校师生致答谢词，接下来学生代表上台讲话，他向扬子阿姨及志愿者叔叔深深地鞠了一躬，行了少先队队礼，用洪亮而稚嫩的声音向关心他们成长的叔叔阿姨们表达出最诚挚的感谢，全校同学齐声说道："谢谢叔叔阿姨对我们无私的关怀，你们辛苦啦！"一阵阵掌声经久不息，尤若兰的眼睛里噙满了泪花，她竭力抑制住不让泪水流出来。

活动结束，扬子随朋友直接踏上征程，过几天又要飞回大洋彼岸的美国了。

尤若兰用力拥抱了一下她，握了握她纤细的手，她们相视而笑。望着扬子宛如一泓湖水的眸子，尤若兰也用深情的目光对视了一下，没有别离的伤感，相反尤若兰变得自信、从容了。她笑着向扬子及扬子的志愿者朋友招手，心里一遍又一遍地说着：朋友们，我和孩子们会用实际行动报答你们的大爱，再见了，扬子；再见了，志愿者朋友！

第五十一章

康儿升入高三，第一次模拟考试成绩出来，尤若兰第一时间看到，成绩不是很理想。

尤若兰想利用这个周末去看趟儿子，给他买些零食，拿些换洗衣服，再鼓励鼓励他，正好家长群里通知本周五开家长会，交接好学校的事情，她驱车往儿子的学校赶去。

车子行驶到沟底，电话铃声骤然响起，若兰一看是大妹打来的，里掠过一丝不祥的预感，家里会不会有什么事？父母没生病吧？

"二姐，父亲病了，你现在赶快回来一趟吧！"

父亲病了？尤若兰心里一沉，她把车停在路边。

"严重吗？快说呀！"

听到平时沉稳的二姐急促的声音，大妹竭力抑制住情绪，平静地说："不要紧的，你现在速来，路上注意安全！"说完就挂断电话。

尤若兰感觉思维一片混乱，身体大不如从前的父亲到底怎么了？康儿的家长会怎么办？对，打电话给肖雄，让他去，她打电话告诉肖雄，忙了好多天的肖雄好不容易接通电话，他让若兰尽快回家看父亲，自己立马给儿子开家长会。

终于赶到熟悉的家，母亲从那扇油漆斑驳的门里迎了出来，看到若兰撩起衣襟就擦眼泪，姊妹们都在，叔父、婶子，还有三奶奶都在，看来父亲病得不轻啊！尤若兰心里既着急又难过，她拉住母亲粗糙的手，连忙问道："妈，我爸到底怎么啦？"

"丫头啊，你爸中风了，可能熬不过去了！"母亲啜泣着说道。

尤若兰的心一阵撕扯般疼痛，脑溢血！这么可怕的事情居然发生在父亲身上。

尤若兰赶到父亲住的东侧窑洞，只见父亲昏睡着，呼吸急促，看到最疼爱的女儿回来，也只是努力睁开沉重的双眼，然后又沉沉睡去，尤若兰拉着父亲骨瘦如柴的手失声痛哭，她悔恨自己回来太迟，母亲喃喃地说："发病太突然，今天早上起来都好好的呀，吃饭时就成这样了，不怪你，孩子！"若兰哭得更伤心了，所有的人都跟着掉眼泪。

"快收拾东西，马上送父亲去医院！"尤若兰命令弟弟妹妹。

车子风驰电掣般地行驶在盘山土路上，父亲静静地偎依在大妹怀里，瘦弱、高大的身体显得疲惫极了，他闭着眼睛很安静地睡着。尤若兰边开车边不时地回头望着父亲，她感觉心被撕裂般地疼痛，喉头哽咽着，感觉一股苦水一直往出涌，但是尤若兰压制住心头的悲伤，冷静地开着车子，不时地加速，只希望车子跑得再快些，时间过得再慢一些。

尤若兰一直把车子开在急诊室的水泥地面上，两个护士用推车快速把父亲推进急诊室，做完检查，还有好多种化验，若兰姊妹就穿梭在各科室，做核磁共振还在另一栋楼上，她推出来一个轮椅，父亲勉强坐上去。外面下雨了，尤若兰从车上取下雨伞，她一手推着轮椅，一手给父亲撑着雨伞，父亲抬起头，用眼睛盯住若兰，使劲抬了一下无力的手，仿佛是要指什么，若兰明白父亲是让若兰把雨伞往外移一下，若兰没能忍住眼泪，雨水、泪水模糊了她的双眼，她忍住不看父亲的脸。

诊断结果出来了：重度脑溢血，还有哮喘综合征，需要马上办理入院手续，父亲被推进重症监护室，插上氧气瓶，输上液体，尤若兰姊妹才长长舒了一口气。

弟弟买来午饭，尤若兰口苦难忍，只想喝水，没有一点食欲，她这才想起从早晨到现在，自己居然还没吃一口食物，但她吃不下一口饭，只是隔着门看着可怜的父亲，一动不动地躺在病床上。昔日那个伟岸、精神矍铄，从不知劳累的父亲呢？父亲是一座大山，更是家庭的脊梁啊，无情的病魔居然让父亲变得如此惨不忍睹，父亲什么时候才能和从前一样，尤若兰的心焦急而恐惧。

医生找家属谈话，尤若兰连忙站起来走进医生办公室，主治大夫很和善地对尤若兰说："你父亲的病情很严重！你们要做好心理准备。"

尤若兰诧异地望着医生，她声音颤抖着说道："医生，求您救救我可怜的父亲吧！"

医生沉默了片刻，对尤若兰说："你父亲年龄大了，就算是尽力救治，将来也会瘫痪在床，生活完全不能自理，这是一个漫长而痛苦的过程。还有一种可能，如果脑溢血再次复发，后果就会不堪设想，所以不管是哪种结果，你们家属都要做好心理准备！"

尤若兰拖着沉重的步子，回到病房，向姊妹们说明情况，然后给大家分了工，就开车回了趟学校，她把学校的事情安排妥当，在教体局请了假，这才又回到医院。

父亲从重症监护室出来了，医生告诉尤若兰观察一天，抢救已经做到极限，如果病情没有好转，就要提早做回家准备，尤若兰含着眼泪，使劲点头。

坐在父亲身边，只见父亲脸色惨白，呼吸急促，输液瓶里的液体"滴答、滴答"输送入父亲的枯瘦的身体，若兰多么希望父亲忽然间就能坐起来，他们父女能再说说话，该多好啊！

忽然父亲张了张嘴巴，一口痰似乎在往上涌，若兰和弟弟连忙用力把父亲搀扶起来，弟弟把父亲抱在自己的怀里，若兰轻轻地拍着父亲瘦骨嶙峋的脊背，好久了父亲艰难地吐出一口痰，若兰一点一点擦干净，父亲痛苦地呻吟着，多可怜的老父亲啊！他用一生的辛劳支撑起这个贫困的家，用无私的大爱养活若兰姊妹几个，即使在缺吃少穿的饥荒年代，姊妹们也没受忍饥挨饿，甚至每年过年还都有新衣服新鞋子穿。

如今到了父亲享清福的时候，儿女们还没来得及尽孝心，父亲的身体却轰然倒塌，望着父亲尤若兰的心似乎被撕成了碎片。

父亲的病情加重了，姊妹几个商议，还是让父亲回归故里吧！办理完出院手续，尤若兰把父亲接回家，快到家门口了，母亲在那棵大核桃树下站着迎接他们，一直处于昏迷状态的父亲，猛然睁开眼睛，看看若兰姊妹都在，车子停在母亲身边，大妹打开车门，母亲急切地问道："老头子，感觉好些了吗？你要好好的，不要吓着孩子们啊！"

父亲舒心地笑了，他看看若兰姊妹，再看看一旁抹着眼泪的母亲，然后望了一眼那棵遮天蔽日的核桃树，那可是他和母亲成家后，亲手栽的第一棵树啊！慢慢地父亲脸上的笑容消失了，艰难地闭上眼睛，静静地睡着了。

　　若兰姊妹把父亲抬放在暖烘烘的土炕上，父亲还是很安详地睡着，长辈们都来了，三爷爷要若兰给父亲准备后事。

　　强忍着心头的悲痛，若兰和大妹到县城给父亲买来寿衣，还给父亲订了棺材，但若兰无论如何也不相信，父亲会永远离开他们姊妹，父亲一定会好起来的，她在心里默默地祈祷着。

　　黄昏时分，驱车归来的若兰，看到奄奄一息的父亲，不停地擦着眼泪的母亲，看着姊妹们悲切的表情，她好害怕失去慈祥的父亲，太压抑了。若兰就走出家门，来到核桃树下，多少心酸的往事都涌上心头，她突然想起朱磊，多少年过去了，不知远在他乡的朱磊过得好不好。

　　核桃树粗壮，树干光滑，而且枝繁叶茂，抚摸着核桃树，树皮上有模糊的刀印，再仔细观察，那刀印似乎是一行字，随着时间的推移，树皮的不断生长、脱落，字的大致轮廓出现了：若兰，再见！

　　是朱磊刻的字吗？多少年过去了，自己怎么没看见呢？若兰的心一阵紧缩，一阵疼痛，当年朱磊到底经历了什么，这么多年为什么就没有一丁点他的消息？她追问过弟弟，弟弟开始有些吞吐，后来总说不知道。尤若兰也去过朱磊家，但每次都没见到人，后来因为各种忙就没再去过。

　　"姐，快回来啊！"小妹大喊着。

　　尤若兰心里一惊，三步并作两步回到父亲身边，父亲病危了，大妹动手给他洗脸刮胡子，若兰手忙脚乱，大声喊着父亲，可是此刻父亲只有呼出来的气，没有吸回去的气了。情况万分危急，三爷爷指挥着若兰姊妹，并且不许若兰喊出声来。

　　"不，父亲不是还能笑吗？父亲一定能睁开眼睛的呀？"若兰哭出声来。

　　"傻孩子，那是回光返照啊，别出声，让你爸安心上路吧！"三爷爷冷静地说道。

父亲的眼睛没有再睁开，他默默地离开了这个世界，离开了他热恋了一辈子的黄土地，离开了心爱的子女，还有他一生相濡以沫的老伴，独自上路了！他把伤痛留给若兰姊妹，还有伤心欲绝的若兰母亲，走得毅然决然。

杀猪宰羊、乐队厨师忙起来了，尤若兰披麻戴孝机械地跪在父亲灵堂前守孝，她的眼泪早都已经淌干了，只是木然地看着人们出出进进。

那天晚上孝子贤孙轮流进饭，秦腔《祭灵》刚开唱，父亲祭桌上好端端的遗像"啪"的一声掉了下来。尤若兰一惊，一把捧起来，双手恭恭敬敬地摆放好，尤若兰感觉一定是父亲显灵了。

父亲走得太急，一生最喜欢听的就是秦腔了，没想到父亲在那个世界也痴爱秦腔啊！长眠不醒的父亲躺在没有一丝光亮的棺木里，外面还用外甥女买的红丝绒包裹着，生前怕黑的父亲是怎样忍受没有光明的世界的？尤若兰痛苦地思忖着。

父亲的棺材被众多人放入坟墓时，呼天抢地的尤若兰一下子昏死过去，等到醒过来的时候，若兰看到泪流满面的肖雄，还有他那双焦灼的眼睛，姊妹们都围在她旁边。

守孝七天，尤若兰坐在父亲的坟墓前，她给父亲絮絮叨叨地说话，直到大妹拖起她，母亲劝她去上班，尤若兰答应了。是该去上班了，都快半个月了，也不知道学校的事情都怎么样。

一家人围坐在一起吃饭，看到弟弟，尤若兰想起核桃树上的刀痕，她再次追问弟弟，到底有没有朱磊的消息。弟弟迟疑了一会说："二姐，今天还是给你说了真相吧。"

尤若兰吃惊地望着弟弟，等着他的下文。

"是啊，二姐，我之前一直和朱磊有联系，朱磊也写过信给你，可是你已经到金城了，而且你也和姐夫谈恋爱了。他参军了，你读大学了，再后来你和姐夫结婚了，朱磊也结婚了，只是五年前朱磊在一场大火中救出了两个人，自己却牺牲了。我怕你伤心，如果现在不是你追问，我都不打算给你说，原谅弟弟吧！"

朱磊牺牲了！难怪这么多年都没有他的消息，尤若兰抑制住狂跳的心，怎么会这样啊？！眼泪就直接下来了，她努力抑制住自己，她怎么也不相信朱磊已经离开这个世界五年了，尤若兰感觉到一阵眩晕……

冲出屋子，尤若兰来到见证了他们青春芳华的核桃树下，抚摸着那几个模糊而清晰的字，泪水像断线的珠子往下滚落。这么多年没有消息，没想到他居然早都走向另一个世界了，太这意外了！

尤若兰决定去一趟朱磊家，他要给朱磊的坟头烧一炷香，和他说说话，青春年华相遇同行，多年之后阴阳相隔，永世不得相见，这一切多像一场梦啊！

朱磊的父亲去世了，佝偻着身子、头发花白的母亲，也从朱磊姐姐家回来了。见到尤若兰，朱磊的母亲用一双浑浊的眼睛打量了她许久，才认出她，老人枯瘦的双手拉着她，泪水流了下来，嘴里喃喃地说："这么多年没见你了，看到你我就想起磊娃了！他走了，白发人送黑发人呐！好在他爹去陪他了，我就放心啦！"

朱磊的堂妹陪尤若兰去上坟，踏上蒿草丛生，曾经熟悉如今陌生的羊肠小道，尤若兰的心在战栗，她一门心思要找到朱磊，她心里憋了太多的话想给朱磊说。

翻过了两座山，尤若兰终于来到朱磊的孤坟前，黄土冢上长满野草，跌坐在荒草丛中。尤若兰一边点燃香纸，一边给朱磊说话，她知道倘若地下有知，朱磊一定还能懂她的心，他们一定能冰释前嫌，依然成为最好的朋友。

点燃香纸，青烟缭绕中，尤若兰坐在朱磊坟头前，感受到秋天的凉意，如血的夕阳跌入山峦。堂妹拉她，尤若兰才站起来，拔掉荒草，亲手撒上太阳花籽，朱磊生前最喜欢太阳花了，就让英雄的坟头长满鲜红的太阳花吧！

拖着沉重的双腿，尤若兰回到家里，她感觉自己出奇地平静，没有了忧伤，没有了牵念，心里只有空落落的难受。

她知道父亲一定不希望看到她伤心绝望的样子，朱磊更不愿意看到她沉浸在悲痛之中。逝去的人已经安息了，活着的人还要勇敢地直面生活，认真走过每一天。

对生死别离尤若兰有了深刻的感悟，她变得冷静而豁达。这人世间除了生死，别的事情都是过眼烟云，迈过了生命中的这个坎，尤若兰一下子成熟了很多。

第五十二章

大果催促国秀复查身体，国秀一个人到北京做了复查，大果拿着诊断结果，对国秀连声说："奇迹，简直是奇迹！"她第一时间把这个好消息告诉尤老师，若兰又告诉了扬子，她们都为国秀的重生而高兴。

国秀怀着无比喜悦的心情赶回来，顾不得旅途劳顿，马不停蹄地联系好推土机，让师傅先到琅琊洼村，自己随后就到。

阿娟预订的沙子、水泥、砖头等材料也已经运到施工地，当务之急是要找一个看工地的，这样想着，国秀驱车到了琅琊洼村，车子还没停稳当，阿娟的车子也赶到了。

她俩还没走到推土机跟前，司机老远跳下来，扯着嗓门喊着："你俩谁是老板？谁说话算数？"

"我说话算数！怎么了？师傅，出什么事了？"国秀迎上去着急地问道。

"你说咋了？建厂的事情，你给村民说了吗？"

"当然说了，奠基仪式那天村民都来了呀，有问题吗？"国秀说。

"我的推土机刚停这里，两个人就来阻拦，他们说我敢动一下土，他们就要砸烂我的推土机！"

"开工吧，出了事我扛着！"阿娟说道。

"长红头发了！我看谁敢！？"

一声吆喝，接着走过来两个人。吆喝着说话的人约莫五十出头，长得五大三粗，胡子拉碴，看起来凶巴巴的样子。身旁跟着的男人三十岁左右，腰圆膀粗、身材低矮，一只眼睛斜视，走路也斜着身子。

阿娟注视着国秀，同时走上去迎着那两个人说："有话好好说嘛，几个月前我们就勘探好了，现在正式文件也批下来了，就等着开工。"

"哼，说的比唱的还好听呀，我们祖祖辈辈用来活命的水，你们要用它去换钱，想得美！"

"我们是开发水资源，不是用它来赚钱的！"国秀气愤地说道。

"再说老支书、村民都同意了的呀！"阿娟接着说道。

"还是找老支书理论吧！"国秀对阿娟说，两个人转身就要走。

"老支书算老几呀？村民都剩老弱病残了，他说话顶个屁用！"

推土机司机要走，阿娟急得直喊。

"还算识趣，滚得越远越好！"

"哈哈哈……"

老支书从河边走过来了，他背着双手，阴沉着脸，步子迈得很大，一眨眼工夫就走到跟前了。两个人立刻换了一副嘴脸，殷勤地说道："正好您老来了，快给评评理吧，咱们村的水怎么能随便让别人开发呢？再说肥水也不能流进外人田呀！"

"逛鬼，你什么时候回村的？二虎也在，我说你们俩脑壳是不是被门板夹坏了？多少年祖辈们都让水白花花地流走了，你怎么不心疼？光扶你们俩的贫，我看更应该扶一扶你们思想上的贫！"老支书说完长叹了一口气。

"逛鬼"？这不是若兰说起的那个游手好闲、好吃懒做的村民吗？刚到琅琊洼小学，他就吓唬过一回若兰，全体老师还有老支书把他狠狠地教训了一顿，他扔下三个孩子和患侏儒症的老婆离家出走了，去年才回村的。天哪，面对这样的人真是无可奈何了，国秀在心里叹息着。

"说吧，你们俩啥目的？"国秀义正词严地问他们俩。

"哈哈……"一阵狂笑过后，"逛鬼"接着说道："我们就是不想让你用我们的神水赚钱，你们凭什么开发我们的水资源？我们才是这里的主人，目的就这么简单！"

"我们申请各种手续，等上级部门批准后才动工的，难道合法的事你们也要阻拦吗？"

"哼！合法不合理，我们肯定也不答应！"二虎斜着眼睛恶狠狠地说道，说着用铁锹把推土机蹚起来的黄土扬得很远，差点扬到国秀和阿娟身上。

涌过来很多看热闹的村民，尤若兰看到国秀的微信消息，连忙赶了过来。

"逛鬼"和二虎看到围过来这么多人，他们想村民可能都会站在他们这边的，就变得更加嚣张起来。

老支书走到"逛鬼"跟前，定定地望着他，两个人都往后退了几步，老支书拍了拍"逛鬼"的肩膀，强忍着说道："你们俩是土生土长的琅琊洼村人，能维护咱们的资源，有集体观念，这一点很值得赞扬！但是她们开发水资源，是造福我们村和别村子的人哩，你们难道不懂吗？"

"我们都懂！"二虎用眼睛的余光扫视了一下老支书，加重语气说道。

"都懂，还这样对人家贵客？还不快走！"

"哼！让我们走，你倒是说得轻巧，咱们祖祖辈辈的神水就要被这两个老娘们弄去赚钱了，作为咱们的领头雁，你不问不闻，还不让我们闹，大伙说他是不是吃里爬外呀？""逛鬼"大声对围观的村民说道。

人们都交头接耳，小声议论，这时候老支书往前走了几步，停下来说道："大伙别听他们俩胡咧咧，咱们这股泉水白白流淌了这么多年，还不是浪费掉了嘛？现在有人想开发它，以缓解用水的压力，还能带动我们村的剩余劳动力，给大伙带来脱贫致富的机会，这不是两全其美的事嘛！"

"是啊，这两个好吃懒做的家伙，是不是想讹人家钱呢？"村民中有人小声议论。

"逛鬼"巡视了一下人群，他猛地夺过二虎手中的铁锹，直接就冲向人群，向说话的村民砸去，老支书被人群裹挟着往后退，国秀惊叫起来，阿娟连忙拨通了"110"。

铁锹落下去，被几个人攥在手里，"逛鬼"和他们扭打在一起，二虎也参与其中，任老支书怎么喊叫，还是没能制止住这场恶战，直到派出所民警赶到，有人受伤了，头上鲜血直流。"逛鬼"和二虎被派出所民警带走了，那个受伤的村民也被送往医院，老支书直叹息，让国秀和阿娟继续开工，剩下的事情由村部处理。

推土机再次开过来，总算开工了。国秀长舒了一口气，阿娟当即去联系贷款事宜了，国秀联系民工、设计师等人，就这样像陀螺一样忙个不停的两个女人，承担起开发水资源，造福乡邻的重担。

尤若兰也赶紧给闺蜜腾出来自己的住处，让她俩临时居住，国秀怕影响到若兰的教学工作，她立即找人火速搭建了简易活动板房，既可以做饭，还可以暂时居住，后面的工作就开展得很顺利了，若兰好佩服国秀的果敢。

第五十三章

阳春三月，黄土高原的天气却乍寒还暖，热起来似乎就进入炎热的夏天，有人穿大衣，有人穿风衣，还有人穿短袖，真可谓是二八月乱穿衣。可热得有些异常的天气，一夜之间就会突然来一场霜降，甚至漫天飞雪，至于沙尘暴天气，那可是几乎每天都有，只是程度轻重不同而已。

只要是沙尘暴天气，黄沙刮起来，纸屑、树叶漫天飞扬，天地之间就会混沌一片，让人感觉到世界末日马上就要来临了。

经历了炎热、骤冷、沙尘暴之后，意想不到的一夜倒春寒，让整个琅琊洼村仿佛历经了一场劫难，指头肚大的青杏齐刷刷地落在地上。若兰家那棵核桃树上的花穗，全变成黑色的毛毛虫，悬挂在苍劲的树枝上，久久不肯离去。桃子就更不用说了，更让人悲摧的是苹果园也狼藉一片，果农望着这幅景象，流下痛心的眼泪，一年的盼望此刻都变成竹篮打水一场空了。

肖雄的"大红袍"椒树也未能幸免，当他和老支书急匆匆赶到花椒种植基地，只见漫山遍野的花椒树都耷拉着脑袋，带着冻伤，毫无生机地站立着，昔日那幅生机勃勃的景象去哪儿了？站在花椒树下，肖雄和老支书心情沉重极了。

怎么办？肖雄心里一遍遍地问自己，花椒种植合作社投资了这么多人力、物力、财力，凝聚了多少人的心血，承载着琅琊洼村民的全部希望，可一场倒春寒却让这一切都化为乌有。

苍天呐，你让我该怎么办呢？眼看就到初夏了，谁能想到还是没能躲过这场灾难！

铺天盖地的新闻都是关于这场灾难造成的损失，相对来说这个地方的受灾情况还稍微轻一些。据不完全统计，甘肃省因为这场倒春寒，损失达到上亿元，肖雄感觉到一阵晕眩，老支书一个劲地抽烟，他在思忖着该怎样弥补这些损失，给乡亲们一个满意的交代。

尤若兰基本调整好心态，从悲伤中走出来了。学校事情太多，忙碌中她忘记了失去父亲的伤痛，也接受了朱磊牺牲事实。超负荷的工作，让她逐渐坚强起来，再加上国秀、阿娟的净水厂正在建设当中，她们偶尔还能小聚一下，和闺蜜们在一起，尤若兰内心的伤痛就会逃逸得无影无踪。只是令她懊丧的是每当清早醒过来，她的心照例空落落的，似乎丢掉了什么珍贵的东西，这种感觉太难受了，躺在床上受这份罪，还不如赶紧起床，所以每天尤若兰总是起得很早，看书、写作，还可以处理白天没有干完的事情。

今早起床，尤若兰整理了一下工作思路，当务之急是要迎接市局的校园安全检查，尤其是食品安全检查更是重中之重。

另外急需兑现和白灵灵的那份约定，暑假期间，她俩准备各自抽出一部分学生，然后互相交换，让学生各自体会城乡生活，她俩把这次实践活动命名为"变形记"。

最后一件事是市级"金钥匙"导师团送培进校活动选中了琅琊洼小学，今天下午导师团就要进校门了。等到举行开班仪式之后，全校老师就能近距离地观摩名师课，他们还要选几个"种子号"老师听课、磨课、研课，尤若兰和全体教师期待着这样的活动。

"金钥匙"导师团踏进琅琊洼小学大门时，尤若兰早已安排就绪，就等着迎接他们进驻学校了。

一行六人，其中五名是获得市教体局教学能手称号的年轻老师，他们都在教学技能大赛中获得过冠军，属于教学中的佼佼者。带队的是市区一位有思想、有引领、有教育情怀的小学校长，四十岁左右的样子，个头不高，一身正气，和他们问好握手，尤若兰的敬佩之情油然而生。

开班仪式是在办公室进行的，全体教师通过投票选拔出四位种子号老师，尤若兰宣读完一周的活动安排。

红豆下午要上一节数学课，第二天还要上一节六年级英语课，她是老师中最能展示自己教学风采的年轻老师。看着她自信满满，尤若兰为她悄悄地竖起大拇指。

听课、研课、磨课、再上课，加上导师团的示范课，以红豆领头的"种子号"老师，从最初的情绪紧张到如饥似渴地学习，直到最后的眼界洞开，他们认识到自身不足，深感与一个真正优秀的乡村老师还有距离，他们的学习更用心了。

红豆与导师团的小冉老师同龄，她们俩总有说不完的话题。小冉老师把红豆拉入全国优秀老师成长群，红豆的学习劲头更足了。

导师团的邓野老师示范了一节科学课，引起师生一片哗然，他别开生面的开场白，课堂的实践活动，让学生对声音的认识深刻，还对寻找大自然的各种声音，产生浓厚的兴趣。

尤若兰心里真不是滋味，为了完成教学任务，更为了全县小考评比排名，再加上师资力量实在欠缺，科学课程的开设形同虚设，科学课课表倒是排上了，但是老师们都把科学课上语数外了。

至于书法课，根本就没出现在课表中，而导师团王老师的书法课，让全体师生震撼！

"小学校，大情怀"，一个好校长就是一所好学校啊！灯光下，尤若兰坐在空寂的办公室，她对自己的工作做深刻反思，是该扭转办学方向了。培养学生各方面的特长，挖掘他们个性特点，让每一个孩子有个性地成长，学校要有温度、有情怀，更要有担当，能留下孩子成长的足迹，这才是办学的终极目标。

几位"种子号"老师迅速破土、发芽，成长速度之快，让尤若兰暗暗吃惊，"种子号"老师带领的"梯队"老师也在悄然成长。尤若兰感激"金钥匙"团队的送培进校活动，更为老师们勤学奋进的精神所感动，她想给老师们搭建成长的平台，提高老师们的业务水平，学校的整体面貌才能迈上新的台阶。

尤若兰想到暑假孩子们的"变形"活动，她给白灵灵微信留言，要求增加一些名额，让孩子们体验不同的生活环境，感受不同的人生阅历，增加对这个世界更多的认知，这是她下一步工作的重中之重。

第五十四章

　　肖雄难得回家了，一进门就拿起杯子倒水喝，尤若兰诧异地望着他，只见他胡子拉碴的，整个人好像瘦了一圈，一副无精打采的样子，尤若兰急忙问道："遇到什么事了？被你们经理批评了？不会是车出事了？呸呸……嗨，你不是晋升为高级经理了吗？你们经理也不会批评你的呀？到底怎么了？"

　　肖雄只顾喝水，沉默着一句话都不说，他也不理会尤若兰的絮叨。

　　不对呀，结婚都快二十年了，肖雄从没出现这个状态，看来事情不简单，尤若兰一下子慌了神，她摇动着肖雄的胳膊，连忙问："没事吧？你！"

　　看到妻子着急了，肖雄也吃惊地问道："你真的不知道吗？"

　　尤若兰一头雾水，她越发着急了，大声喊着："到底什么事？你倒是说话呀！"

　　"我们的大红袍椒树全受冻了！"肖雄大声喊起来。

　　花椒树受冻了！尤若兰倒吸一口冷气，这才想起这次倒春寒造成的灾害，天哪！为了种植花椒树，下了血本，投入了家里全部的积蓄，甚至连自己的私房钱都全部动用了，这下该怎么办啊？

　　尤若兰感觉到心跳得很厉害，双腿一阵阵发软，她定定地望着肖雄，难怪好多天都不见他人影了，尤若兰还以为肖雄在公司忙呢。

"还有补救的法子吗？"

尤若兰停顿了好久，才默默地问肖雄。

"现在只能再补栽，受冻不严重的一部分就不用管了。"

"我们所有的积蓄都花完了呀？到哪里去弄钱呢？"肖雄接着说道。

是啊！钱全部投进去了，现在到哪里去弄钱呢？尤若兰心里暗暗想。

肖雄安慰妻子，他现在要去跑贷款，只要能贷到款，马上就能补栽花椒……

尤若兰沉思了一会对丈夫说："用我们的房产证抵押贷款吧！马上就可以行动。"

"用房产证抵押贷款，应该没有什么难度，我立即去想办法。"肖雄拍了拍妻子的肩膀，转身就走了。

肖雄忙着去办理抵押贷款了，若兰把这件事先放在一边，她觉得所有的事情都有解决的办法，忧愁烦恼又有何用呢？重新振作一下精神，她开始安排今天的事情了。

国秀的厂房正在加紧施工，通往四女河边的路基已经修好，水泥路面崭新、坚固。"逛鬼"和二虎放出来了，他们俩东游西荡，大多数时间都在施工现场，看工人们干活，听他们讲笑话，也许是被工人们感染的缘故，他鼓起勇气问国秀要不要招收临时工，国秀笑着说："只要你们能吃苦，真心想干的话，优先招收你们俩！"

"逛鬼"讪讪的，他感激地笑笑。

"逛鬼"和二虎当起了临时工，他们俩表现得还不错，人们向他们投去赞赏的目光，靠劳动吃饭，用自己的双手创造幸福。"逛鬼"第一次挺起腰杆，体会到被人重视的感觉，二虎也感觉到靠双手吃饭，可以吃得理直气壮，看着他们俩的变化，国秀心中的一块石头落了地。

肖雄用房产证抵押贷款之后，把所有被冻死的花椒苗换成新幼苗。初夏时节，花椒树苗开始疯长，围绕着琅琊洼小学的梧桐树也开花了，紫色的梧桐花开满枝丫，远远望去，白墙红瓦房的学校被紫色的梧桐花包围，耀眼的红旗点缀其中，成了一副绝妙的山水画。

尤若兰常常踱步到校门口的土坡上，望着美丽的景象，陷入沉思。是啊！有梦想的地方，即使再贫瘠也是天堂啊！

历经了生离死别，体味了人间百态，看破了红尘繁杂，尤若兰的日子风平浪静，内心也平静如水，坚强如磐石。现在她最想做的事就是学习乡村学校的管理经验，改变自己的办学理念，进而影响到所有的老师。

教学楼西边的那片学生试验田刚平整好，上个周末她和全校师生齐动手，把整块地划分给各班，各班孩子在老师的带领下栽菜、种花。各班级制作了木牌子，并且写上"百草园""百香园""百果园"等名字，分别插在地头，看着这些名字，尤若兰真为孩子们的想象力感到吃惊。

尤若兰带领全体教师研发的校本课程已经编辑成册，她的《倾听大自然》《德润心灵·健康成长》在扬子的赞助下也出版发行，引起教育界同人的一致称赞。她倡导的德育实践活动，得到上级主管部门的赞扬，各乡村学校派出老师，轮流到琅琊洼小学参观学习，沉寂多年的琅琊洼小学，一下子热闹起来了。

第五十五章

　　白灵灵打电话，要尤若兰尽快让对口交流的老师启程，来她们学校观摩学习，她和另外两名老师要来琅琊洼小学观摩学习，正好能带着"变形记"活动中的同学，回到农村参加生活体验。

　　尤若兰当即安排红豆和另外两名"梯队"老师，八名学生一行人到白灵灵所在的城市去学习。

　　白灵灵也带着她的两个同事和八名学生一路辗转，跋山涉水，终于在几天后的黄昏来到琅琊洼小学。她在农村支教过，虽然离开农村好多年了，可是再次回到熟悉的地方，心里全是对的过去岁月点点滴滴的回忆，还掺杂着对农村这些年发生的翻天覆地变化的惊喜。

　　她的两个同事还有学生，第一次来农村，眼睛里全是新鲜和好奇，她们感叹农村生活条件的艰苦，同时也享受农村生活的安逸，山清水秀的山村让她们返璞归真。

　　她们喜欢到田野里去，喜欢吃农人们栽种的新鲜蔬菜，喜欢到崖畔摘野果子吃，城市的八个孩子按年级分到各班，和同学们打成一片。周末他们一起去摘山杏、毛桃、野杜梨等，有时候酸得牙都软了，但还是吃得津津有味。

　　山村的清早，空气特别新鲜，太阳懒洋洋地爬上山顶，把明晃晃的光芒洒向山川大地，滚动着露珠的草叶上，几只美丽的蝴蝶身子被镀成金色，在草丛中各色野花上飞飞停停，鸟儿清脆悦耳的叫声由远及近，交织成一曲交响乐。

孩子们背着书包，行走在蜿蜒的山路上，他们早都听惯了鸟鸣声，也看惯了山村的景色，一边走一边嬉闹，一张张笑脸在阳光下闪烁着属于他们的快乐。

尤若兰和白灵灵及两个同事从远处走过来了，她们沐浴在朝阳中，孩子们围过来向老师问好，一个大眼睛的女孩用柔嫩的声音问道："老师，你们起得好早啊！"

尤若兰摸了摸小女孩的头，笑着说道："你们不是也来得很早嘛，我们都是勤劳的小蜜蜂嘛。"

孩子们笑着跑回学校了。

极目远眺，尤若兰看见"神农山泉纯净水"几个正楷大字在朝阳下熠熠生辉。工人上班了，拉水的货车排了好几辆，自从泉水被过滤后装成桶，销往七县一市的那天起，尤若兰似乎好久都没跟国秀和阿娟联系过了，扬子也没有了消息，夏云也没见过面，林华偶尔只是在微信上发发图片，很少说话。只是每天早晨，国秀照例都会让工人送来几桶纯净水，供全校师生用，尤若兰心里满满的都是感动，她想这个周末无论如何都要见见两个闺蜜了。

南面山坡上绿茵茵的"大红袍"椒树，被清早的浓雾缠绕着，在升起的太阳光下显得生机勃勃。

肖雄刚被公司提升为高级经理，任务太多，几天都不见他的踪影了，康儿读大一了，有多久都没见帅儿子了。尤若兰此刻真想儿子，儿子读高中直到现在，自己因为工作忙，没好好陪过儿子一天，想想真够揪心的。她的心里忽然间有了一些愧疚，曾经儿子是自己的跟屁虫，胖嘟嘟的圆脸蛋上，永不停止的小嘴巴，不是问这个就是问那个。不经意间儿子已经长成大小伙子了，见面也不爱说话，读大学之后距离遥远了，思想交流更深刻了，尤若兰明显地感觉到儿子的思想成熟了，她的心里甜蜜而富足。

"快走呀，尤老师！"白灵灵看到发愣的尤若兰，大声喊着。

尤若兰加快脚步，她们和孩子们踏进校园，开始投入紧张的工作中。

天气晴好，山村的仲夏时节，槐花飘香，草繁叶茂，野花争相开放。白灵灵和她的两个同事策划了一次校外野营活动，在全校抽调出想参加的同学，她想让孩子们接触大自然，寻找生物标本，倾听鸟鸣水流声，还展开了"寻找大自然"奥秘的活动，活动结束后进行野炊。

白灵灵拿来活动方案让尤若兰审批，尤若兰正在打电话向教体局申请城乡孩子的"变形记"活动，教体局要她递交具体行动方案，每个参加活动的孩子都要签订一份人身安全责任书，还要每人买一份人身意外保险。

"还要签订安全责任书啊？"白灵灵问尤若兰，一脸担忧。

尤若兰点点头，她站起来，拍拍白灵灵的肩膀，严肃地说道："还记得当年的校车事件吗？多少个无辜的生命就那样逝去了，尤其是那些可怜的孩子！安全大于天，我们怎么可能不签安全责任书呢？"

"请你放心吧！每次活动，我都会把孩子们的安全放在首位，保证每一个孩子毫发无损！"

"我相信你的能力，你就放手去做吧！"尤若兰望着白灵灵阳光般的笑脸，笑着说道。

野营训练时间定在一个周末，训练基地选择在距琅琊沣小学有五六里路的另一个古镇子上。

这个镇子是连接陕西甘肃两个省份的门户，这里曾经是一个老县城，后来县城因故搬迁到别处了。冷清的古镇显得清幽而神秘，但这个古镇子最吸引人的地方是镇中心的位置，那里有一座明代遗留下来的石牌坊，是为了纪念当地清官赵邦清修建的。

石牌坊跟前有一棵大槐树，没有人知道这棵树的确切年龄，树干粗到几个人都合抱不过来，树枝盘根错节。

每到夏天，大槐树就像一把绿色的巨伞，槐树旁边有一群非常古老的庙宇，这些庙宇是尤若兰爷爷辈的学堂，如今已经成了国家重点保护文物，这三处景点周围全围上了铁栅栏，挂上文物保护的牌子。

石牌坊的南面，流淌着亘古不变的四女河，世世代代孕育着这里的所有生命，滋润着干涸的土地，耸立在四女河畔的大山，因为像一把横躺着的大提琴而取名琴山。琴山被遮天蔽日的绿色覆盖着，山顶上修建了许多庙宇，每年的农历三月二十，所有的善男信女都来赶庙会，烧香拜佛，祈愿一年平安。

尤若兰和白灵灵带着学生，第一站来到石牌坊前，让学生了解这些历史遗址，拍照、录视频、上网查阅资料，还让学生写心得体会，第一次走进大自然的孩子对什么都充满好奇。参观结束已经是黄昏将至，他们怀着恋恋不舍的心情，和老师们分手告别。

第二天一大早，尤若兰和白灵灵组织好学生，向琴山出发了。

他们要参观琴山的庙宇，还要在琴山脚下的一片空地野炊。孩子们兴趣特别浓，一路上兴致勃勃，虽然叽叽喳喳说个不停，但一个个都自觉遵守纪律，没有一个人叫苦。路成成扛着红艳艳的队旗走在队伍最前面，他不时地招呼后面的同学，不让他们掉队，白灵灵和两个同事不停地拍照，生怕漏掉一个景点。

走累了，孩子们都想坐下来歇会儿，尤若兰下令孩子们就地休息，孩子们就横七竖八地或坐或躺在草丛中，望着头顶飞过各种鸟，听着山脚下四女河水淙淙的流淌声。山坡上到处是绿草野花，还有好多植物标本，孩子们开始辨认各种植物，还采摘下来做标本。

忽然一只美丽的长尾巴野鸡迈着优雅的步子走过来了，它伸着长脖子，深绿、浅灰夹杂着褐色的羽毛在阳光下闪着光亮。孩子们惊呼一声，野鸡扑棱一声飞走了，孩子们失望地大叫起来，白灵灵快门一闪，拍下了这精彩的一幕。

"谁让你们喊的，把这么美的野鸡都吓飞了！"一个高个子女孩生气地大喊，其余同学却哄然大笑，那快乐的笑声在山涧回荡。白灵灵告诉孩子们别吵，说不准前面还有更美丽的野鸡呢，孩子们安静下来，向山顶爬去。

爬上山顶，孩子们个个累得精疲力尽，白灵灵也直喘粗气，她的两个同事直接瘫坐在地上不动了，尤若兰倒没有什么感觉，她笑着喊道："平时多锻炼身体，也不至于这样吧？呵呵，看我多棒哇。"说着，尤若兰拍拍自己的胳膊，甩开大步走进第一座大庙，点燃几支香，她虔诚地跪在蒲团上，大家都围过来，烧完香他们走出庙门，又迈进另一所庙宇。

参观完这些香火缭绕的庙宇之后，尤若兰招呼大家在一处长满绿草，开着各色花儿的平台上坐下，她从孩子们喜欢的《西游记》讲起，讲述了佛学知识，然后分配任务让孩子们在网上搜集关于佛家、道家、儒家各门派的区别和联系。孩子们睁着好奇的眼睛望着敬爱的校长老师，心里感叹道："好神秘啊！"

来到琴山脚下的那片空地，孩子们又渴又饿，坐在地上不动了。

"孩子们，我知道你们都很饿，也很渴，老师也累了，但是我们都不做饭，该吃什么呢？"尤若兰对孩子们温和地说。

"是啊，自己动手，才能丰衣足食嘛！"白灵灵边说边拿出野炊用具，大家站起来，齐动手，择菜、打水、洗菜、烧火……一会儿工夫，饭香味就飘溢出来，孩子们欢呼着、跳跃着，拿起不锈钢碗开始打饭了。尤若兰不失时机地读起诗句："一粥一饭，当思来处不易；半丝半缕，恒念物力维艰。"

　　孩子们在经典诵读时已经熟背了这句诗，经尤校长解释，结合刚才的情景，这才彻底感悟出应当怀一颗感恩的心，感恩大自然的无私馈赠，感受生命的美好。

　　各色风筝飞上天空的时候，尤若兰望着西斜的太阳下蔚蓝的天空中越飞越高的风筝，它们形状各异，颜色不同，一条红金鱼游在无垠的天空，显得自由自在。

　　看着孩子们因兴奋而红光满面的脸，手里拽着风筝线，使劲在田野奔跑的身影，听着他们开心的大笑声，再看看白灵灵和两个同事索性躺在地上，仰望着蓝天、白云，尤若兰的心里充满了幸福，充满了向往，恍惚间她似乎也回到了无忧无虑的童年时代。

　　白灵灵录制了这次活动的整个过程，她精心制作好视频，打包好之后就发给红豆和她们的同事。城市孩子看到这个美好的场景，对农村充满了向往，都要求参加暑假的"变形"活动，但活动名额有限，好多同学只能期待下一次参加了。

第五十六章

　　美国访学活动结束，扬子回到祖国母亲的怀抱，她第一时间在单位做学术报告、带研究生、在实验室废寝忘食地工作，周末抽时间参加华夏盛德礼尚书院的国学礼仪培训课程。通过少儿礼仪、成人国学礼仪及商务礼仪等课程的培训学习，让她认识到礼仪的重要性，认识到要提高国人的礼仪素养，就要从孩子抓起。

她梦想着要让礼仪走进千家万户，让礼仪渗透到教育的各个阶段，当然她还一直记着答应若兰的事，自己要抽出来时间到农村支教，把儿童国学礼仪教育带到乡村教育中来。无论工作多忙，每天晚上她都要到微信群听课，还一直在自学《论语》《大学》《中庸》等经典作品，有时候也会和若兰交流一下心得，尤若兰也学到不少知识。

国秀被评为优秀农民企业家，她要到天津培训学习一个月，正好可以到北京再复查一次身体。纯净水厂的事全权交给阿娟处理，可阿娟最近单位事太多，她和国秀商议之后，退出水厂，正好夏云想合伙，于是夏云就加入其中。

夏云原本也在生意场上跌打滚爬过多年，她加入了"神龙"泉水公司后国秀感觉如虎添翼，她可以更放心地外出学习培训了。

尤若兰马不停蹄地安排暑期城乡孩子的"变形"活动，她要安排好每一个来自城市孩子和自己学生的结对情况，上门做好家长的工作，还要组织带队老师。到城市去的孩子，虽然有白灵灵安排，但是她还是要精心策划，保证每一个孩子的安全问题。

很多媒体关注琅琊洼小学，尤若兰知道这都是红豆经常在网上发布一些学校情况，另外几个老师还发表一些教学感想，尤其是尤若兰撰写的关于乡村教育、农村留守孩子和养老问题的文章也引起媒体和爱心企业的关注了。

扬子和闺蜜在姐妹群里聊天时，设想着将来退休了，几个闺蜜可以找个地方抱团养老。这个话题引起尤若兰更多的思考，她常常想倘若能在依山傍水的农村，比如琅琊洼村就很好，建几间屋子、红瓦白墙、绿门绿窗、面朝太阳、春暖花开，坐看风起云涌，感受四季变化，那该有多好啊！

她想象着在院子里栽上葡萄，葡萄架搭在木栅栏围成的院墙上，种上各种好看的花，篱笆墙外栽一两株桃树，春天看桃花盛开，听蜜蜂"嗡嗡"的声音，大家看书、晒太阳、欣赏美景，一直终老，那将是多么美妙的事情啊！

尤若兰描绘的抱团养老方案，得到闺蜜们的大力支持，但扬子现在要做的事是要尤若兰尽快把礼学教育贯穿在学生的日常学习中。尤若兰召开全体教职工大会，讨论出具体方案，立马在全校展开工作，孩子们诵读经典，学习礼仪，把学到的礼仪知识贯穿到学生的德育实践活动中，学生的面貌焕然一新。

多年不曾谋面的笑笑要回家乡了，她告诉若兰，这次回家想在老家投资一个项目，让若兰参考一下，该投资什么。尤若兰问肖雄，肖雄说："让笑笑加入我们的合作社吧！"

"不行，笑笑的野心大着呢。"

"你不是要抱团养老吗？让笑笑先投资农村养老院，再考虑你的养老山庄嘛。"是啊，在琅琊洼村办一个养老院多好呢，尤若兰和笑笑当即拍板，这件事就办成了。

笑笑在小县城买了能拎包入住的房子，在一个阳光明媚的早晨，带着女儿和老公回到阔别已久的家乡。

尤若兰和肖雄在车站接到笑笑一家，吃过饭后，他们一起在笑笑家聊了几个小时。

尤若兰说到农村养殖、打造乡村旅游品牌项目、解决农村老人养老等问题，笑笑觉得在琅琊洼发展农村旅游项目最合适。以四女河为圆心，周边辐射新疆葡萄、樱桃采摘园，带上草莓采摘园，还可以栽种李子树、桃树、杏树，成气候的话，让人们自主采摘。休闲之余她还想在四女河边再建一个鱼塘，配上厨房，来乡村旅游的城里人，可以自己动手做鱼，集垂钓休闲于一体，这是多么令人神往的事啊！

眼前她要和肖雄合作，办第一个农村养老院，尤若兰给它起名为"幸福园"，地点就放在琅琊洼村，以便将来和在琅琊洼村发展的农村旅游开发项目对接起来。

尤若兰问笑笑为什么要回家乡发展项目，笑笑说父母年龄大了，故土难离，他们都不想去新疆，只能自己让步了。再说落叶归根嘛，在新疆发展了二十多年了，也该回来为建设家乡做点事了。

是啊！落叶总要归根，再说报效桑梓，两全其美，笑笑想得太对了，尤若兰的身边又多了一位能干事的朋友，看来当年没能跟笑笑到新疆发展，是多正确的选择啊！

说干就干，笑笑安顿好女儿上学事宜，把两位老人接到家里，就和老公连同肖雄马不停蹄地开始审批筹建琅琊洼村第一个养老院"幸福园"。

老支书也参与其中，他们把地址选在村部旁边，很快就安顿好破土动工事宜。当噼噼啪啪的鞭炮声响彻琅琊洼村，人们不由自主地想起当年国秀开发神龙泉水的情景，如今的养老院让人更加振奋。"幸福园"落地生根，琅琊洼村外出打工的青壮年就能把年迈的老人送到"幸福园"安度晚年，他们也才能更加安心地打工挣钱，也能让子女接受更好的教育，多好的事啊！

第五十七章

尤若兰获得乡村教师计划校长奖了，小县城的新闻都做报道，媒体更是铺天盖地地宣传，毕竟她是全市唯一获得这个奖项的人，真的是凤毛麟角啊！尤若兰填申报表的时候也犹豫过，甚至退缩过，但是她还是鼓足勇气提交了材料，结果顺利闯过三关，终于入选乡村教师计划校长奖。这个振奋人心的消息让尤若兰有些不相信，如今琅琊洼小学沸腾了，全体教师欢呼雀跃，大家买来许多菜，在灶上做了一顿好吃的，全体师生庆贺尤校长获得这个奖项。

尤若兰获奖，就意味着有了三十万元的资助资金，还可以用来建造孩子们梦寐以求的少年宫，可以建造一个大规模的图书阅览室，更让人高兴的是可以到外面学习先进的教育理念，甚至可以去国外游学。想到能接受全新的教育教学理念，学习先进的学校管理经验，这让尤若兰充满了期待。

元月五号，寒气逼人，早晨天空就飘洒起零零星星的雪花，凛冽的北风呼呼地刮着，尤若兰拉着皮箱，在全体师生的欢送中到温暖如春的南国三亚去领奖了。

没坐过飞机，也没见过大海的尤若兰，怀着万分激动的心情，开启了美丽的三亚之旅。

从琅琊洼小学出发，尤若兰一路辗转，直到第二天中午才登上去三亚的飞机。第一次坐飞机，第一次看到梦中的大海，第一次住进了海南香格里拉大酒店，第一次从冰天雪地的陇东黄土高原穿越到花红草绿的南国，第一次见到高大的椰子树，这一切都是那么新奇。尤若兰不停地拍视频，接着就发给红豆，孩子们和所有老师第一时间看到了美丽的南国，看到了大海。

几天后，尤若兰带着满满的收获就要踏上回家的路，这时候国秀却要出发了，她作为优秀企业家要到国外去参观学习了。扬子正在筹划支教事宜，笑笑的"幸福园"收进去了很多空巢老人，现在还要继续扩大规模。她在网上远程办理了乡村旅游品牌项目申请，还做起了直播带货，使肖雄的大红袍椒树畅销全国。

红豆和白灵灵正在洽谈明年暑期进一步扩大孩子们的"变

形"活动，所有的事情都按预定计划进着……

　　琅琊洼小学，琅琊洼这个偏僻的村子，踏上了新时代的列车，在紫色的梧桐花香中，尤若兰身披霞光，脸上绽放出的笑容，赛过每一朵盛开的紫色梧桐花……